喪神・柳生連也斎

YasUsuKe
GoMi

五味康祐

P+D
BOOKS
小学館

目次

喪神

瀬名波《せなわ》幻雲齋信件が多武峯《とうのみね》山中に隱棲したのは、文祿三年甲午《きのえうま》の歳八月である。この時、幻雲齋は五十一歳。——

翌る乙未《きのとひつじ》の歳七月、關白秀次が高野山にて出家、自殺した。すると、これに幻雲齋の隱棲を結びつける兎角の噂が、諸國の武藝者の間に起つた。秀次は、曾て、幻雲齋に就き劍を修めたからである。

一體、幻雲齋の業は妖劍だと謂われている。關白ともあろう身が、一妖術者に師事した理由は分明でないが、その機緣に就ては、次の樣な插話があつた。——天正丙戌《ひのえいぬ》の歳暮、京の日吉神社に於て武藝奉納の行われたことがある。そのとき、諸大名の差出す手練者の間で半ばは儀式的な技の競われた後、特に、一般浪人中からも腕に覺えある者の出場が許された。當時は、戰國のならいで、主家滅亡のため流浪《るろう》する劍豪が多かつたからである。幻雲齋もその浪人組にいたのである。

當日の奉納試合は、秀吉が、恰度この極月に太政大臣に任じ、豐臣の姓を賜つたその祝意か

ら、幼名に因んだ場所をえらんだといわれている。が、内實は、在野の劍客を召抱える機を得

たい、という家康の乞いを容れた爲であつた。元來秀吉という人は、奥山休賀齋に劍を修めた家康ほどの發明と違つて、斯道にはからきし腕も素養もない。寧ろそうした修業を輕視し、「戰場にて斬り覺えに覺えぬれば劍術など無用なり」といつた類の人である。併し、斯道に心入れ深い家康に對しては、この年正月和を睦し、五月には妹を嫁がせたりした位で、何かと機嫌をとる必要があつた。家康にすれば、こうした機會に豐家の武人の技術を探ろうとする内意があつたからであろうが、秀吉もそれと承知で、敢てこの擧に出たものである。

さて幻雲齋は、係り役人へは「大和國井戸野の住人、夢想劍、瀬名波信伴」と名乘り出、この日立合つた鹿島神流比村源左衞門景好、天流稻葉四郎利之を、夫々一太刀で殪したが、その勝ぶりが異樣であつたので、次に書く。——

當日、正面の座には秀吉、秀次、と並んで家康はじめ、歲暮拜賀の諸大名が連坐し、審判に當つたのは疋田文五郎景忠——後の栖雲齋であつた。この疋田景忠は、上泉伊勢守（後年上洛して日本で最初に劍術を天覽に供した時、改めて武藏守に任官された、『新陰の流《しんかげのながれ》』の流祖である）の弟子で、當時は秀次の師であり、秀次自死後は京都東福寺に行い澄ました人であるが、曾て、柳生宗嚴《やぎゆうむねよし》——當時中條流の達人——と試合したとき、立合いざまに、「その構えは悪しゆうござる」と、ぽんと打込んだ。宗嚴が口惜しがつて「今一度」と向うと、「それも悪しゆ

うござる」と、三度まで打負かした上手である。この奉納試合後の一日、秀次に召され、幻雲齋と試合せよ、と命じられた時はどうしても應じなかつた。及ばぬと知つて逃げたかと人が嗤うと、景忠は、「瀬名波は狂劍だ。試合えば必ずこちらが傷つく。左様の相手を致さぬが寔《まこと》の心得というものである。」と言つたという。

疋田景忠程《ほど》の達人にして、未然に、幻雲齋の術の怖ろしさが見破り得たのである。比村、稲葉兩人には適《かな》わなかつた。比村は、幻雲齋に對する前、東軍流の使い手田中某を二合あまりで打破り、意氣大いに軒《あが》つていた。流浪は戰國のならい、野望抱懷の貌《すがた》とは云え、己が武術の譽を擧げ諸大名へ仕官の目見得にしたいとは、浪人組共通の念いでもあつたのである。控えの場から歩み來る新たな相手の足運びを計り乍《なが》ら、比村源左衛門は、早や幻雲齋の技倆を見拔いたと、思つた。

幻雲齋は所定の袋竹刀を係り役人から受取ると、景忠に一禮して、無造作に比村と對する。互いに拔合つてから、比村は改めて驚いた。構えというものを知らぬ太刀筋である。この日の試合は、上泉信綱の發案した袋竹刀を使用して居たが、(竹刀といつても現今のものでない。竹を細く割り、三十本から六十本位を袋に入れ、鍔はつけぬもの。長さ三尺三寸である。普通、試合で想像される木劍の場合は、單に小手へつめるか、對手の木劍を叩き落すのみで、けつして面、咽、胴等へは打込まなかつたものである。が、袋竹刀であれば惜まず撃つことが出來た）それでも、この隙だらけの相手へは、したたかに打込むさえ味氣なく、寧ろ木太刀同様、間一髪にぴたりと詰め、はやよく詰まりたるよと手並をこそ褒められたい程である。比村はそこで、呼吸をはかり、鹿島神流手練の逆風太刀《さかて》、退くと見せて鬢にさつと打ちを入れた。ところが、眞際で詰める筈の竹刀が、幻雲齋の肩に當り、同時に息のとまる程自身も脾腹《ひばら》を搏《う》たれていたのである。

「それ迄。」景忠は幻雲齋の勝を宣した。

源左衞門は心外でならぬ。相擣ちというなら分る。自分の敗けとは、氣持の上で承服し難い。

「今一度――。」と申し出た。

景忠は無用と言つた。すると比村は、二十五歳の若さにまかせてこういう事を言つた。「成程自分が勝つたとは言わぬが、併し、けつして負けておらぬ。武士の面目にかけ、この場に及んでこれを申す上は、改めて眞劍勝負を所望する。このこと上《かみ》へ取計らつてほしい。今日の日を血で汚してならぬなら、瀬名波殿から、他日の口約を得て貰い度いものである。」

景忠は重ねて「無用。」と言つたが、この小紛が秀吉の目にとまつた。秀吉は仔細を聞き、「見苦しい、双方引退れ」と言おうとした。が家隷でない比村へはこれは云えぬことで、亦、無理を承知で申し出た以上、この儘では濟まぬ覺悟が比村にあることも瞭然である。此處は申條を宥すのが武士の意氣地で御座ろう――そんな風に進言する大名もあつた。それで、秀吉は苦々しげに「よきに謀らえ」と秀次を通じて言つた。

上の聲が掛かればそれ迄である。景忠は、幻雲齋に了知するかと訊いた。このとき迄、無感動に控えていた幻雲齋は唯、點頭する。場所だけは、今日を憚り竹矢來の外ということになつた。

兩人は銘々の太刀を佩き、再び相對した。今度は間合《まあい》約三間である。比村は昂ぶりに紅潮している。（おのれ今度は）という氣概がある。幻雲齋の方は、眉一つ動かさない。蒼ざめて、何か
太刀の殘心を下段にとり、まるで、相手を覘おうともせぬのである。平靜というよりは、何か他事に想い耽る憑かれた風があり、それが一層見る者の心を奪つた。

比村源左衞門は星眼に構え、じり、じりと爪寄つた。比村には、相手の身構えに心魂の入つてないこと、先刻同様なのが分るが、眞劍だけに容易には踏込めない。白刃を距てて暫し、容子を窺つた。すると、突如である。木偶《でく》の棒へ斬り掛けるに似た安易のこころを誘われ、比村は瞬間、背後に冷氣を浴びた。恐らく彼が幻雲齋の劍を見破つたのは、この一瞬であつたろうと思われる。――が、内心の誘惑に乘つてはならぬ、と自ら戒める間もあらず、「習慣」から仰ぎざまに斬りつけていた。比村は、弧を描いた幻雲齋の太刀一薙《ひと》ぎに肩を割られ、血を噴いて倒れた。

矢來内は騷然となつた。多少はその道に心得ある者ばかりである。僅かに指爪で地を掻き、

その儘《まま》息絶えた比村の屍を足下にして、猶もこころ其處にあらず、茫然立ちつくす幻雲齋の異様は、凡そただ事とも見えなかつた。幻雲齋は當時四十三歳、剣の譽《ほまれ》と青雲の野望を賭けて試合するには些か齢《よわい》を過している。客氣《かっき》にはやる浪人組の中にあつて、寧ろ老成の思慮深い立場である。それが、子息に等しい年配の相手を斃しざま、虚ろに、風の鳴る松の梢を見上げている。——幻雲齋の容貌は元々美容でない。顴骨が張り、額は瘤の如く、唇厚くて眉うすい猫背の小身である。ささくれた小鬢の後れ毛が風でその蒼い頬に亂れかかるが、折々は木枯の砂塵を捲くこの日の寒さに、それでも冷汗は掻いていたのか、べつとり、髪が顳顬《こめかみ》にまとい附いていた。白刃だけは、比村を斃した一瞬にはもう、血も拭わず鞘に収めている。

神殿の廊《ほそどの》から聲があり、係り役人が改めて檢視に來た。左袈裟一太刀に、深さ四寸餘りを切られ比村は既にことされている。死體は蓆を覆われ、直ぐ別處に運び去られた。誰か、比村と近附きの者が居るなら名乘り出られよ、と景忠は浪人組に向つて言う。控えの場は再び騒然となつたが誰人も名乘り出る者はなかつた。

處が、前《さき》に奉納の木太刀の型を見せた剣士の中から、些かのゆかりがあると名乘り出た者があつた。根來《ねごろ》の藩士で、稲葉四郎利之《いなばのしろうとしゆき》という者である。四郎利之は、當時天流を使つて技儕輩《わざせいはい》を拔んで、知行二百俵十人扶持で馬廻役を勤めていたが、係り役人の前へ進み出ると、こう言つた。——自分は以前、三木城主別所長治に仕えていた、城陷落ののちは諸國を流浪し、その折、宇喜多家の家臣であつた比村殿には些かの知遇を得ている。昨今、立場を替え比村殿の不遇を見てきたが、實は今日の試合に出場を慂《すす》めたのは、自分である。勝敗は餘儀なき事。とはいえこの期に及んでは、友誼の手前も默《もだ》し難い。藩主が居られれば直に赦しを乞う處であるが、それの叶わぬ今は、せめて、後日のため關白殿に御意得たいと思う。何卒、この場に於て、眞劍試合の許容を願つてほしい。

稲葉四郎の面には眞情が溢れている。技も比村よりは數段優つている様に見える。係り役人は階《きざはし》の前へ進み行つて、この由を上申した。秀吉は、「ならぬ」と言つた。どうしても友誼が立たぬなら、その者、別の日と場所を選ぶべきである、そんな意味のことを云つた。すると、そこへ、景忠が進みよつた。景忠は秀次に向い、「稲葉なる者の申し状は武人の義に於て當然と存ずる。何卒、御許容を與えられたい」と進言した。それが宜しかろうと言い添える大名もある。こうなつては、意地にも宥すとは秀吉は言い出さない。同意を乞う秀次の視線を外らして、「ならぬぞ」と言い放つた。

「されば。」景忠が引返そうとしたとき、

「待て。」制したのは家康である。家康は秀吉に對つて、「瀬名波なる者の手並、奇怪と存ずる。武術を嗜むこの家康、眼利のためにも今一度見屆けたい。何卒」と懇望した。秀次もここぞと言葉を添えた。

とうとう、不快げに、秀吉は、頷いた。

景忠は引返して己れの牀几《しょうぎ》へ戻る。今度は、矢來内での試合である。幻雲斎は係り役人の口上を、乾いた瞳で聞いていたが、ふつと鼻で嗤つたという。稲葉四郎は、襷掛けに鉢巻を緊め、神殿を背に身構えると矢來外の幻雲斎を、既に抜刀して待つた。矢來口の足輕が幻雲斎の入ると同時にさつと左右に開く。幻雲斎はその儘近寄つた。些かも四郎を介意した様《さま》がない。緩り、併し同じ歩速でずんずん寄つた。場内は呼吸を嚥む。

「——覺悟。」四郎は裂帛の氣合もろとも、大上段に斬りつけた。相討ちを狙つていたのである。併し、身も躱さぬ幻雲斎の抜打ちに右手首を斬り落され、返す刃で、背を割られた。


其の場から幻雲斎の姿は消えている。旬日後、秀次の意を含んだ者が尋ねあてた時、幻雲斎は寺町通りの旅籠屋にいたという。

翌日、召される儘に幻雲斎は淀城へ伺候したが、その時、秀次から「天晴《あつぱれ》な手並である。いずれで修業したか」と訊かれ、こういう事を言つた。

自分は、實は過日兩三度の試合をしたとは憶えているが、相手を打負かしたことは、記憶にない。何時もそうであるが、何うして宿へ歸つたかも覺えぬ。夜半、目覺める懷《おも》いで我にかえり、思わず刃を檢べると、新しい血脂《ちのり》が附いていた。それ故、辛うじて人を殺《あや》めたと思い當る程度である。修業に就いては多少の語り草もあるが、上へ申し上げる程のこともない。啻《ただ》、我知らず夢想の剣を使うゆえに、かく一派を唱えている——

そう話す幻雲齋の眼は眞直ぐ秀次に注がれ、表情にいささか暗鬱の色はあつたが、虚僞を申し述べているとは見えない。むしろ、年配の、態度に劍客らしい落着きがあつたので、過日試合を目撃した側役の士《さむらい》たちは一層奇異の感にうたれた。秀次も、「その方ほどの者が何故おとな氣なく浪人組に加わつたのか」と重ねて問うと、これには、「些か存念がござれば」と應えたのみで、それ以上の追求には言を左右し、苦笑するばかりだつた。

秀次が幻雲齋に師事したのはこの時以來である。秀次は絶えず側近く召そうとしたが、幻雲齋は隔月に一度伺候しては、七菜二の膳附の饗應を享け、菓子一折《ひとおり》等賜つて引退《さが》るだけで、秀次が關白に補せられてもそれ以上には近附かなかつた。一つには、何となく幻雲齋を毛嫌いした秀吉への配慮があつた爲とも思われる。——それでも、秀次が彼の妖氣に可成の感化を蒙つたことは瞭《あきら》かである。「近ごろ氣色すぐれ給わず、心空《そら》に、奥女中の眉など見惚れ給うては、今ぞ、疾《と》く余を擊て、等小姓に仰せらる。怪しきことに候」と、征韓軍が釜山に還つた頃の日附で、机廻り役を勤めた側近の一人が書き遺している。秀次自殺の二年前である。

幻雲齋が多武峯に隱棲して六年後の或る春さき、飛鳥路から細川に添い、茂古ノ森を左に見て、多武峯への裏山道を登つてゆく若者があつた。若者は、この山道唯一の嶮所――龍臥峠を登りつめると、とある傍《わき》の樹影を認めてほつと腰を下した。道は、更に其處から勾配を加え、樹間に、時折は岩を嚙んで羊腸と連つている。

恰度、葉洩れの陽の燿きは午《うま》の上刻《じようこく》の頃おいである。若者は仰いだ空から頭《こうべ》をめぐらし、眼下の眺望を俯瞰したりしていたが、軈て、思い當つた風に肩に捲いた包みの午餉を取出した。路傍の岩間に、僅かであるが湧水の雫れるのを見出したからである。彼の頰には、未だ少年の日の紅《くれない》が殘つているが、眞率の意志に引緊つた脣で、大きく、餉《かれい》をひと口した。

若者は、これから幻雲齋に決戰を挑みにゆくのである。彼は當年十七歳、姓を松前哲郎太重春といい、今を去る十四年前、京に於て相果てた稻葉四郞利之が一子である。四郞利之は、「武門に恥辱を加えた心得ちがいの廉《かど》」を以て知行を召上げられ、哲郎太は乳《ち》離れせぬ身を、伯父の、播磨國佐用郡の鄕士松前治郞左衞門方に預けられた。其處で、母の舊姓でもある松前の姓を冒したのである。哲郎太の母は、ぬいといい、元《もと》別所長治の奥に仕えた女中である。生來利發で、夫流浪ののちは、胎の哲郎太と實家に戻り、日夜舊主別所家の墓に香華を絶やさなかつた。夫の四郞利之が馬廻役に召抱えられたという報せに、喜び勇んで根來へ赴き、半年後のあの悲遇である。ぬいは、伯父へ哲郎太を依賴する書に黒髮を添え、身は紀三井寺の尼室の人となつたが、「亡き父上の御無念如何ばかりかと存じ候」云々の文を、哲郎太へ最後の言葉として遺した。
哲郎太は治郎左衞門方で志《こころざし》潔く成人したが、長ずるにつれ、富田《とだ》流小太刀の奥儀を修めた。片時も亡父非業のことが念頭を去らない。一日、今は怙《ちち》である治郎左衞門と新妻まゆらを前にして決意の程を打明けたのである。治郎左衞門は音に聞く幻雲齋の手並を按じ、今暫しと滯めたが、翻意なきことを知ると、家傳の祕刀を餞《はなむ》けした。まゆらは席半ば、瞼を瞬いて退座している。同年のこの妻には、夫の氣勢を挫かぬよう心掛けるのが精一杯の愛情だつたのである。

——

哲郎太は餉を食い了ると、我にかえり、野袴の塵を拂つて岩間の泉に咽喉を潤そうと歩み寄つた——その時、何處《いずく》ともなく、鳥の囀《さえず》りに似て玲瓏たる歌聲が聞えてきた。龍臥峠と呼びならす土民さえ、杣人以外は滅多に通わぬと聞いたこの岨道《そばみち》である。哲郎太は怪んで耳を欹てた。唄聲は、山の森氣に木魂して次第に近寄つて來る。今は、疑いもなく女人が山を降りてくる。彼は覺えず岩蔭に身を倚せた。
程なく、勾配の彼方にそれらしい姿が見え隠れした。矢張り女である。長い黒髪を背に靡かせ、若く、透きとおる聲で唄いながら、風に乘つた女鹿の捷さで駈け降りてくる。哲郎太はいよいよ訝かしくなつた。耳をすますと、女は、こんな風に歌つていた。

前張《さいばり》に　衣は染めん　雨ふれど

雨ふれどうつろいがたし
ふかく染めては
見る間に女は哲郎太から程へだてぬ所まで駈け降りて來た。女の方でも彼を見止め、はつと聲をのむと、身を躍らせると同時に、彼から二間餘の間合を措いて、ぴたりと停止していた。

突き衝るかと見えて哲郎太の方へふわりと飛んだのは、女の指を離れた躑躅《つつじ》一輪のみである。それだけが走り來た加速度で彼の足下に落ちたのである。

哲郎太は茫然と女を見守つた。

女も眉若い青年武士の旅姿を瞶めた。

——女は、荒絹の著物を二重《ふたえ》あまりに太繩で結えている。肩のあたりはさすがせわしい息づかいを見せているが、何故か、足下に落ちた花が、女の切先《きつさき》に似て何うしても哲郎太には一歩を踏出すことも出來ぬ。暫し、双方ただ見詰めあつていた。

やがて、

「御身は土地のお人か？」と哲郎太が訊いた。

女は、頷いた。

「では、夢想庵と申すいおりを御承知であろうか」

「存じております」女は豫期した問いという面持で哲郎太の扮身《いでたち》を見直している。

まだ可成の道程であろうかと彼が重ねて問うと、うなずいて、夢想庵は、木叢の中ゆえ見分け難いだろうと言つた。

その落着いた應え様《ざま》が、ふと彼を訝らせた。

尋《ただ》すと、果して幻雲齋の娘であつた。


それから四年。

哲郎太は、今では悉皆《すつかり》夢想庵の一員になつている。

あのとき、女を幻雲齋の娘と聞いて、はや敗れたり、と悟つた。娘に對してすら己が技が愜《かな》おうとは思えなかつたからである。それでも、改めて姓を名乗ると、理由《ことわり》を告げ、娘を案内に立てて山を登つた。そして、山頂の空地で試合をした。

何故、幻雲齋が哲郎太を助けたのか、當の哲郎太は無論だが、娘のゆきにも分らない。それ以前にも、哲郎太の如く敵討を願うのでなく、武者修業と稱する者で幻雲齋にとど目を刺れた者は、五指に餘つた、とゆきは洩らすのである。それが、哲郎太の場合は、右の耳朶を掠め取られただけで、寧ろ、手當の藥草を直ぐゆきに採りに走らせたのであつた。

哲郎太はその場に自刃しようとしたが、幻雲齋はそれを制してこういうことを言つた。「お前は、未熟の故に敗れた。何故更に修業をつんで立向おうとせぬか。お前に今施すことを恩にきる必要はない。此處に棲んで、何時なりと隙あらば挑むがよい。わしも、その折再びお前を赦すとは限らぬ。亦、わしの方から斬りつけるやもしれぬ。——が、今日は、その方の負けじや。負けなれば潔《いさぎよ》くわしのこの命をきけ」

哲郎太は「推參なり」と叫んだが、素早く利腕を抑えられていた。そして、幻雲齋は更に「わからぬか」と、ひと言、小聲で言つたのである。

何を分れというのか、暗示めくその語意を究める前に、彼は、敗れたという事實の前で潔くなければならぬと恥じた。元より今となつて生命は惜しまない。遁れ歸れる道理もない。とすれば、一切を敵に委ねるこそ武士の本懷であろう。彼は、根に土の香のする藥草を抜き歸つたゆきの施療にいつか身を委せていたのである。

爾後、庵で、寝食を偕《とも》にする生活がはじまつている。歳月は、慈悲を生む。いつしか、ゆきを交え、ふと親子三人の團欒に似たたまゆらを我にもあらず過す様になつてきた。尤も、父の仇とはいえ、實感に、哲郎太は父なる四郎利之の面影を知らぬ。武士の意氣地というも所詮は世間あつてのことである。人里絶えたこの深山に暮す身には、人間同士というばかりで、早や限りない親しみが湧くのを否みえなくなつた。肌を溫めあうように何時しか哲郎太は幻雲齋への敵愾心を喪つていたのである。これには、生死をゆだねた虚心が與つて力があつたわけでもあろう。

音、折ふし、まゆらの面影が眼前を去來した。併し左様の空虚はゆきが慰めてくれた。ゆきは、實は幻雲齋の實子ではない。養女である。それも、ゆかりを尋ねれば哲郎太と似た境涯の星を背負うているかもしれぬ。併し、そうした事を氣にかけぬ、ゆきは勝氣の未通女《むすめ》である。幻雲齋に父と仕え、哲郎太には、「兄者《あにじゃ》」と呼んだ。屢々彼より機敏に寝鳥を捕えて來たりした。

幻雲齋は、未《いま》だ哲郎太が敵視と警戒を殘していた頃も、今も、態度に變りがない。そうした愛憎と別個の心境を行い澄ましていると見える。「斬りつけて參らぬな」とは冗談にも言わぬのである。雨降れば几に凭れて眠るが如く、霽れては哲郎太と糧を漁《あさ》りに谷へ降《くだ》る。武藝者として凡そ隙だらけのことも從前の通りである。

だがそれが敵への誘い——怖るべき魔の誘惑であることを耳朶を代償に哲郎太は知つた。魔と呼ぶのは、幻雲齋自身すら意識せぬと思われるからである。事實、企んだ隙ならば裏を撃てるわけで、より以上の上手の前には痴戯であろう。併し幻雲齋のはそうでない。こちらに殺意さえなくば、幻雲齋が仕掛けることは決してないのである。卽ち、殺意を受けねば幻雲齋は木偶に等しい。

その技の不思議を、哲郎太は偕に暮すようになつて、あらためて嘆じた。それ故、幻雲齋に勝つ爲でなく、飽迄武術の上の好奇から、ふと、夢想劍を習いたい、と思いついた。一日、それを申し出ると、幻雲齋は「人に教える程の技でないが、氣持があるなら、自由に修業したらいいだろう」そんな意味のことを言った。そこで、曾ての仇に師事する奇妙な關係がはじまった。

幻雲齋は併し、別に木太刀を採って技を授けたわけではない。降れば庵にあり、照れば谷を渉ること、彼への態度も今迄と同様である。が、折ふし、機を捉えては、こういうことを教えた。——夢想劍を修めるには、世の修業の考えを先ず捨てねばならぬ。從來の劍術の方法、思慮では奥義を極めることは出來ない。肝要なのは、人間本然の性に戻ることである。卽ち、食する時は美味を欲し、不快あらば露わに眉を寄せ、時に淫美し、斯くの如く、凡そ本能の赴くところを歪めてはならぬ。世に、邪念というものはない。強いて求むれば、克己、犧牲の類いこそそれである。愛しえぬ者は憎むがよい、飢えれば人を斃しても己が糧を求むるがよい。守るべきは己が本能である。欲望を、眞に本來の欲望そのものの狀態にあらしめることである。

——

亦、こうも言った。——世上の劍者は臆病を蔑む、兎角膽《きも》の大小を謂う。愚かなことである。臆病こそ人智のさかしらを超えた本然の姿である。臆病は護身の本能に據《よ》る。故に臆病に徹せよ。終始臆病であることをこそ、劍の修業と心得よ。

更にこうも言った。自分が、今日の心境に達したのも臆病心を守ったからである。元來、余は人並以上の臆病者であつた。心拙き頃は、世人の如く余も臆病を慚じた。しかし、一日、眼に飛來する礫に或る人の思わず瞼《まぶた》を閉ずるを見て、翻然悟るところがあつた、これぞ正然の術であると。飛び來る石を暇あれば躱す。なくば及ばずとも瞼を閉じる——この、及ばぬ瞬きに余は剣の極意を見たのである。爾來、これに類した本能の防禦を余は限りなく見た。守ろうとする意志すらない、これらは間髪の氣合であつた。故に、意志以前の防禦の境に余は心を置いたのである。世にいう辛酸の剣の修業と孰れが難かりしやは云わぬ。余は、眠れる者が、顔にとまる蝿を追いて知らざるごとき境に護身の極意を得、夢想流を編んだのである。云々——

哲郎太が修業を心掛けてから更に八年がすぎた。その間、總髪の幻雲齋の額に刻まれる皺の數本は加わつたが、哲郎太に對する態度は異らない。強いて云えば師の慈愛の如きものが、ふと乾いたその眼に耀く。すると流派の世襲を育む熱意で夢想の奥義を語るのである。一方哲郎太も、絲を紡ぐゆきの傍らで藁を擣ち、薦《こも》を編み、鳥獸を獵して時に谷を駈ける生活に變りはない。しかし、何時からかその動作にふいと懶い緩慢が見えはじめた。かと思うと、白晝、粥を炊ぐゆきを倒して挑んだりする。ゆきとは、いつか契り結んで、庵と別の掘立小屋に棲んでいたのである。

哲郎太は、最初、そうした變豹を自ら忌み嫌うかと見えた。獨り、山頂に立つて夕映える遙かな西を望むことがあつた。そんなとき、棚曳く雲を距てて對峙する金剛の雄峯が毅然たる日の彼自身の如く峻立して見えた。併し、凜とした彼の眉宇に敗頽の色が漾う如く、いつか、佇むその姿も闇に消え、何日の頃からか、再びは立たなくなつた。

——そうした或日の事である。哲郎太は、小屋の裏の物蔭で薪を割つていた。ゆきは先刻里へ鹿の肉を賣りに行つた。

彼の傍らには、用意にゆきの置き殘したむすびと木椀《きまり》の汁がある。哲郎太はそれを顧みず、鉈で堆く薪の山を築いてゆく。周圍は蟬の聲ばかりである。

どれ程か經た頃、庵と別れ、掘立小屋へ踏入る小徑に二人の人影が現われた。近寄ると、それはあきらかに、何處かの戰場の落武者であつた。彼らは裂けた鎧を纏い、そして飢えていた。夏の陣に敗れた大坂方の家臣であつた。

彼らは小屋と哲郎太を認めると慌てて木の間に姿を匿したが警戒の眼で少時哲郎太を窺つた。氣づかれなかつたらしい、と知ると、ふと、こちらに背を見せ、鉈を振う山男の傍にむすびと椀を見止めたのである。

二人は顏を見合せ、頷きおうた。それから、一人が忍び足に哲郎太の背後へよつた。木影に殘つた方は息をとめて見戍《みまも》る。キラリと白刄が閃く。うおつと叫び、眉間を割られた武士は海老のように身を屈した。こちらの落武者は冷水を浴び、耳から萬象の音が消えた。……しかし、降るが如く、蟬は鳴き、男は見知らず鉈を振つているのである。

……一方、戛然たるその音を數えていたのは、表から戻つて几に凭れた幻雲齋であつた。カーン、カーンと乾いた木を割る、一定の間隔をおいた音が、途中で、鳥渡《ちよつと》、停つた。が、呼吸の紊れもなくそれは甦つていた。幻雲齋は烱《かつ》と兩眼を見開き、再《また》瞑じた。

その年の晩秋である。

一日、三人が爐端で夕餉を圍んでいると、幻雲齋が、
「お前も、あらかた夢想の妙義を獲たようだから、一度、山を下つては何うか。」と言つた。
「それもよろしいでしよう。」哲郎太は感動のない面持でこたえた。ゆきだけは、以前、夫に聞いた播磨在の女性のことをチラと憶いうかべた。しかしゆきは、懷胎《みごも》つていることももうこの時は告げなかつたのである。

それから數日後、奇妙な修業の旅立がはじまつた。今の哲郎太には、曾ての敵《かたき》を師と呼んで訣れるこの出立を怪しむ様さえない。見送る幻雲齋の面には、併し、微かにあやしい會心の笑みが泛んでいた。

哲郎太は、幻雲齋とゆきに山頂のはずれまで見送られると、其處で立停り、改めて師に挨拶した。ゆきには、前夜、再び山へ戻る戻らぬとも言わなかつた。修業に立つ身に、それは當然

のこととゆきも覺悟していたらしい。

幻雲齋は「心して行け」と、杖に身をあずけて言った。

哲郎太は「は、」と、頷き、それを別離の會釋とする。やがて、ゆきとも目を交すと、幻雲齋に一揖して歩き出した。——その背へ、幻雲齋の仕込杖の刃が閃いたのである。

あつ、とゆきは息をのむ。血を噴いたのは幻雲齋である。哲郎太は血の滴る太刀を携げ、ふらふら坂を下つていつた。

幻雲齋の墓は、今の奈良縣高市郡高市村字上畑、高山寺に在る。

祕　劍

一

細尾敬四郎武昭《たけあきら》が妻みやこを納《い》れたのは寛永十六年己卯《つちのとう》ノ歳三月というから、敬四郎二十八歳、みやこ十七歳の春である。みやこは、その頃熊本城下に大捨流《たいしやりゆう》劍術指南の道場を構えていた平松權右衞門弘重の女《むすめ》で、姉の紫都《しず》とともに肥後小町と謳われた美容である。右眉の流れたあたり――生え際の美しい顳顬《こめかみ》に、今でいう泣黑子《なきぼくろ》があつた。

敬四郎武昭は、もと加藤嘉明《よしあきら》に從つて朝鮮征伐のおり功のあつた內膳正《ないぜんしよう》の一子で、幼名を龜松、長《ちよう》じて一時、千四郎と稱《とな》えたことがある。念流の小太刀をよく使つた。みやこを娶る前は浪々の身を、飽田郡春日村岫雲院《しゆううんいん》に託していたが、或る事情で、平松弘重に見込まれたものである。事情というのは別に書く。媒酌には細川藩士で百五十石取りの橫目役、大塚喜兵衞種次が當つた。この人は、後年細川侯の逝去に殉じて切腹した。敬四郎が遠島に處せられる一年前である。

敬四郎には縁類がなかつたので、親代りに、俗縁から岫雲院の住持がなつた。住持は藩主忠利公の厚遇を得ていた人で、この住持の口づてに細尾敬四郎の家系の正しいのを證されたから、權右衛門弘重は一そうこの婚姻を悦んでいた。みやこは無論である。縁談ははじめ、權右衛門の意嚮もあつて姉の紫都と纏まる筈だつたのが、みやこが、是非自分をと愬《うつた》えたのである。姉妹とも勝氣の氣性で、權右衛門は晩婚で姉妹をもうけ、この時は五十三歳である。

敬四郎は、入籍後も浪々の身に泝りなかつたが、その裡《うち》、岫雲院の住持が忠利公にとりなして仕官させようとの話しあいがあつた。しかし、平松といえば町道場ながら城下一と噂されている。藩士の多くも此處で技《わざ》を磨いていたから、敬四郎は折々師範代りを勤め、敢て仕官する必要もなかつた。鴛鴦の契りを交すと、新世帶を山崎の屋敷に持つて、其處から、岾《ちち》の道場へ「汗を流しに」通つていた。

權右衛門が敬四郎を見込んだ經緯《いきさつ》というのは、次のようなものである。

——話は、一年前に溯《さかのぼ》る。

——他所より早目の春が肥後國におとずれ初めていた一日、平松道場の門前に佇《たたず》む旅姿の浪士があつて、暫し、右手で編笠を持上げ、大捨流云々の、程良く風雨に曝された看板を眺めやつていたが、軈て、玄關に入ると案内を乞うた。念流、細尾敬四郎武昭と名乗つた。——他流試合である。

一體、平松權右衛門の大捨流というのは、九州第一等の劍客、丸女藏人《まるめくらんど》の唱えたもので、元來は新蔭流——即ち上泉武藏守信綱の興したものである。丸女藏人が未だ己が技に傲つていた頃、上洛《じようらく》して清水寺《きよみずでら》の境內に高札を立て、諸人と試合して、悉く勝つたことがあつたが、後日、上泉信綱の武名を聞いた時も、何程の事があろうと再び上洛した。が、これは立合つて手もなく負かされたので、激怒し、三本目の勝負には聲もかけず打ち掛つたが、信綱に身を躱《かわ》され、體當りで倒されて背を踏まれると身動きも出來なかつた。「參つた」と、心から叫んだ。それより信綱に師事し、大いに技を磨いたものである。——後、九州に戻つて覇を唱えたが今一度上洛して奧儀を傳えてもらいたいと念つている裡に、信綱の喪を聞いたので、大そう殘念がつて、己が流儀を「大捨流」と名づけたことは有名である。序手《ついで》にいうと、この丸女藏人の劍法は九州中を風靡して、明治維新頃まで各藩に殘つていた。平松權右衛門は、丸女直々《じきじき》の高弟である。師と立合つて三本に一本は取るといわれた。熊本城下に道場を構えたのは寛永八年、丸女藏人が亡くなつて後であるが、當時、二百人の門弟を擁していたと云われる。

さて敬四郎が試合を申込んだ時、權右衛門は細川藩士の竹內吉兵衛という者の屋敷へ碁を圍みに行つていて、居なかつた。それで、師範代の鹽川《しおかわ》正十郎という者が相手をすることになつた。が、多分權右衛門が在宅していれば、この日の試合は行われなかつたかと思われる。というのは、大捨流では表向き、流祖信綱の遺訓を守つて、他流試合を禁じていたからである。剣術は、己れの強さを誇示したり人を相手とするものではない、己れの非を斬るものである、萬一の場合の、死に臨んで役立てるものだから、無益に他流試合をして人を傷つけ、己れを傷つけるのは不心得である。そう信綱は訓していたのである。丸女藏人も、晩年には曾ての客氣《かつき》を慚《は》じたためか一層この敎えを守つて、他流試合を嚴禁した。權右衛門とて同様である。——併し、技を究めつつある者には、或いは究めたと自惚《うぬぼ》れている者にすれば、他流者と立合い、その技を試したくて仕様がないのも人情であろう。挑まれて立合わぬのは、武士の意氣地に反するとも一應は考えられる。流派の名譽のためもある。それで、表向きは兎も角、師の目の届かぬ所では折りおり仕合も行われたのである。

さてこの時は、敬四郎の乞いを容れ、師範代の正十郎が相手をすることになつたが、場所は、屋敷うちの庭を用いた。此處なら道場外ゆえ、萬一正十郎が敗れても正十郎一個の責で濟むからで、それだけの心用意を拂つたのである。無論、師範代ということは伏せてあつた。

兩人は、夫々の木太刀を構えて相對した。中の上刻で、朱色をおびた陽差しが、斜めに屋形の影を兩人の足もとへ落としていた。道場から居宅へ渡る廊《ほそどの》には腕に覺えの門弟十二人が、呼《い》吸《き》を殺して見戍《みまも》つた。審判には、同じく師範代で若山淳之丞というのが當つた。これは、庭前に降りていた。

鹽川正十郎の閲歴は分明しないが、平松道場で師範代を勤めていた位だから、餘程腕の立つ者だつたろう。この時正十郎は廊を背にして、正眼に構えている。浮舟《うきふね》という構えである。敬四郎武昭は築山《つきやま》を斜めに控え、心持ち下段に構えた。これは小太刀だつた。双方、じり、じりと間合を詰め、容易に打ちかけようとしなかつた。敬四郎の方には、相手の背後で息を詰めている十二人の視線が、ひとしく敵と見えたわけであろう。又、己が構えを十三人の眼に窺われているとも思える。位の上で、だから既に敬四郎は負けていたのである。

やがて、何ういう隙を見出したか、

「えい。」

氣合もろとも、正十郎は大捨流祕傳の「岩碎き」の打ちを入れた。尋常の者には受けきれぬ太刀すじである。——勝負あつたと見えた。敬四郎はつつ……と身を泳がせ、正十郎の手もとを狙つたが、左肩に一撃を蒙つた、と一同にも見えたからである。

「それ迄。」

ほつと、會心の面持ちで若山は同輩の勝ちを宣した。敬四郎は素直に太刀を引いて、

「恐れ入りました。」と、作法通り一揖《いちゆう》した。

ところが、當の正十郎の顏は、どうしたことかこの時眞蒼《まつさお》になつた。正十郎がその理由を打明けたのは、敬四郎の旣に立去つて後である。——幸か不幸か十二人には勝ち名乘りをあげる

師範代の背姿しか見えなかつたから、顔面の白《しら》むほどの畏怖《いふ》を覺えた、というより自分は實は負けていたと正十郎が正直に打明けると、却つて奇異の感にうたれたという。尤も、奇異といえば、彼等もこの時不思議に思つたことはあつた。それは、敬四郎が道場を去る前、正十郎に向つてこう言つたことである。

「――自分は當分、當地に滯在して、春日村の岫雲院という坊にいるから、お手前の指が無事なら今一度立合つてほしい。」

負けたと正十郎の洩らしたのは相手の肩を搏《う》つ寸前、實は、自分の籠手を一本先んじられたからだという。それも、審判の若山淳之丞さえ氣づかなかつた程の奇怪な早業で、右手の親指を搏たれたという。

「――眞劍勝負であれば、親指を喪くした手の握る太刀先に、あの時どれ程の威力があろうか。……恐ろしい技であつた。」

正十郎はそう言つて、ほつと溜息を洩らした。右手《めて》を見せると、成程、親指の第一關節から腫れ上つていた。

翌日、事を包まず正十郎は師の權右衞門に告白した。前夜指の手當はした。捨ておけば腐り落ちていたかも知れぬ、それ程の打撃であつたと、當人が最も納得していたのである。權右衞門は、事の次第を聞くと正十郎のうち身の痕を改めて檢べてから、

「細尾と申すその相手、慥《たし》かに念流と聞いたか。」

と、ふと訝しげに、同坐している若山の方へ尋ねた。

「その由です。」

淳之丞が正十郎と顔を見合せて答えると、

「ふむ。」

權右衞門は不審げに腕を拱いて、――何を思つたか、翌朝早く、みずから春日村へ出向いて行つたのである。

二

岫雲院は、村外れの小高い山裾の森蔭にあつた。權右衞門はこの時弱輩の門弟を一人從えて行つた。血氣の壯者では却つて仕損じるかも分らなかつたからである。二人は、門前に騎馬を乘捨て、高い山門を入ると折よく、住持らしい老僧が境内を淨めていたので、

「――細尾敬四郎殿に、率爾《そつじ》乍《なが》ら御意得たい。」

權右衞門は鄭重に聲を掛け、自らも名乘つた。

「何用じや。」住持は別に手の帚を休めようともしない。

多少氣にかかることがあつて、と言い乍ら、權右衞門が持つていた鐵扇をパチンと閉じると、

住持は相變らず無頓着に、「庫裏《くり》にでも居るじやろう。」と、顔もあげずにいう。

氣の強い坊主だと權右衞門は思つたが、「されば――」一禮して、住持の掃いている前を渡つた。背後を拔けなかつたのは武術者の作法である。

庭とも見える野生の草花の繁るにまかせた境内《けいだい》を通り拔けると、書院造りの、白い櫺子《れんじ》窓に、葉洩れの陽影が搖れている。その窓の下を曲ると、奧まつた庫裏に、障子を開き放つてそれらしい浪人の書見しているのが見えた。――跫音《あしおと》に浪人は振返つたが、しずかな眸差《まなざし》である。

權右衞門は直ぐ門弟に來意を告げさせた。敬四郎の劍法に不審があるので、ひと手、この場で門弟との手合せを見せてほしい、と云うのである。

それを聞くと、敬四郎の頰に穩かな微笑が泛《うか》んだ。

「見拔かれましたかな。」と、いつた。秀でた眉目と、笑う皓齒に浪人とは見えぬ晴々しい品格があつた。

(此奴、餘程の使い手に相違ない。)

權右衞門は改めて嘆じたが、さあらぬ態で、

「はて、見拔かれたとは、慮外な――」

と、とぼけた。しかし、もはや門弟に立合わす迄もなく自分の豫感が的中したのを知つたと、後刻、友人の大塚喜兵衞へは語つている。

「――お主の話、さつぱり分らぬがのう。」

と、その時喜兵衛が小首をかしげるのへ、権右衛門が説明したのは次のようなことである。

――自分が鹽川正十郎の搏たれた指を見て、とつさに思い出したのは、早川典膳なる武藝者のことである。この典膳は天下に敵なしと豪語し、事實、眞劍で立向つて勝つ者がないと云われた。近頃評判の新免武藏も、この典膳にだけは太刀打ちは出來なかつたそうだ。典膳は、己が技を誇るあまり遂には「不見流」と稱して、相手の「見えざる個所」を斬ると誓つたというが、眞劍勝負で相對して見えざる個所とは、卽ち鍔に隱れた指である。それを落して見せるというのである。邪劍には違いないが技そのものは怖ろしい。……我が門弟の鹽川が打たれたと聞いたとき、だから自分は細尾なる仁を、その典膳でないかと疑つたのである。が、典膳ほどの者であれば、敢て變名は名乘るまい。我が道場へも今更らしく試合には參るまい。それで、岫雲院へ尋ねる氣になつた。矢張り違つておつた。――が、それならそれで、細尾敬四郎もひとかどの武藝者、何ゆえに典膳の亞流を使うかが氣になつたわけである。これが一つ。

次に、自分が門弟と岫雲院の門前に乘打つたとき、蹄の音は、既に室内の敬四郎に聞こえていたに違いない。然るに、和尚との應對のあと、庫裏へ行つたとき、敬四郎は緩然《ゆつく》り、振返つた、その眼配りには蹄の音を介意した容子がなかつた。兵法の心得ある者として、機に臨んでのこれは拔群の心境である。凡庸の劍客ならおのずと眼に、用意の氣構えを表わしているからである。――それで、仲々の使い手だと思つたら果して、間髪を容れず、「見抜かれましたな。」と、先を越されてしまつたわけであつた。

「……成程。」

大塚喜兵衛は一つ頷いて、じつと権右衛門の顔を見詰め、

「――で、お主、何を見抜いたのじや。」儂《わし》にはまだ納得が參らぬが喃、とうす笑いして尋ねると、

「さあ、何でござつたかな。」

これには権右衛門は言葉を濁し、「憚り乍ら、このわけを申さぬも武略の一端かと存ずる。」と澄ましていた。

権右衛門はこの日矢鱈に機嫌が良かつた。

三

敬四郎武昭が平松道場へ時折姿を見せるようになつたのは、この時以來である。いつも着流しである。浪人らしく、ぶらりとやつて來ては、道場の練磨ぶりを見るともなく眺め入り、権右衛門に視線が合うと默禮を送つたりして、又、ふらりと歸つた。時には招かれて奥座敷で茶菓の接待など享けることもあつたが、そういうときは擧動の悉くが禮に愜《かな》つていて、およそ、

心やすだてに狎《な》れるということがなかった。紫都や、みやこに對しても同樣である。客分らしく季節の挨拶など交わすだけで、一部の門弟が嫉視したように殊更姉妹を目的に通って來るとも見えない。前の正十郎や若山淳之丞に對しては、一度、過日の非禮を詫びたが、その後は顏を會わすと鄭重に會釋し、例の指の試合のことは忘れたように見えた。

門弟達ははじめ、敬四郎が馴々しく出入するのを怪しんで、兎角の想像を逞しくしたが、そのうち最も多くを占めていたのが、今擧げた「肥後小町」を狙うのであろうとする意見である。語るに落ちたわけで、そういう當人が、實はそうだったのである。しかし、一向にそれらしい素振りのない敬四郎を次第に見ている裡、今度は、敬四郎は仇討ちの敵を探しているのであろう、と、まことしやかにいい出す者があった。權右衞門に伴われた弱輩から當日のいきさつを聞いてみると、それも滿更な推量ではないとも思われた。

弱輩はこういう事を語ったからである。

――あの日、何を見抜かれたかと、權右衞門が呆けると、敬四郎はキラと鋭く一瞥して、直ぐ、もとの穩かな微笑にかえり、

「――ま、茶菓など用意させましょう。」

と、權右衞門主從を招じ入れると、手を拍って、寺男に茶を命じた。その態度は如何にも落着いていて、岫雲院に食客の身とは思えない位であった。

権右衛門は、いわれるままに縁へ腰を下ろしたが、さり氣なく庭の、巨松の樹容を仰いだりしてから、だしぬけに、

「念流をお使いかな。」

と、顔はそのままで背後の敬四郎へ尋ねたという。

「――左様。」

と敬四郎は、これも案《つくえ》の前で脇息に凭れたまま、低く應えた。

「當地へ參られたは、何か、お心當てでも御座つてか？」

と重ねて権右衛門が問うと、

「――別に。」と聞き流す。

「誰か、併し人はお尋ねであろう。」

「……ほう。よく御存じで。」

「姓は何と申される。」

「姓？　――細尾敬四郎――」

「そこもとでない。相手のじや。」

「忘れ申した。」

権右衛門は虚を突かれたようにぴくりと眉を動かし、はじめて敬四郎を振返つて、

「ハッハハ。……」

不意に腹の底から哄笑すると、（それは近頃先生に見かけたことのない、快心の笑いのようであつたと、弱輩は云う。）その後はもう、「いや、實は、人を尋ねておられるなら手段《てだて》でも授けようかと思つての。」などと輕口を言い、敬四郎の業のことには何も觸れなかつたという。

——尤も、其の場で弱輩が傍聽しているのを慮《おもんぱか》つた爲かも知れぬが、それ以後の二人は、淡々と、諸國の噂など話して舊來の知己のような數刻をすごした。

その裡、本堂から、住持が渡つて來たので、

「——思わぬ永居を致して。」

權右衞門が笑い乍ら腰をあげると、

「愚僧も村はずれ迄所用じや。——敬四郎、客人をお送りがてらに、ぶらぶら參らぬか。」と住持が誘う。

それで、一同は打ち連れ、村外れまで一緒に歩いたが、その途中、少し遲れて馬を曳いて跟いて行つた弱輩が、思わず、はつとしたことがある。それは、とある小川の土橋に差しかかつたとき、石に躓いて住持は蹣《よろめ》き、鼻緒を踏み切つた——間一髮に、輕妙無比、敬四郎は腕を貸して停めるが早いか、片手で、自分の下駄を脫いで、和尙の前に差出していたのである。

「——敬四郎、出來るな。」

住持は莞爾とし、其の場で敬四郎が鼻緒をすげてくれるのを待つたが、先刻、庫裏で鷹揚に手を拍つたあの態度と思い合せると、異體なまでの、敬四郎の私淑ぶりだつたから一層心にのこつたと、——以上が弱輩の言である。

一同この話を聞いて、

「成程。それでは矢張り、仇を尋ねておるのであろう。」

と首肯したが、中には、「まだ合點がゆかぬ、公儀の隱密にちがいない」と、仔細ありげに疑う者もあつて、敬四郎への兎角の評は一向つきなかつた。——その裡、思いがけぬみやことの祝言が公表されたのである。門弟達が騒いだのも無理がなかつた。

四

さて敬四郎とみやこ夫婦は、一部門弟達の動搖を他所《よそ》に、端目にも羨ましい、しずかな生活を送つた。みやこは眉を落とし御齒黑を染めてから一層艶冶《えんや》な美しさを加え、以前の勝氣が新妻らしい潤いと落着きに溶け入つて、未通女《おとめ》の頃の美貌を知つている者にも改めて眼を瞠《みは》らせる程であつた。恰も初夏だつたから、

「褊《すずし》ノ單衣バカリニ雪ノ肌スキトオリ、大液ノ芙蓉新ニ水ヲ出タルニ異ラズ」と、門弟の一人は詩賦して嘆じた程である。夫婦仲の圓滿なことは譬えようもない。そのうち嫡子でも產まれ

れば、その子のためにも、日頃厭《きら》つている仕官を諾《うべな》い、身を落着けるのではなかろうかと權右衞門は思い、敬四郎が平松道場に出入りした當座は何か曰くありげに事のおこるのを待つていた手合いも、いつか、そのことは忘れていた。

しかし、到頭、事が興つた。——それも、意外な方向からである。

敬四郎の媒酌人が例の大塚喜兵衞であることは前に書いたが、この喜兵衞が、一日、城中にあつて談たまたま武藝のことに及んだとき、殘念ながら我が藩士で敬四郎に慳う者はないであろうと、大袈裟に嘆息したのである。內實は、そういう言葉で主君の關心を惹き、自分が媒酌した有爲の浪士を家中に加えることで忠義の一端ともし、併せては、仲の良い權右衞門を悅ばせたかつたのだろうが、それが逆の効果を生んだ。

忠利公は大器の人柄だつたから、

「喜兵衞、若い者が聞けば面倒を起すぞ。言葉を愼しめ。」

と窘めただけだが、

「これはしたり、いゝ、大塚氏。」

早くも近侍の一人が咎めて開き直つた。竹內數馬である。數馬は千百五十石を取る側者頭《そばものがしら》である。

大塚喜兵衞は、この事を豫め承知していた。むしろ、腕も立つことは確かだが、兎角小才の

利く數馬が殿に取入つているのを日頃、飽き足らなく思つていたから、

「おお。お手前が見事、立合つて見られるか。」

と、憎々しげにいい放つたのである。

「――無論。」

數馬は昂然と眉を張つた。

この數馬の祖先は、細川高國の手に屬して强弓の名を得た島村彈正貴則《たかのり》という者で、享祿《きようろく》四年高國が尼崎に敗れた時、彈正は敵二人を兩腕に挾んで海に飛込んで死んでいる。彈正の孫の吉兵衛は小西行長に仕え、紀伊・太田城を水攻めにした時の功で、豊臣太閤から白練に朱の日の丸の陣羽織を貰つた。小西家が滅びてからは一時加藤清正に仕えたが、清正を面罵して白晝に城下を立退き、その時討手に備えるため、鐵砲に玉を籠め、火繩に火を附けて家隷に持たせたという。それを、先代の細川三齋が千石で抱えたのである。數馬はこの吉兵衛の五男である。一年前の寛永十五年、島原征伐の折は兒小姓を勤めていたが、先陣を承つて天晴れの功を立て、百五十石の加增を得たものである。

數馬は主君に向うと、

「何卒、細尾なる者との試合をお許し下さい。」と言つた。忠利公ははじめ聽き入れなかったが、數馬が重ねて願い出るので、試合は兎も角、一度その者を城へ寄越せ、構わぬ、と喜兵衛

に命じた。

一介の武藝者が、無官の身で、従四位下《じゆしいのげ》左近衛少将兼越中守に伺候するのだから、これ以上の面目はない。いヽヽヽしてやつたりとばかり喜兵衛は下城するとその足で權右衛門を訪ね、この由を傳えた。直ちに山崎の敬四郎宅へ使いが走る。喜兵衛は日頃の權右衛門の言で、萬一試合しても敬四郎は勝つものと思い込んでいるから、機嫌が良い。

「待つ間、ま、一献など用意召されぬか、これ。」

などと居催足し、肴の注文まで云い附けたりした。

やがて、敬四郎が駈けつけたところが、事のあらましを聞くと、敬四郎は不意に顔を曇らせて、自分は敗けるかもしれぬ、萬一勝つたにしても、あたら物の用に立つ藩士を一人、傷めるばかりだから、そういうつまらぬことは致さぬ方が宜敷《よろし》いでしよう、と辭退したのである。

「つまらぬ事、とは何事じや。」

喜兵衛は白髮頭に湯氣をたてて慍《おこ》つた。敬四郎を推擧するのも、物の役に立つ士《さむらい》をお上へ差上げようと思えばこそだ。餘計な斟酌は無用にして、兎に角一度伺候せよ、と膝を乗り出して慂《すす》めた。併し、どうしても敬四郎は應じない。

「――ちえつ。臆病風にとりつかれたか。見損つた奴。權右衛門の婿殿でなければ、叩き斬つてくれようものを。」

そんな大聲の罵言を吐くと、跫音荒々しく引揚げてしまつた。

そうして翌日、喜兵衛は、竹内數馬が非番なのを見屆けると匆々に登城し、

「いや、實に以て、心床しい武士でござる。」

と、忠利の前で、手離しで敬四郎を褒め出したのである。

忠利は、苦笑混りに聞き流したが、敬四郎の辭退した有様に話しが及ぶと、はじめて、心を動かしたように、

「爺、そちも大した古狸じやの。」

「これはしたり、殿。」

「よいわよいわ。安心せい。改めて人を遣わす。」といつた。

今度は、忠利自らが、武藝者としての敬四郎を謂わば客分にて招聘するというのである。これには敬四郎も拒みようがないにきまつている。

「ハッ。」

喜兵衛は、不意に一尺餘り疊をすべり、その場に額を擦り着けた。——卽刻、山崎の敬四郎の浪宅へ公儀差し廻しの駕籠が出向いた。

五

此所で細川家の兵法指南のことに少し觸れてみると、代々、藩主は武藝への造詣深く、家中にも亦仲々の使い手が多かつたから、容易な劍客では、細川家の師範になれなかつた。先代の三齋公に仕えたのは、十八歳で西國の鬼と稱された佐々木小次郎であり、この時、忠利公が抱えていたのは小次郎を斃《たお》した宮本武藏である。

その武藏が、恰度《ちようど》、敬四郎への迎いを立てた後へやつて來たのである。もともと喜兵衛は、この武藏と敬四郎を試合させて、等という大それた氣持はない。敬四郎程の人物を家中に加え得たらという、それだけの思慮だから、寧ろ、半ばは忠利公へ敬四郎を前宣傳する位の下心で、武藏に、

「細尾敬四郎なる劍客を、迅く御承知であろうな。」

と、大きく賣込んだ。

ところが、武藏は、「敬四郎？　ハテ。」と考え込んだ。

「その方、存じておらぬか。」忠利公も聲を掛ける。

（――一向に）と、武藏が答えそうなのに喜兵衛は些《いささ》か狼狽し、

「それ、典膳とか申す者の、アレでござるわ。」

カマを掛けた。いつぞやの權右衞門の話を思い出したのである。

すると、「典膳？――」と鸚鵡返しに言つて、さつと顏色をかえると、

「おオ、あの細尾殿のことか。」と武藏は叫んだ。

存じておるかと、重ねて忠利公が尋ねると、

「如何にも。」

その細尾長十郎なら多少の面識があるし、「實は、自分の恥を申さねばならないが。」長十郎の友の典膳には立合つて敗れたことがある、と、當の喜兵衞さえ意外な話を始めたのである。

――武藏が「自分の恥」と言つたのはこういうことである――。

先年武藏が、小倉の小笠原の家臣、島村十左衞門の邸へ立寄つていた時、武藏の高名を聞き傳えて、是非一手教授願いたいと訪ねて來た一人の藩士があつた。見ると、相當の腕前なので、賞揚して引取らしたところ、後日、この男は、自分は武藏に免許皆傳を獲たと家中に觸れ廻つたのである。捨て措いてもよかつたが、後々にまで迷惑が及んではと、一日、島村方へ藩士を呼び寄せ、

「白痴者《たわけもの》、以前褒めたは、子供の師匠ぐらいなら勤まる程の意味じや。よいか、眞の免許皆傳とは――」

そういつて、武藏は傍らの小姓に一粒の飯粒《めしつぶ》を貰つて來させ、それを小姓の前髮の結び目に

附けると、

「それへ立て。」

と、小姓を立たせておいてから、己の大刀を抜いて、上段から、

「とう。」

と、斬りおろした。見ていた者達がはつとすると、前髪の結び目の飯粒は二つに切れ、小姓は無事であつた。これを武藏は兩三度やつて見せ、

「どうじや。これ位の腕でも出來て、皆傳というか。――恥を知れ。」

と叱つたことがある。

ところがこの時、今更に武藏の妙技に感嘆する人々の中で、一人だけ、冷笑した者がいたのである。早川典膳という者である。

武藏は、この時はまだ典膳のことはよく知らなかつたから、己が技を嘲られた事を、氣に掛けた。それで、屹乎《きつ》と典膳を睨み据えたが、冷やかに見返している眼と合つたとき、實は、思わず背筋に水を浴びたという。曾ての、佐々木小次郎と同じ天才の閃きを見たからである。

武藏は、生涯劍の道を究める者として、この閃きに無關心でいられなかつた。

「何を嗤《わら》われた？」

と咎め、典膳が、「兒戲に等しい技を遊ばすからだ。」と應えたので、

「児戯と？……然らばお手前の技を拝見仕ろうか。」

能うべくんば眞劍の上で、と試合を求めたのである。

しかし、典膳は、己は今謹愼中の身だから太刀を交えるわけにはゆかぬ、その代り、お手前と同じ技なら御覧に入れよう、「それで宜しくば。」と、冷やかにいってのけ、先程の小姓に同じく飯粒を貰つて來させると、それを、小姓の拳に附け、任意に拳を振らしておいて、抜き打ちざまに、見事、飯粒だけを斬つてしまつた。

——殘念乍ら、この時ばかりは悉く自分の負けであつたと武藏はいう。己が生涯に、强敵と立向つた事は幾度かあつたが、恐らく、この典膳が最後の一人であろうとも洩らしたのである。

ところで、武藏は、そうして自分の心境を冷やかに搏《う》つた程の相手であるから、餘程の豪の者には違いないが、何ういう修業を經た者であろうかと、典膳のことを養子の宮本伊織に尋ねた。伊織は當時小笠原家に仕えて、家老職にのぼつた兵法指南である。（序手にいうと、寛永十一年五月二十一日、吹上御殿で、例の寛永御前試合に荒木又右衞門と勝負して相討ちだつたのは、この人である。）すると伊織から意外なことをいつて來た。

——こういう事である。

以前、早川典膳は知行二百石、足輕頭として小笠原家に仕え、家中屈指の使い手と稱されていたが、唯一度、立合つて及ばなかつた相手がある。當の伊織である。しかし典膳ほどの天才であり、且つは負けず嫌いだつたから、大そうこれを無念がつて、かならず、伊織以上の腕になつてみせると、一夜、決心の程を、日頃親しい朋輩の細尾長十郎――即ち敬四郎に打明け、出奔《しゆつぽん》してしまつた。無論、私意の出奔ゆえ「不屈至極」と直ちに上意の追討ちが差出されたが、皮肉なことに、その「上意討ち」に選ばれたのが敬四郎である。これは伊織を除いて、敬四郎以外に家中で典膳に立向える程の者がいなかつた爲であるが、いずれにしても、上意討とあれば、見つけ次第引捕えるか、肯かねば斬り捨てる迄である。親友とて容赦はない。見事お役目を果たせるかも心もとないがと、上役へ悲痛な言を残すと、敬四郎は典膳を追つての當所ない旅にのぼつた。四年前である。

――爾來、何處をどう尋ねたのか、追う者と追われる者との武藝をかけた歳月が、却つて典膳以上に敬四郎の修業に役立つたのか、或いは巧みに言い含めたものか、――思いがけず、この春、双方無疵で小倉へ立返つて來た。直ちに典膳は島村十左衞門方へお預け、謹愼の身となつた。武藏との一件はこの期間のことである。

尙、敬四郎の方は、目下、典膳助命の事を上に嘆願しているが、ここで私見を申せば――と、伊織は最後に己が考えをこう述べている。

もともと、典膳の出奔に自分が關係しているとは初め知らなかつたし、勝つたからいうのではないが、典膳ほどの使い手は諸國にも、十人とはいないであろうと思つていた。四年前も、紙一重で辛うじて勝てた位だから、多分、今度父上が敗けられたというのは眞實であろう。尋常に立向っておれば、敬四郎とて斬られていたに違いない。それが素直に立返ったのは、惟《おも》うに、劍の祕技を究めきつた、いつそ味氣なさの故ではなかろうか。そうすると、怖るべき心境で、寧ろ將來に或る不穩な豫感を覺える——、云々。

武藏は、この報告を得て後、間もなく敬四郎の嘆願が叶つて、典膳は「切腹の沙汰取止め」になつたと知つたが、その頃兩三度あまり、島村邸で、敬四郎とも言葉を交す機會があつたというのである。その後、風聞したことだが、典膳は「狂亂」し、藩中の數人と果し合いして、孰《いず》れも、嘲る如く相手の拇指を斬り落し、逐電したという。爲に小倉近邊では、白晝、懷手《ふところで》をしておれば、指がないかと訊かれるそうである。尙又、かかる典膳の助命を願つた廉で、細尾長十郎は小笠原藩を追われたという。

——以上が武藏の語つたところである。

この話で興ざめたのは、喜兵衞であつた。そういう事情があつたのなら、敬四郎を仕官させるには餘程の根氣が要る。凡そ、根氣の要ることは喜兵衞は嫌いである。——多分、敬四郎は、朋輩の幾人かを指無しにした責任と意地からでも、典膳を尋ねているのであろう。典膳の指を落としたいのであろう。そのための習練に、鹽川正十郎等を搏つたに相違ない。喜兵衞はそう考えたのである。尋ね當てて、或いは逆に典膳に討たれるかも知れないが、それならそれで、いつそ敬四郎も本望に相違ない、喜兵衞はそう思つて、一層索然とした。

間もなく迎えに發つた使者が城中へ歸つて來たが、敬四郎は、今日は亡父の周忌に當つて些か憚りのある身だから、いずれ他日當方より參上する、との口上であつたと傳えた。

六

――それから半年經つ。

敬四郎は相變らず無官で、折々、道場へ通つている。乞われればどんな弱輩とでも相手をするし、家に戻れば、圓滿なのも、從來と渝《かわ》らない。わずかに獨り、妻へも行方を告げず散策に出掛ける習慣が繁くなつた位のものである。それとて、みやこが夕餉の支度を整えた頃には、きちんと歸つて來て、裏の井戸で水を使う。今でいう冷水摩擦である。まだみやこは一緒になつてからの冬は過していないが、夫のその習慣だけは、嚴寒の季節に入つても續きそうな氣がしている。規律正しい、そういう夫の氣性までが自分の終生の仕合せを約束してくれるような氣がしている。渝りがなくて口惜しいのは、まだ子供の生れないこと位である。

――併し、二人の生活以外の場所では、世間の方で、少しずつ、以前と樣子が變つてきた。先ず平松道場の空氣である。

——ふた月前から、みやこの姉紫都に縁談が纏まりそうになつた。相手は大目附役林外記の甥に當る同名眞吾で、みやこは卽に家を出ているから、平松道場の跡目を繼ぐ、養子である。然るに、紫都は、生來の勝氣から、眞吾様には苦情はないが、啻《ただ》、公けの場で妹婿の敬四郎殿に勝つて見せてほしいと云い出した。そうでなければ跡目を繼ぐ面目にも關わることだというのであつた。一應筋のとおつた話で、これには仲人役の竹內吉兵衛も、權右衛門もハタと行詰つた。衆目の見る所、眞吾とて腕は立つが、敬四郎には敵いそうにもないからである。しかし、紫都も早や二十で、そうでなくてさえ妹を急がせたと兎角の噂も聞こえている。到頭、吉兵衛はいかがなものであろうかと直に敬四郎に相談した。すると、た易い事だと敬四郎は諾つた。

そこで、吉日を卜し、平松家にゆかりのある家中の主だつた士を招いて、道場で眞吾と敬四郎に試合をさせた。敬四郎はあつさり負けた。こういう場合、しかし人は、敬四郎の潔さを褒めはしないものである。妻の可愛いさにあたら武士の面目を賣つたと嗤つた。敬四郎を知らぬ者は、たかがあの腕前で師範代かと陰口を叩いた。娘婿というだけで、のめのめ、道場へ「顔を通す」と解釋したのである。一方、事實を知つている者は、平松道場の名譽のため敢てこの風說に便乘した。心ある少數者は、初手から敬四郎を非難していたものである。四面、楚歌である。

次に、更に敬四郎に不利なことが起つた。眞吾との試合を見た者の中に、例の數馬がいたのである。

數馬は試合を見て立腹し、遂に忠利公を動かした。敬四郎は、以前の招きをそのままにうち捨てている。そこへ再度の招きなので、今度は斷わりかねて伺候したのである。

其處で、數馬との試合になつた。林外記、眞吾、喜兵衞等も列していた。眞吾は試合の始まる頃から眞蒼になつた。敬四郎が勝てば、己が僞りの勝利が暴かれる。自分は數馬より劣るからである。優劣自體は仕方ないが、殿の御前で暴かれるのを怖れたのだ。外記とて同樣である。

敬四郎と數馬は庭前に下ると、一禮して相對した。數合にして、敬四郎が敗れた。

「白痴《たわけ》。」喜兵衞が廣緣の端から一喝した。

併しこの時憤つたのは喜兵衞ばかりでない。忠利公もそうである。

忠利は、武藏の話から推しても敬四郎を數馬以下の技とは思つていない。この日彼を招いたのは、數馬を少し懲《こら》しめよう位の輕い心からである。それだけに、矢張り敬四郎へ一種の期待は懷いていたのだ。

(余の前でまで誑《たばか》るか。)

忠利は、一介の町道場より大名の己が輕んぜられたのを、怒つた。

「も一度、試合せい。」といつた。

再び兩人は相對した。今度は心なしか敬四郎の顏は蒼ざめていた。數合打合つて、敬四郎は又負けた。

それを見ると、忠利は席を蹴つて立つた。

「――殿。」

とどめたのは喜兵衛である。眼が三角になつていた。今一度、今度は、眞劍勝負を命じられませい、といつた。

忠利は心が動いたらしい、再び座に着こうとした。

すると敬四郎は、持つた木太刀をガラリと其の場に捨て、土に額ずいて、何卒、それだけはお赦し願いたい、只今の試合けつして故意に敗れたものではない、寔《まこと》の腕の相違である、と謝つた。

廣縁に見物していた者達は、俄に騒然となつた。

「それほど生命が惜しいか。」露わに聲を掛けた者さえいた。何と云われても、敬四郎は肩を震わしたまま、その場に平伏して面を擧げなかつた。少し離れて簇生《そくせい》する牡丹畑から、風で、そんな敬四郎の膝もとへ花瓣がはらはら散り寄つた。

七

忠利は怒りを収めたわけではなかつた。むしろそれ迄に白をきるかと、いよいよ瞋恚《しんい》した。

敬四郎の強さをまだ疑わなかつたのである。しかし、強つて立合えとは、道《さすが》にもう言えぬ。それで、敬四郎の方がそう來るなら、余も余である、と考えた。——誓約を立てさせたのである。只今の敗北が敬四郎の實力なれば敢て問うことはないが、萬一、余を欺いたと判明した曉は「井手の口に引捕えて縛首に處するが、異存ないか。」といつたのである。向後、如何なる相手であると場所を問わず、數馬以上の使い手と目される者と立合つて、敬四郎が勝てば、「判明する」道理である。

——敬四郎は承服した。

後日になつて、忠利はこの處置を何う思うかと武藏に尋ねている。餘程口惜しかつたのである。そして、若し、あの時眞劍試合をさせておれば何うなつたと思うか、とも訊いた。

武藏は言下に、「双方とも、幾莫かの手傷を負うておりましよう」と應えた。

「そちもそう思うか。」

忠利は憂鬱そうに、

「敬四郎という奴、それにしても、聞きしにまさる器じやのう。」

と、いつた。

さてこの事があつてから、世上での、敬四郎の悪名は一度に高まつた。內實を察して、厚意的に敬四郎を見ようとした者も、滿座の中で生命を惜しんだ一件を考えては、疑わざるを得なかつた。

敬四郎と、道場で稽古を附けようとする者はもういなくなつた。手合せするのをむしろ恥辱と思うようになつた。

——そうなると、目に見えて、平松道場の敬四郎に對する應對は冷やかなものに變つた。辛うじて、彼が道場の門を入りえたのは、權右衞門一人が赦したからである。

こういう世間の冷視と孤獨の裡で、敬四郎は併し、從前通り「厚かましく」道場へやつて來ては、相手がないから、默つて一同の稽古を見て、歸る。何かを待つている樣子である。

逭《さす》がに或る淋しさの顏に漂うのは蔽えない。

——みやこは、そんな敬四郎をはじめは何う慰めていいか分らなかつた。彼女は夫の過去を、實はまだ一度も打明けられたことがなかつた。誰かを尋ねている樣子とは、嫁ぐ前から、門弟達や下女の噂でそれとなく知つていたし、こうして偕《とも》に暮すようになつてから、いよいよ、それが餘程大きな夫の願望であることを察したが、一度それとなく、事に觸れて尋ねたところ

「心配致すな。」と夫はいつた。それ以上は說明しなかつた。夫がそうしないものを、自分の方から殊更らしく訊く必要はない、いわれる儘に安心して居ればいいのだと思つていた。

しかし、意外に事が大きくなると、さすがのみやこも、動揺せずには居られなくなる。誰が何といおうと夫は優れた劍客にきまつている。それはもう信じているが、しかし、誤つて勝ちを取つて「縛首」になつたりしてはと、その方を案じるのである。彼女とて武士の妻だから、敬四郎の身に何時變事が起るかもしれぬと、日頃覺悟は出來ているが、しかし、奸盜ではあるまいし、縛首を見るのではあんまりである。

みやこは、努めてこういう不安の色は夫に見せまいとした。而してそう努めている限り、世評は兎も角、夫の態度に變りはないし、我が家の内にも以前と同様平和な、靜かな日常が續いてゆくものだと知つた。だからもう、世間は相手にせず、明日の安否も考えず、ただ、夫の潔《いさぎよ》さだけに自分の運命を委せようと決めていたのである。

――そんな或る日。

いつものように散策から戻つた夫を、みやこは玄關に手を突いて迎えに出た。

「おかえりなさいませ。」

敬四郎は大小を手渡し乍ら、

「誰か、尋ねて參らなんだか。」と訊いた。

「いいえ。」

彼女は太刀を胸に抱えて首をふつたが、夫の眼が日頃とは違つた光で動くのを見た。珍しく井戸へ廻ろうとしないで、著替えると、すいと己が居間へ入る。

少時してから、その居間で手が鳴つた。

みやこは厨《くりや》で婢《はしため》と夕餉《ゆうげ》を用意していたので、「御用でございますか。」急いで手を拭うと、そう言つて縁側の廊下に坐つた。丸髷の上で、折からの夕映えに染まる軒の、下に風鈴を附けた吊荵《つりしのぶ》がチリチリ鳴つた。

暫く待つたが、障子の内からは聲がない、みやこはもう一度、

「御用でございますか。」と呼びかけた。

「這入るがよい。」今度は吃驚する程聲が高かつた。

彼女は障子を開いて、部屋の端に、控えた。敬四郎は、この時まで脇息を抱えていたらしい。

それを傍らに押しやると、みやこの方へ坐り直して、

「琴が聴きとうなつた。」といつた。

思わず妻の口許に波紋のような綻びが湧いた。「でも、間もなく夕餉が整います。」と彼女はいつた。

「よいわ。」

ぽつんと夫が應えた。

それが、では聴かなくともよい、という意味か、夕餉が遅れても構わぬ意味か、みやこは鳥《ちよ》

渡《つと》、判断に迷つたが、獨斷で後者に從うことにした。

みやこの部屋は、廊下を引返して夫の居間から中一間距てた裏座敷である。床の間に立て掛けてあつた琴を取りだし、其處で、彼女は庭に面して坐ると、しずかに掻き鳴らしはじめた。大和物語に詞《ことば》をひいた「松蟲」の曲である。たしか夫の好きだつた曲である。——「露しげみ草のたもとを枕にてきみまつむしの音をのみぞなく」聽いていてくれるであろうか、とみやこは想い乍ら彈いた。敬四郎がまだ岫雲院にいた頃、一度、あれは夏のはじめだつたが、この曲をしらべていた所へ來合せたことがある、あの頃から、自分は夫を慕つていたような氣がする……そんなことも考え乍ら、彈いた。世間の惡評や日頃の姉夫婦への忿りも、いつか忘れ、おわりの絲を搔いてほつと溜息したとき、庭はもう薄紫に昏れていた。

みやこは、琴に覆いを掛けたままにして、急いで燭臺を灯《とも》し、夫の部屋へ行つてみると、まだ灯《あかり》をつけぬ暗がりに敬四郎は岩のように坐つている。

「いかがなされました。お氣に召しませんでしたか。」

そう言い乍ら、燭臺を提《かか》げて、搖らぐ火に照らした夫の容貌を見るなり、「あつ。」と、みやこは目を瞠つた。

獺《かわうそ》のように見えたのである。

「——何じや。いつにのう巧者に彈いたではないか。」

敬四郎は乾いた聲でいつて、「アハハハ。」と嗤つた。

八

敬四郎の様子はこの頃から異相を帯びだした。

一方、みやこの豫感をいよいよ確定づける出來事が町に噂されだした。

四五日前、木塚、中村某という兩藩士が、下城の砌、松野左京の屋敷横へ差しかかつたところ、向うから年の頃三十餘歳の、見るからに病的な白面の士が歩いて來たが、旅姿でもなく、といつて城下ではついぞ見掛けぬ顔なので、行き過ぎざまに中村が見詰めたところ、件の士は、立停つて、

「松野の館のお花畠というのは、奈邊であろう。」と訊いたのである。

「松野殿が館はこれじや。」

木塚は目前の築垣《ついじ》を指差した。塀の內側にお花畠があると示したつもりである。

すると白面の士は、築垣は見ず、それに背を向けて四邊をきよろきよろ眺め廻す。可笑しいとは思つたが、木塚は松野と昵懇の間柄でもあつたから、「松野殿を訪ねるなら案內しよう。」といいかけたのである。

しかし相手は一向振返ろうとしないので、見兼ねて中村が、近づき、

「館はこちらじゃ。」と肩に手を延ばした。

「五月蠅い。」

相手の士は肩を振り捥《もぎ》つた。その彈みに、鞘の鐺《こじり》が、中村の羽織を綻ばした。

「何をする。」中村は一尺餘とび退つた。「お主が尋ねて居ることではないか。五月蠅いとはよう云うた。」

中村は、この時二十二歳で、若君（光尙《みつなお》）近侍の一人であるが、短氣で通つた男である。

「五月蠅いとはよういうた。」と、もう一度言いざま、片手拔きに斬り掛けた。白面の士の太刀はそれより早く鞘走つていた。中村の拇指は刀の柄から滴《しずく》のように垂れ落ちた。木塚が制する間もない一瞬の出來事である。松野の館というのは、敬四郎の屋敷の直ぐ向うである。

それから中一日おいて、今度は平松道場を出た處で、夕刻、似た經緯から矢張り指を落とされた者があつた。尤もこの時の指は、皮一枚を殘して、其の場では落ちなかつた。相手の士が使つたのは小太刀で、孰れの場合も、指を斬り落とすなり飛燕の如く數尺を跳び退つていたという。防禦のためであろう。――

殆どを屋敷內で暮すみやこにさえ、婢を通して耳に入つたのだから、この噂が夫に知られぬわけはない、みやこはそう思つて、胸が凍るようである。きつと、何か不吉なことがおこるにちがいない……。

——果してそのときが來た。

連日、物に憑かれたような心の騒がしさを隠さなかつた敬四郎が、ぴたりと、もとの落着きを取り戻した日の朝のことである。みやこを居間へ呼んで、こういう風に言つた。

「儂はお前に何一つ主人らしい事をしてやれなかつたが、ゆるしてくれ。未だ日の淺い契りであるが、今日が日まで、お前と結ばれたことをどんなに喜んで居たか知れない。併し、お前も武士の妻であるから覺悟はして居たであろう。何も聞かずよく堪えてくれた。もう我慢せずともよい。詳しいことは、ここに認めてあるから、これを携えて御父上の許へ立ち歸れ。」そういつてみやことの間に敬四郎は一通の封書を置いたのである。

「いやで御座います。」みやこは部屋の端で、膝に手を置いたまま首をふつた。そうして、ここ數日道場から夫へ呼出しが頻々とあつたのに出向かなかつたのを思い出したので、

「父にお屆けするものなら持つて參ります。しかし、私は直ぐ、ここへ戻つて參ります。實家《さと》に居るのは、いやでございます。」と云つた。

敬四郎は顏をそむけて「では、思うようにするがよい。」と云つた。それから着替えの用意をさせた。

彼女は何事も無い普段のように、夫を送り出した。そして一人になると、夫の前では賢《さかし》らに

振舞えたが、こんな封書を殘して何處へ行かれたのであろう、これを讀めば、すべては分るのであろう。と思い、一度に潮のような悲しみと不安がこみあげ、じつとして居られなくなつて、急いで身繕いをすると、「直ぐ戻るから。」と下女にいい殘して、屋敷を出た。辰の上刻であつた。

權右衞門は、やつて來た娘の顏をみるなり、

「おお。」と一言うめいた。

みやこは託《ことづか》つたとのみ言い添えて封書を差し出した。

權右衞門は、手を震わせて、巻紙を開いて行つた。——そこには、

某儀年來の願望相違候て、本日巳下刻《みのげこく》、淨光寺境内にて早川典膳盛治と決闘仕候事と相成候。然れば後日の爲め事の顚末書き殘し置き度、斯くは筆を取り候。云々。

と、以下のような意味が書かれていたのである。

——自分はもと小笠原藩士であつたが、或る責を感じて致仕《ちし》し、早川典膳との再會を待つていたものである。この間の事情は岫雲院の住持も多少知つているから聞いてほしいが、啻、典膳を尋ねるといわず、待つと此處でいう內實に就いては誰も知らないのでそれを書く。

自分と典膳は幼少から兄弟のように育つた。七歳の頃典膳は孤兒の身になつたので自分の父の直次が引取つた。父直次と典膳の亡父とは大坂籠城の時、後藤又兵衞の下で働いた間柄であ

る。双方とも武勇抜群で、父は神後宗治に師事して神宮流を修めたが、典膳の亡父は諸岡一羽の流を究めた使い手だつたから、互いに己が技を誇って譲らず、「――何様、徳丸と龜松にこの勝負は譲らんかい。」と呵々して引分けたと、聞いている。徳丸とは典膳、龜松は自分の幼名である。

――父は、この盟約を陣中の戯《ざ》れ言に捨てておかなかつた。典膳を引取ると、亡友の靈を慰める手段ともして我が子以上に嚴しく鍛えた。自分より典膳が勝るのを武人の本懐としたのであろう。併し、自分は負けるのが口惜しく、典膳は典膳でそういう父の嚴しい心映えを、實子でないための仕打とも思つたらしい。意地からでも自分を凌ごうと努力した。――こうして自分ら二人は、幼いこの頃から既に、今日の日を運命づけられて居たのである。併し、太刀を交えない時のふたりは、無二の、心を隔てぬ友であつた。

自分が十五の年、父は宿痾で斃れたが、この頃典膳は小倉一圓に並ぶ者がない迄に上達していた。後年の傲りの悲運は、この時代にきざしていたかと今は思う。併し、典膳が今日の魔性に陥入つたのは、直接には、劍の上のことより或る女性のためである。

その女性は、勢以《せい》殿と謂い、老臣甲野氏の息女で、典膳とは許嫁者《いいなずけ》の間柄にあつた。こういう女々しい事を今更めて書きたくないが、勢以殿が今少し、典膳の倨傲《きょごう》の陰にある痛々しいまでな鋭敏の感性と弱氣とを察し、劬《いたわ》つていてくれたらと自分は思う。それ程、典膳は荒々しく見せ乍ら、時に母を慕う童の眞情で勢以殿を愛しんでいたのを自分は知つている。然るに、勢以殿は裏切つた。このこと自體は有觸れて、さして珍しいことではないが、しかし、裏切られたのが典膳如き稀有《けう》の劍客である場合、由々しい結果になる事を世人は考えないものであろうか。——表向き、典膳の出奔は宮本伊織殿との試合に事寄せられている。武藝の道に立つ者としてそれは眞實であろう。有體に申せば、しかし勢以殿が原因なのである。

自分は、上意を受けて典膳を追う旅にのぼつたが、二年目に、奈良の庄田喜右衞門殿の屋敷で邂逅《めぐりあ》つた。御承知の通り此處は始祖・松田織部之助から祕太刀の「庄田心流」を傳えられた所である。典膳はその祕傳の祕太刀を會得《えとく》しようとしていた。自分が、上意の討手であることを典膳は一瞥、察したにちがいないが、自分は自分で、女人の煩惱《ぼんのう》を劍の修業一すじに絶ち切ろうと苦慮している痛ましい心友の姿を其處に見た。凡庸の徒輩が修業するのではない、群を拔く境地に既に達した者が、己が天才の圭角に災いされてせねばならぬ修業だから痛ましい、と自分は思つた。伊織殿に敗れたこと等、實は、そういう態を裝つたのにすぎないのではなかつたか？　劍客として、それ程の恥辱を敢てしてまで、勢以殿に蒙つた痛手を匿したかつたのか？——それ程かなしい懷いであつたか。……自分は、目頭の一瞬熱くなるのを覺えた。幼い日から寢食を偕にし、互いに、太刀筋も知りすぎる程知りあつた仲である。——自分にこの男が斬れようか。……

思わずも、由ないことに筆を澁滯《とど》めてしまつたが、約束の刻限も迫つて來ることなので、以下、凡その事どものみ相したためる――

兎に角、この時の自分には典膳への敵意は微塵もありようがなかつた。典膳の面にもいい知れぬ懷しさが見えた。男と男の、この情誼は御賢察願えると思う。併し、上意とあれば斬らねばならぬ。勢以殿の住む城下へおとなしく立返る典膳でないことは、瞭然だつたから。

それで、自分は典膳に殺氣が起るのを待つた。待つ氣配に典膳の眼が光つた。――多分、あの光りに仕掛けておれば自分は返り討たれたであろう。

「――危い。あわて者め。お主に典膳はまだ斬れぬわ。」そういつて典膳がくるりと背を見せ、歩き出した。書き忘れたが、邂逅したのは庄田屋敷の土塀の傍らである。

自分は慄然とした。この時の典膳が如何に達人でも後ろからなら、斬れる。典膳は自ら討たれようとしたわけである。（友誼からか、己れ自身への絶望でか）自分は併し、斬りつける氣にはなれず、默つて跡から跟いて行つた。

屋敷うちへ這入ると、下僕に、典膳は足の濯《すす》ぎなど用意させてくれる。自分は云われるままに水を使つていた。その頭の上で、

「お主も、淋しい男じやな。」さびしい聲が降つて來た。

ある。

「何故じゃ。」自分は頭を上げた。

「まあよいわ。それより、あとで見せるものがある。」と云つた。

それが、いつぞや鹽川殿に自分のお見せした指搏ちの祕太刀であつた。劍の奥儀を究めてしまつた典膳は、そういう曲技に、せめてもの無聊《ぶりよう》をなぐさめていたのである。

不甲斐ないとお思いであろうが、この日から自分は庄田にとどまつた。

——二年後、典膳を伴い歸れたのは別儀があつたわけではない。庄田心流の祕太刀をたちどころに會得した程の劍士を、あたら、邪劍のままに埋もれさせるのが惜しくなつたからである。亡父の遺志も考えたが、それ以上に自分としては友情の所爲であつたと、これは、神明に誓えると思う。竟、典膳を動かすため自分の用いた策が、却つて彼を今日の悲境に追いやつたのかもしれなかつたし、この意味で、自分は卑怯だつたと思つている。

もうお分りであろう——動かした策というのは、勢以殿である。——四年の歳月が、彼の内面に募らせたものを利用したのである。

ひと目見たくはないかと自分は唆かした。典膳の「狂亂」が眼に光つたのは、既にこの時だつたと申上げねばならぬのは苦しい。とうとう典膳は、諾いた。

「城下へ立返れば切腹」と引替えに、他家へ嫁いだ人をひとめ見るため、彼は小倉へ歸つた——。

最早、省筆すら憚るまでに刻限が迫つている。

典膳は眉を落とした勢以殿を垣間見た。武士が泪を泛べたのをお嗤いになろうか。

自分は助命の嘆願に奔走した。切腹させるが武士の情と仰せであろうが、いう勿れ。劍は心の非を斬るものである。自分は典膳の技の秀抜を信じたのである。さもなくば、いつそこの敬四郎が命に懸けて斬る!

——以上、疎漏の點もあることだが心せく儘にも些か眞實の事情と、自分の懷いは述べたつもりである。本日の決鬪で自分は敗れるかもしれぬ。これに就いては數日惱んだ、しかし、庄田以來、小笠原家を致仕してから今日に備えて修業したことではあり、最早、勝敗の上に心殘りはない。父讓りの優劣を決するのもむしろ一興かと思われる。何れが指を落とすかとは、年來戲《たわむ》れたことでもあつた。云々。

權右衞門はここ迄讀むと、慌ててスルスル巻紙を収めだした。次の行にみやこの字を認めたが、今となつては、娘のことなど構つて居れなかつたのである。軈て巳の刻である。

「馬引けい。」

權右衛門は、折よく襖を這入つて來た紫都に、下僕へ吩《い》い附ける大聲を發した。紫都は思わず耳を塞いだ。そうしたままで、

「何でございますか。」と低く訊いた。

それより早く權右衛門は大刀を引寄せ、座を蹴起つた。

みやこは眼を据えて端坐している。父の跫音を見送つて、「お父上に何かあつたのですか。」と姉が尋ねると、「存じませぬ。」と答えるが早いか、これも足早やに廊下へ走つた。

權右衛門が騎馬で淨光寺境内へ駈けつけたのは、恰度四つ半が鳴りおわつたばかりの所である。

泉池に、既に抜刀した白襷、白鉢巻の逆影が映つている。その姿が一度樹容に遮られ、權右衛門が本堂を廻りきると、遠く正面に見えた。敬四郎である。

典膳は背が見えた。これは權右衛門の數歩前である。白襷でなく下緒で緊《し》めている。

權右衛門はその背後を大きく迂廻して避けて、堂の破風の入口の前に立つた。兩人の刃が交叉するのを正面に見る位置である。双方の間合はまだ狭まつていない。

敬四郎は下段の太刀を僅かずつ動かした。鋒先《きつさき》に陽差の玉が散つた。

典膳は、權右衛門は初めて氣附いたが左手は懷手である。太刀は垂らしている。成程白く額が映え、尋常の眼の輝きでない。

やがて典膳の方が身を動かした。履を後ろへ跳ね、垂れていた右太刀がすつと動いた。懷手を出した。

「――典膳。」敬四郎は靑眼の構えから、刄越しに呼びかけるようにいつた。「お主、歇めぬか。」

「無用じや。」濁音の嗄れた聲である。聽てじりじりと典膳は詰寄つてゆく。著流しに襷掛なので胴が長く見えた。

「行くぞ。」殆ど水平に太刀を延ばすと、そう一聲叫んで典膳は進んだ。

「退けい、典膳、太刀ひけい。」

敬四郎は三、四歩後退しながら瞳孔を大きく開いて喚いた。

「無用じや。」

典膳は躍り込んだ、刄が鳴つた。典膳の身は水沫とともに泉池へ飛び込んでいた。

敬四郎の右の拇指が斬られていた。指は、敬四郎の足許に落ちて、鰻の刎ねられた首のように、ぴくぴく動いている。權右衛門はその指を踏越えて泉池へ走つた。その底から、血の噴き擴がつてくるのがやがて見えた。

敬四郎の島流しはこの後間もなくである。忠利との誓約は誓約だが、相手が狂氣の劍客だからと喜兵衛なども請願したので、刑は減じられたのである。別に、併し敬四郎はこれを悦ぶ様子もなかつた。典膳の屍骸は、俗縁で岫雲院の住持が引取つて荼毘《だび》に附した。

紫都が勢以に瓜二つであることを、權右衛門が住持に聴いたのはこの時である。住持は亦、典膳は昔小倉を出奔した途路、當城下に立寄つて紫都を見そめたのだが、多分、紫都の妹が敬四郎の妻なのを知つて、故意に討たれたのであろう、とも言つた。敬四郎も出來るが、まだまだ典膳には愜わぬはずとも言つた。

指を失つて後の、敬四郎の消息は分らない。一説には、琉球に遠島になつたので、太刀を握れぬ「唐手」の術がこの地方には盛んになつたと謂われている。多分、僻說であろう乎。

猿飛佐助の死

一

小田原の北、半里ばかりの所に、久野口という小さな邑《むら》がある。その久野口から荻窪山の裏山道を、夜陰にまぎれ、翔ぶように走つて行く忍び装束の二人組があつた。天正十八年五月三日のことである。

二人組は、荻窪山の麓へさし掛ると、ちよつと立停り、背後の薄闇に追手の氣配を窺つた。この邊一帯は羽柴秀次の軍勢で固められており、槍の鋩先《きつさき》を光らせた警固の足輕共が彼方此方、焚火しながら屯している。跫音《あしおと》一つにも耳を欹て、嚴重な物見の容子である。

二人組の方は、併し、足輕の警戒など眼中にないらしい。無言のまま、やつて來た邊りを見透して、頷き合うと、又、風のように走り出した。足輕の一人がそれと悟つたとしても、走る彼らを見分けることは出來なかつたろう。それ程、捷い。それもただ疾走するだけではない。樹影から樹影へ走つて、一瞬、やすむ。それから、斜めに、地を這うように次の樹影へ走るのである。走るその姿を若し誰かが見つけたとすれば、當然、目は、彼らと同じ早さで進行方向を追うわけだが、すると樹影の先で、姿が消えた、と見える。慌てて視線を戻す。その隙に、彼らは別の方向へ走り去っている。けっして、同じ速度では走らないし、方向も眞直ぐでない。だから忍者の走る姿を見とどけるのはむつかしい。

二人組は、今もそうして走った。萩窪山の裾を迂回すると、其處はもう羽柴勢の本陣であった。定紋を染め抜いた幔幕《まんまく》が張りめぐらされ、篝火《かがりび》が燃え、一段と警固の夜廻りも嚴重になっていた。

それを窺い見て、彼らは、それぞれ、樹の影へ重なるように身を寄せていたが、不意に、頭から羽織を覆《かぶ》って、其の場に蹲《うずくま》った。夜番の足輕が一人、槍を抱え、間近までやって來たからである。彼らの引覆ったのは、二領楯《りようだて》という忍び裝束の一つで、それを覆ると、岩としか見えない。若し相手が怪しんで近寄れば、內側から突き刺すのである。——が、足輕の方はただの石と思ったらしく、もともとそのつもりで來たのだろうが、ゆっくり、星空を見上げながら放尿して、屯所へ戻って行った。

二つの石は、併しそのままで、動かなくなった。而《そう》して、彼らの來た久野口のあたりに、ドッと、鬨《とき》の聲があがったのは小半刻も後である。忍びの二人と、この鬨の聲には、豫め、謀し合せがしてあったらしい。鬨の聲は、小田原城に籠った北條方が夜襲をかけたのだが、敵方の夜襲というので羽柴の本陣はどつと色めき立ち、幔幕をはね揚げて躍り出す者、馬を曳くもの、久野口へ偵察に走る者、前陣から注進に駈け込んでくる者。――蜂の巣を突いた騒ぎである。――その裡にも、彼我呼應したどよめきはいよいよ擴がり、夜の山一帶に、法螺貝や銅鑼の音が響き出す。

二人組は、その騒ぎを待つていたらしい。そうして、騒ぎに紛れて、難なく羽柴の本陣を拔けた。あとは一瀉千里であつた。星山を越え、山添いに坊所を横切つて、亥の上刻《いじようこく》（午後十一時前）には諏訪の原へ達していた。この邊になると、最早大した軍勢の配置もない。夜空に、遠く炎の餘映が望見されるのは、久野口の部落に燒き打ちでも起つたのであろう。

「――彌介、もうよいわ。」

忍者の一人は、そう聲を掛けると、木株にとンと腰を据えた。黒裝束だが、よく見ると左手に何か抱えている。

「まだ、危いぞ、お主。」走つていた方は、そう小聲で呟いて、四圍をうかがい乍《なが》ら引き返して來た。「この邊、甲賀者が動いている、要愼が肝腎じや。」

「よいわ。甲賀なら話せば分る。『白』より仕易いかも知れんわな。――まア、お主も休め。」足柄まで、後ひと走りじや。」坐つた方が年嵩らしく、落着いてそう云うと抱えた包みを傍らに横たえた。

彌介と呼ばれた方は、それでも周圍に眼を放さなかつたが、相手が動じないので仕方なく隣りに坐つた。これは無手である。

深夜の山中ゆえ、一寸先はそれこそ闇だが、彼らには見えるらしい。

「眠つておるか。」と彌介は、包みを覗き込んだ。

包まれていたのは嬰兒である。泣き聲を立てさせぬためだろう、齒も生えぬ口に猿轡《ぐつわ》を嵌められている。

「無心なものじや。」年嵩が言つた。「——これで、北條が軍《いくさ》に勝てばな。——無理か。ハッハ」

「誰の子じや。」

「む？　——まだ、申せぬ。」

「氏政殿か。」

「白痴《たわけ》たことを。」

年嵩は一喝した。怒氣でなく、むしろ笑いを含んだ皮肉な口調であつた。「いずれ分るときが參ろうわ。」と言つた。

それから、二人は申し合せたように丸薬を噛んだ。忍者獨得の食糧的薬餌である。極く少量で飢を凌ぎ、しかも滋價に富み、携帯にも便だが、一日二三粒ずつ服用すれば、他に食物を用いずとも十日は優に走りつづけるという。

年嵩の忍者は、一度、猿轡を解いて、嬰児にも、己が口移しで薬餌を与えた。そうしてから、再び黒い布に兒を包み、小脇に抱えた。

「參ろう――」

腰の朽葉を拂い、さつと闇を走り出した。――その時である。星がながれるように一本の木立から、同じ、忍びの裝束の武士が現われたのだ。嬰兒を抱えた忍者と交叉しざま、駈け抜けに、無言で脾腹《ひばら》を突き刺した。

「うぬ。……」

忍者同士の闇討ちゆえ、躱す間もなかつたのであろう。年嵩は胴切りに斬りつけようとしたが、及ばなかつた。相手に一抉り、素早く脾腹を掻かれていたのである。蹣跚《よろめ》いて、その場に倒れた。

忍び者は、けつして敵を刺した太刀は、拔かない。突き立てたままで捨て去る。返り血を防ぐためである。

彌介が思わぬ敵の出現に、

「あッ。」と、朋輩の手もとへ駈け寄つたのと、相手が包みを奪い取つて、闇の木立へ走り去つたのは、同時であつた。

「待て、甲賀者。」

彌介は手裏劍を投げた。利かなかつた。追おうか、年嵩を介抱するかと一瞬立ち竦んだが、これも忍者の常套だろう、直ぐ朋輩を捨て殘し、木立に敵を追い走つた。

——そのまま彌介は、戻らなかつた。


夜が明けてから、附近の百姓が諏訪の原に黒裝束の死體を發見した。脾腹に太刀を受けたまま死んでいたが、奇怪なことに顏を己れ自身の小柄で無慘に斬りつけてあつた。誰とも容貌を見分けようがなかつた。

戰國時代のことだから、死骸を見るのは百姓達もいくらか狎れていたろうが、こればかりは氣味惡く思つてか、件の百姓は早速庄屋の藤兵衞に申し出た。藤兵衞は心得があつたので、脾腹の太刀を拔取り、村人に手傳わせて村寺の無緣塚へ埋葬した。戰場の附近ゆえ。名もない雜兵の死體など、藤兵衞はそうして弔つていたのである。この藤兵衞は、後日、死體の緣者があらわれた折のためにと、過去帳を作つていたが、無緣佛の埋葬の日附、死體の位置など書きとめたもので、この日の、忍び者の條りには、次のように書かれてあつた。

「天正庚寅《かのえのとら》歳五月四日。すわのはら。

小作人かすけ弔レ之。らつぱ（亂破）者乎。刺したるは名刀ならず、肉厚き新刀也。たやすく捨つべし。なむあみだぶ。」

二

ここで、前の久野口の夜襲のことに觸れておく。

天正十八年正月、秀吉は諸國に令して北條氏直父子討伐の軍を興した。自らも三月朔日、京師を發して小田原に向つた。水陸併せ、總軍勢四十萬餘である。これに對し、北條方は總勢七萬餘。

秀吉が北條氏を攻めたのは、當時、氏直父子だけが秀吉の天下平定に叛骨を示して入覲しなかつたからである。關東を九十餘年制覇した北條一族にすれば、猿面冠者に服することを潔しとしなかつたのも無理からぬことであろう。併し、勝敗は誰の眼にも瞭然だつた。山中、韮山、八王子、鉢形、忍《おし》と諸城相繼いで陥り、五月のこの頃には總軍小田原城に包圍され、滅亡は時の問題とされていた。

そこで總帥氏直は、私《ひそ》かに降伏を決意したが、一つ、心に殘つたことがある。一子咲丸の身柄である。

當時、二十九歳の氏直には、正室に子がなく、重臣板部岡江雪齋の女との間に一子が生れた。即ち咲丸である。氏直の正室は、徳川家康の女である。謂わば政略結婚だが、その爲、家康への配慮から咲丸誕生のことは、表沙汰にしてなかつた。咲丸の母の於百合は主君の胤を産みおとすと、ひと月後、産褥のため急逝した。(恰度秀吉が小田原城攻略を號令した直後である)

咲丸はその時、江雪齋の手許に預けられていた。

降伏するのは、氏直自身、賜死を覺悟の上である。併し、出來れば咲丸だけは救いたい、と氏直は考えた。表沙汰になつていないのもその點都合がいいし、表沙汰にして、己の子といっていないだけに、一層、不憫もかかつたのである。——で、いよいよ小田原落城が目前に迫つたのを察し、このことを、江雪齋に諮《はか》つた。何とか咲丸を落ちのびさせる手段はないものかと。すると江雪齋は、卽座に、忍びの者に託する策を進言したのである。

彼江雪齋は、伊豆下田の鄉士田中備中守の子で、もとは密宗の僧だつた。それが氏直の祖父氏康に召出され、右筆となつたが、智慮厚く廉潔の士でもあつたから、次第に登庸され、評定頭に列して豆州七島の代官職を兼ねていたものである。先年、上杉謙信と氏康の和睦の折、江雪齋は軍使として越後に使いしたが、この小田原役の前にも、北條家の代理となつて京へ上り、秀吉に面談している。それはさて措き、密宗といえば、所謂忍術を編んだ修驗道の祖流であり、伊豆は亦、忍び者の根據地である。江雪齋自身が、忍びを心得ていた形跡はないが、そういう方面への心當りは充分あつたものと思われる。

ところで、江雪齋から忍者を使うことを進言されたとき、氏直は、肯かなかつた。忍び者の

「不義」を惧れたからである。これは重大なので言つておかねばならないが、當時、各大名は間諜に忍者を利用する一方、けつして、彼らを重用しなかつた。忍び者には彼ら特有の社會があり、一般の武士道とは、根本的に考え方も異つていたからである。彼らはけつして主君というものを持たない。一國の城主のみには仕えないし、無論忠義など盡そうともしなかつた。彼らが間諜として、或る武將のため活躍するのは「傭われた」からである。一定の目的を果せば、(敵の情報をさぐつて提供すれば)「傭われた」任務は了つている。從つてその報酬を獲たとき、踵を轉じて、今度は敵側の爲に活躍することもある。彼らにとつて大切なのは「忠節」ではなく「術」である。己が忍術の優劣を競うことそれ自體が生甲斐であり、目的だつたのである。

彼らとて、敵中に忍び込んで捕われることもあるが、如何に拷問されても、絶對「傭つた主君」の名も、祕密も告げない。默つて舌を嚙む。忠義からではなく、己が術の破れたのを恥じるからである。術だけのために生き、術の名の下で死ぬ。それが彼らの「仁義」とされていた。特定の君主に仕えるのは、だから忍術者の間の禁忌《タブー》であつた。侵せば忍び仲間に暗殺された。

戰國の末時、忍術を職業化する一方で、文書に彼らの正當な記録が遺されていないのはこの爲である。秀吉なども、天下をとるまで隨分と大膽に彼らを利用したが、世が治つてからは伊賀一圓に忍び者は追放したと稗史にある。伊賀には古來修驗者が横行してはいたのだが、世に云う伊賀流の忍術使い等と喧傳され出したのは、この、秀吉の追放以來だつた。

さて、こういうわけで氏直は忍び者に、咲丸を託すのを肯んじなかつた。が、主君としてでなく、仲間のつてで依頼すれば、忍者の仁義からも彼らは咲丸を護つてくれるであろう、と江雪齋は力說した。若しかすれば、そのため一生、咲丸は忍び者でおわるようになるかも知れない。併しこれは、今の場合致し方ない。氏直の落胤と分れば、當然、秀吉も生かしておかぬだろうし、このまま、一族郎黨、城を枕に戰つても、所詮は討死するばかりである。萬一降服が「和睦」という形式ですみ、氏直が存命できれば、その時改めて、咲丸の行方を尋ねる術もあろう。――そう江雪齋は說いた。

氏直は、遂にその言に從つた。五月一日、伊豆から忍び者が呼集された。この小田原役には、豊臣、北條勢とも、かなりの忍術者を使つた形跡があり、例えば、井伊直政は忍びの者に小田原城東濠の水深を測らせているし、家康は家康で、篠曲輪《ささくるわ》の橋の行桁をしらべさせた史實がある。江雪齋が招いたのもそんな一人だつたろうが、城中での扱いは、常になく鄭重なものだつたという。

三日の夜襲は、この忍びの者が劃策したのだつた。敵方の忍者の眼を掠めるためだが、公には、兎角銷沈しがちだつた城中の士氣を鼓舞する爲にと稱し、――五月三日夜半、廣澤某を隊長とする屈強の騎士百人で、前後二隊に分れ、咲丸の脱出後、久野口にどつと夜襲をかけたのである。結局、これは失敗におわつたが、若し咲丸が、最初の「伊豆の忍者」の手に護られたままでいれば、吾々は今日、「猿飛佐助」の口碑を持たなかつたかも知れないし、智將眞田幸村の活躍ぶりも、幾分、史實とは違つていたろうと思われる。

というのは、咲丸の父氏直が意を決して秀吉の軍に降つたのは、これより二ヵ月後、七月五日で、氏直はその時、自分は自決するが、父氏政以下の士卒の命は宥されるようにと、家康を通じて秀吉に嘆願した。これに對し秀吉は、氏政直屬の武將はどう仕様もない、併し他の士卒には、悉く寛典を與えると述べ、氏直自身の死も宥したからである。そこで、氏直は高野山へ蟄居を命じられただけで濟み、翌天正十九年には、改めて伯耆國へ移封するとの意嚮さえ秀吉から洩らされた。尤も、この話のさ中、痘瘡で忽然と氏直は逝つたが。

一方、江雪齋の方は、降伏後捕えられて秀吉直々の面詰を受け、

「先年、汝は北條家の使いとして上洛の折、參覲を約しながら果さなかつた。余はそのため日本國の兵を動かさなければならなかつたが、お前も主家を滅したぞ。あの折の約言は、氏直の奸計か、それともお前の詐りであつたか？　ありのままに言上せよ。」

と、詰《なじ》られたが、

「約に背いたのは自分の責任である。主君氏直に詐りの報告をしたからである。故に、氏直公に罪はない。北條家の亡びたのは思慮の外で、如何とも仕様がないが、日本國の兵を引受けたのは北條家武門の名譽であろう。」と堂々と云いひらき、「今は、疾く首を刎ね候え。」と顏色

も變えなかつたという。約に背いた云々は、むろん、氏直を庇つた言葉である。

それが分つたのか、秀吉は、「お前を京へ引上げて磔に懸けるつもりでいたが大言を吐いて主君を辱めぬ心情天晴れである。」と却つて縛を解いた。

後に、この板部岡江雪齋は、岡野と改名して徳川家康の御家人に加えられた由が、「常山紀談」並に「關八州古戰錄」に記載されている。長生きしたというのは事實であろう。そして、隨分と手を盡して哾丸の行方を尋ねたのである。哾丸が小田原城を落ちる時、形見に抱かせた初代村正の短刀が目じるしであつた。

「伊豆の忍者」が斃れたことを、江雪齋は知らなかつた。哾丸も亦、遂に江雪齋の前にあらわれることはなかつた。

三

話は戻る——

哾丸を奪つたのは甲賀者である。伊豆の忍者と、甲賀伊賀の忍び者とは裝束が違つていた。詳しいことは此處では述べないが、彌介は、だからひと目でそれと悟つて追つたのである。が、力及ばず、翌日早朝明神岳で討たれた。忍術者は、白（普通の武士）を相手とする折は、姿を隱せばよいし、敵を斃すことは目的ではない。だから遁げる。よほどの場合でないと劍は使わぬ。というより、普通の武士を相手に太刀を抜かねばならぬようでは、寔の忍び者とはいえぬわけである。併し、忍びの者同士の血闘には、術と、劍との死力を盡して戰うというから、諏訪ノ原から明神岳迄、風を捲いて走りながら、さぞかし凄絶な死闘が展開されたろうと思われる。彌介は、江雪齋が咲丸脱出の意圖で呼び寄せた程の忍び手だから、かなり、武藝の心得もあり術も巧者だつたに違いない。それを甲賀者——伊澤才覺は、見事に斬り倒したのである。

この伊澤才覺に就いては「眞武內傳附錄」という、眞田家一門の武略を誌した古書に「御家中衆之事」として、次のような挿話が記されている。才覺がまだ塚本治右衞門と名乘つていた——白の時代——のことである。

治右衞門は、或時、人が癩病《らいびよう》を患つたのを見て、あんな體になる位なら自害した方がましだと言つた。ところが、程なく、治右衞門自身癩病に罹つた。前の言葉があるから、彼は大いに恥じ入つて家を出奔《しゆつぽん》し、小柄と細引、それに鹽《しお》を携えて信州鳥居峠の山中に籠つたのである。そうして、顏や手足が腐り出すと、小柄で切裂き、血をしぼり取つてその跡へ鹽を塗りつけた。それを日夜繰返した。すると、七年目に見事本復したという。併し、顏も手足もすだれを編んだ如くになつた。それで、一度下山したが、あまりな容貌故、世を捨て、再び鳥居峠に入つて仙人のような暮しを初めたという。

——多分、忍術者とは、七年間のその山籠りの間に、交わつたのだろうが、何にしても「カクレナキアラ者也」である。一度は而して世を捨てたが、元來が「白」なのだから、主家の眞田昌幸・幸村に仕える忠勤の心は失わなかつたので、この小田原役の折も、伊澤才覺と名を更え主家のため間者の役を引受けていたのである。忍び仲間の方でも、すだれの如き異様な風貌とその理由を知つては、彼の「違反」に默認を與えざるを得なかつたに違いない。

さて才覺は、「伊豆の忍者」が小田原城を脱け出す寸前、忍び込んで、「伊豆の忍者」の抱えているものを、嬰兒とは知らず、狙つたのである。

彌介を斬つてから、それが何であるかを知つたが、形見の短刀の見事な拵えを見て、誰かの遺兒である事を察した。併し、總大將氏直に子はない、と思い込んでいる。

「――ハテ。」

折からの曙に、黒布の包みを解き才覺は、奪い取つた嬰兒をためつすがめつする裡、ふつと、哀れを覺えた。何という無心な顔。才覺とて、武士の情を捨てきれぬ忍び者だから、この遺兒を「忍者」に託した敵將の心情は察せられる。いそいで猿轡を解いてやると、途端に、火がついた如く泣き出したが、その嬰兒の、珠のような涙には、黎明の空と、天地自然の貌《すがた》が映つているばかりである。武門の意地も、戰國の世の野望もそこにはない。眞珠のように、一片の雲を泛べては、つるつる頰を傳い落ちている。

才覺は、忍びで鍛えた嚴つい手で、馴れぬ赤子をあやした。うまくゆかぬ。明神岳のこの附近はもう戰陣とは遠く離れているが、疳高い嬰兒の泣き聲は朝の山に木魂し、あたりが森閑としているだけに、一層際立つ。――困つた。嬰兒では、主君の昌幸に差出してみても仕方がない。殺してしまえば一番簡單だが、妙にそれが出來ぬ。才覺は少時考えて、嬰兒を背に負うと、再び疾風の如く走り出した。

――信州鳥居峠へ。

其處には、才覺に忍びの術を教えた神澤出羽守がいる。この出羽守は、鳳凰の如く、奇骨羽毛を生じた白髮の老仙で、月雲齋と號し、甲賀流忍びの術の流祖であつた。(巷說に戶澤白雲齋というのは、この人であろう。)――才覺は、この月雲齋に咲丸の身柄を預けることにしたのである。

鳥居峠に辿りついて、才覺が月雲齋の庵をたずね、委細を話すと、月雲齋は凝乎と咲丸の童顏を睨みつづけて、

「才覺。」

と、しずかに呼びかけた。「……この兒は、捨てておけ。」

「?――」

「惜しいが、育てて其の方の爲には、ならぬぞ。」

咲丸は黑布を解かれた白綸子の産衣のままで、草の上に橫たえられ、無心に眠つている。

――

「分らぬか。あれを見い……」

そう言つて、月雲齋は手にした白杖の先で、咲丸の額の眞中にポツンと浮いた黑子を示した。

「あれは、天紋と云う。儂《わし》のこの眉間にあるのが、卽ち地紋じや。天紋、術を以て天下を制覇し、地紋これを繼ぐ、と我が奥儀にある。惜しい程の器量を備えた童子じやが……」

「………」

「儂の眼に狂いなくば、三十に滿たずして、死ぬな。――それでも、その方この童子を儂に預け、育ててみる、と申すか。」

才覺は、月雲齋にそう云われて、穴のあくほど咲丸の顏を見詰めた。暫く、無言のままでいた。が、才覺の返事は、きまつている。彼は一旦こうときめたことは、必らず、やりとげる男である。

――自分が伊豆者を斬らなかつたら、この童子は、何時かは、本當の父の許にかえることが出來たかも知れぬ。それを思うと一層不憫である。やはり育ててみようと思う。併し今は火急の場合ゆえ、せめて小田原の戰役が了るまで、暫くの間、身柄を預つて頂きたい。

そんな意味のことを、才覺は言つた。その面上に、實の我が子を賴むような眞情が溢れていた。

それで、遂に月雲齋も心が動いたか、それほど執心ならいつまでも我が手許においてやろう、と呟いた。

出來ればそれに越したことはない。才覺は目をうるませて、欣んだ。

咲丸はかくて、鳥居峠の草庵で育てられることになつた。


それから十四年の光陰が流れる。——

四

慶長八年六月或る日、眞田幸村の屋敷——奥書院の天井に、蜘蛛の如く張りついている忍び者があつた。

はじめは、誰も氣づく者がない。幸村主従は、書院とは別棟の大廣間で、客を迎え、酒宴を張つていた。時々、其處からの笑聲が、陽差しの明るい庭を距てて、この書院に聞こえてくる。

書院の障子窓は、曲者が忍び入る時、細目に開けたままである。故意にそうしたのである。

忍者は、姑《しばら》く、天井の桟に張りついたまま、きよろきよろ、書院内のたたずまいを見降していた。大廣間の話しの内容は、逐一、忍者には筒抜けなのだろう、彼處でどつと哄笑が起ると、大膽にも、クスクス笑つている。

併し、書院へは一向に、誰も入って來る者がないので、到頭退屈したのか、座敷の眞中に飛び降りた。すっくと立つと、一分の隙もない、忍びの裝束である。

改めて座敷內を、眺め廻す。窓に面した經机には、兵書。床に緋威しの鎧と兜が飾ってある。その床柱の、一重切りの竹筒へ挿した木蓮の花一輪。つよい香氣の漂っていたのはこれか、とそんな眸差で忍者は少時、眺め入った。それから彼は花筒へ寄って、無造作に一輪を引抜いた。

――その時、書院の外に、廊下を渡ってくる衣摺れの跫音がし、障子に影が動いた。間一髮、曲者は、花の枝を咥えると、ひらりと天井に躍り上っていた。

座敷へ入って來たのは、未通女だった。お萬阿《まあ》という幸村の娘である。何か幸村の所用でも吩いつかったのか、床脇の文筥へと、歩み寄った。――と、頭上から、ヒラヒラ、白い花瓣が舞い落ちて來たのだ。

怪しんで、お萬阿は天上を仰いだ。

「あ……」

片唾をのむと、二三歩あとずさって、床柱に背をつけ、きっと天上の曲者を見上げる。澄んだその双眸に恐怖はない。いきどおりの凄いような美しさが煌いている。

「そなた、何者じゃ。」お萬阿はふるえる聲で言った。

忍び者は、自分を見つけたのが意外にも小娘だつたのに、内心落膽したらしい。それでも、あまりお萬阿が美しいので、呆然としたようだつたが、

「女では、しようがない。」

呟いて、ヒラリと彼女の前に舞い降りた。「わしは、幸村どのに用があるのじや。」と言つた。なるべく穏かに話そうとする様子である。

お萬阿の方は、くせ者が自分と大して違わぬ少年であることに、幾分、いきどおりを解いたらしく、

「お父上に御用なら、何故、そのように卑怯な眞似をなさるのじや。」

「卑怯と？」

曲者は苦笑した。

「わしは考えがあつて、試してみた迄じや。」

「何を？」

「才覺どのの申されたこと、まことか伺うか分らぬでな。」

何のことかお萬阿には分らない。「ここは、お父上の間じや。御用なら庭へおいでなされ。」

そういつて、また、じつと睨んでから、すいと相手の脇を通り抜け、いそいで部屋を出ようとする。

「――待て。」

曲者は呼びとめた。

お萬阿は、逃げ出すと思われたと考えたのであろう。頬に垂れる尼削ぎの髪を振拂つて、ひらき直つた。

「何ぞ、わらわに御用か？」

曲者は默つて右手の木蓮の花を差出した。ホロリと又一瓣《ひら》散つた。

「……これを返す。」

「…………」

「よい、匂いの花じや。そなたに、どことのう、似ておる。」

山中で熊や猿を相手に育つた者には精一杯の、これはお愛想のつもりだろう。

お萬阿の方が年は下だが才丈《た》けている。女であれば、當然でもあつたろう。お萬阿は十二歳である。普通なら信州上田城のお姫様として、何處かの若君に縁附いている年頃である。

お萬阿は咲丸の差し向けた白い花を、冷やかに見捨てたきり、書院を出て行つた。

曲者は、己が手に殘つたそれへ、目を落した。大廣間の歡聲がぴたりと歇んだ。

間もなく遽しく廊下を駈けてくる跫音。バラバラと庭を遠巻きにした氣配。

「うぬ。――何者じや。」

逸早く駈けつけた武士がそう叫んで廊下に突っ立つた。庭に數人、もう、追っ取り刀で散開している。

「何者じや。ここを、眞田屋敷と承知の上で、忍び入つたか。」

誰かが、無言で太刀を拔いた。同時にキラリキラリと、庭の陽差しの彼方此方に白刃が閃いた。曲者はそれと見て、ぴたり、手の花一輪で構えた。水際立つた身構えである。

庭の方の一人に、長身の槍を抱えて來た者があつた。それが、朋輩を掻き分け、ずかずかと咲丸の前へ來、縁側に片足を踏みかけた。

「白晝、大膽至極な奴。……何流の忍び者じや。名乘れ名乘れ。」

戰場で鍛え上げた大音聲を張りあげる。

「わしは、猿飛佐助じや。」

五

槍の武士は、眞田家きつての判官流の豪手、金剛兵衞之介秀春であつた。

猿飛佐助と名乘る若者は、この金剛兵衞の突き出す槍の穂先を、五度、六度、飛燕の身輕さで躱した。はじめの裡、この曲者が意外にまだ若々しい少年忍者なのに、幾らか氣を許していた兵衞も、遂に心底から憤り、必殺の槍を突出す。それを見て、他の家來も偕《とも》にどつと斬り掛ける。

柳生や佐々木小次郎程の達人でも、七人以上の刃を一度に相手にしては、通常、勝てるものではない。一人が戦いうる限度は六人までである。佐助は、次第に書院の片隅へ詰め寄せられた。何故か、天井へ跳ぶ術は使わなかつた。もう、花は無慘に散つている。無手である。

その裡、到頭、兵衞の繰り出す槍が曲者の裝束の小脇を刺した。曲者は壁に背をつけていたから、穂先は、着物を壁に刺し止めたわけである。曲者は動けぬ。得たりとばかり、別の者の大上段の太刀が降つて懸る。

がッ、と火花が散つて、その太刀を受けたのは、他ならぬ兵衞の槍先だつたのである。詳しくいうと、曲者の着物だけ、壁に殘り、中身の曲者自身は消えていた。

「あつ。」

と、兵衞と件の武士が驚いたときには、別の衣裳に早變つた曲者が、細目に開いた書院窓から庭へとび降りていた。

漸く、一同がそれと氣づいた折は早や、松の梢へ。其處から屋根へ。

その、甍《いらか》の上にすうつと立つた猿飛佐助を、大廣間の縁に佇んでじつと見ていたのは、幸村と、並んだ娘のお萬阿であつた。一同も聽て屋根に氣がついた。

「種子ガ島で擊ち取つてくれん。」

口々に言い罵り、早くも二三人が火縄銃を持ち出す。佐助は、見下して、皓い歯を見せた。

——

「皆の者、控えい。」

縁に立つた幸村が、はじめて一同に聲を掛けた。

當時の鐵砲は、無論、種子ガ島から傳來したものである。火縄を點けて發砲する。天正の中期には足輕さえ戰場で使用するまでに、鐵砲は普及していた。併し最も巧みに、且つ精巧なそれを使用したのは、他ならぬ甲賀、伊賀の忍術者達だつたのである。幸村はそれを知つていたから一同を制したのである。

「小童、降りて參らぬか。」

幸村は庭下駄を引掛けると、立騒ぐ一同の中へ歩み出、おだやかにそう聲を掛けた。烱々たる眼光、この頃の幸村は傳心月叟と稱し、既に剃髮していたが、一代の智將と謳われた明晳の風貌は些かも失われていない。

「どうじや、佐助とやら。——その方、余に逢いに參つたと申すではないか。一度、降りて參れ。」

さつと白扇を翳して、剃髮の頭に照る陽光を遮りながら、言う。

佐助は、その幸村を瞬きもせず見下していた。それから、ちらと向うの縁側に佇んでいる少女の方を見眄《みなが》し、うなずいた。

「よいわ。一ぺん、篤と話してみよう。」

ひとり言のように言ったと同時、一同は「あつ。」と目を瞠つた。佐助の姿は消えていたからである。

六

何處を何う探しても、佐助はいない。

「いまいましい奴め。」

「あ奴、あの若さで、何處で修業し居つたか。」

口々になかば呆れ顔の雜言を吐きながら、それでも仕方なく、再び、ぞろぞろ大廣間へ戻る。

客は、幸村の兄、沼田城主眞田信之から使いに來た、目附役の綠川條右衞門という者である。使いといつても、別に重要な役目を吩いつかつて來たものでないから、一同の話は、今の忍者のことで持ちきりになつた。家康の廻し者ではなかろうか、「お主、知つておろうが?」などと條右衞門に胡散臭く訊く者もある。無理もない。條右衞門の主君信之は、去る慶長五年、石田三成の擧兵で、關ガ原の合戰が起つたとき、父昌幸、弟幸村等が皆石田に與《くみ》したのにこの信之は、獨り、父弟と別れて家康に從い、父の領する伊勢崎の要害を破つた。戰いが家康の勝利に了ってのち、勳功に代えて、父と弟の助命を乞うたから、家康も遂に折れ、この九度山に幸村父子を蟄居させたのである。そうでなくとも、幸村父子と家康とは、犬猿も啻《ただ》ならぬ間柄だつた。信之だけが今も猶信州を領して、あの時も家康側に就いたのは、信之の妻が徳川家の忠臣本田忠勝の女だつたからである。

條右衛門が佐助を勿論知る筈はない。條右衛門は、家康の孫娘千姫が、この七月、秀頼の許へ、輿入れすることになつたその祝い物を捧じて、大坂城へ伺候したのを機會に、謂わば幸村の閑居を慰めるため當地へやつて來たのである。

「某《それがし》は、あのような忍び者、夢にも存じ申さぬぞ。」

苦々しげに、白髮頭を振りたてて申しひらく。

「左様か喃。」

むしろ不滿そうにして、金剛兵衞などは頷いているが、納得のゆかぬことには渝《かわ》りはないから、又しても、猿飛佐助の忌々しさに話が戻る。

幸村は見兼ねて、

「もうよいわ、兵衞。」

と叱つた。そして、「條右衛門、ゆつくり致して參れ。」と聲を殘し、獨り己が書院へ引揚げた。

何という神出ぶり。

その、座敷の眞中に、佐助は端然と坐っていたのである。

流石の幸村も、これには色をなして、感嘆した。

「見事な業じゃ。」

後ろ手に障子を閉めながら、それでも莞爾と幸村は笑った。

佐助は眉を上げてそんな幸村を見上げた。——一點、鮮かな額の黒子。——いかに山猿同様の育ちをしたとはいえ、世が世であれば關東七カ國を宰領する北條一門の世襲である。おのずから備つた品格と、凜々しいその眉宇を、しげしげ見下しながら、幸村は大きく佐助の前を迂回して、正面、床を背に着座した。迂回して通ったのは、言う迄もない、不意打を幸村は警戒したからである。

「佐助とやら。」

幸村は脇息を引寄せると、改めて、主客の位置に對坐した佐助を見遣った。

「それ程までに、誰に就いて修業致したな?」

「當家の家臣、才覺どのじゃ。」佐助は應えた。

「才覺——?」

幸村には、直ぐ思い當らなかったらしい。それを見ると、佐助は、

「わしもよくは知らぬ。才覺どのが、死に際に是非と申したので、兎に角、當地へ見參に參ってみたのじや。」

と言つた。そして猶も納得のゆかぬげな幸村へ、次のような自己紹介を兼ねて、說明をはじめたのである。

——猿飛佐助は、自分が幼名唉丸と名附けられた氏直の遺兒であることは、知る由もなく、鳥居峠で日々健かに成人した。才覺は、小田原役が了ると直ちに月雲齋の草庵へ戻つた。當時まだ乳呑兒の唉丸だつたから、下々の世話や哺乳などは、如何な忍術の流祖でも手に餘る。それで、才覺がそういう一切の世話を引受けたのである。そのため、この頃から、才覺は眞田家へ戻らなくなつた。手鹽にかけて育てれば情が移るのが當然で、實は、片時も唉丸の側を離れられなかつたからである。すだれの如き醜い容貌を、無心な唉丸だけは、あどけない眼で、慈父のように慕つてくれる——それが嬉しかつたのでもあろう。立派に成人し、若かりし日の儂以上じや、と月雲齋すら感嘆する程に忍術を會得した佐助を見て、永眠する迄、才覺は到頭、鳥居峠の山中を一歩も出なかつた。そうして、愈々永眠するときになつて佐助の手を取り、自分は主家のため存分の働きが出來なかつたのを、ただ一つ、今は心殘りに思う。忍び者の掟で、佐助は主家を有たぬだろうが、若し、自分のことを忘れずにいてくれるなら、眞田家に何か大事が起つた折、一度でもいいから、自分への回向のつもりで立働いてくれるように、と賴んだ。

「よいわ。」と佐助は約束した。もともと、奥儀こそ月雲齋が授けたが、それ迄のあらゆる鍛錬や技術は、才覺によつて得たも同様だからだ。

――ここで一應、忍術の修業のことに觸れてみると――

そもそも忍術の本源を尋ねれば、矢張り、仙術及び武道に溯る。前にも書いたが、修驗道の神靈術などから分化發展したものである。それ故、往古は忍術のことを、透破《すつぱ》とか、亂破《らつぱ》、芝《し》見《けん》、草《くさ》などと呼び、武田信玄は「三つ者」、信長は「簷猿《ひきざる》」「饗談《きようだん》」等と呼んでいた。孰れも密法の加持祈禱――印を結んで陀羅尼を唱え奇蹟を顯出する――その類似から起つた名である。

甲賀流伊賀流が宣傳されたのは、徳川初期、伊賀者服部半藏に二百人の忍者を取締らせた時以來との說もあるが、（現今の東京麻布《あざぶ》笄町《こうがいちよう》は、その時の甲賀流、伊賀者を橋を距てて住ませたことから、甲賀伊賀町と呼ばれていたのが、訛つて、こうがい橋、笄町、となつたという。）何《いずれ》にしても、近江の甲賀、伊賀には忍び者が多く、兩派の大家十一人によつて、天正時代既に一種の厖大な結社組織が編成されていたともいう。だが、兩派とは別に、伊豆流、根來《ねごろ》流などと稱する一派もあり、戰國の世に、彼らは彼らで、制覇の爲に暗躍をつづけていたのである。

さて修業だが、初歩の頃は、麻は極めて速かに成長するので、日々、その成長の背丈を飛び越す修業からはじめることなど、今では誰でも知つていよう。――が、念のため、主な事を箇條書きにしてみると――

一、唐紙の上に紙を張り、それに水をかけてその濡れ紙の上を破れぬように渡る修練。
一、靜息術といつて、鼻先へ綿屑をつけ、如何なる場合もその綿屑が微動しない迄に、しずかに呼吸する。
一、走る速度は一日平均四十里。標準は、笠を胸に當てて落ちない速さ。
一、手足は悉くその關節を外す。繩目を受けたとき、身體の關節を外して脫け出すのである。
一、拇指と人差指の二本で、十五六貫の重さの物を撮《つま》み上げる修練。——これが出來れば、天井の棧などにも指二本でぶら下ることが出來る。
——その他、波立てずに泳ぐ「忍び流れ」の泳法や、水中での三十分間の潛り、普通人より十四倍の早耳、八倍の目利き——(むろん暗夜でも見えねばならぬ)の修練など、いつてみれば悉くが、たゆまぬ努力と練磨の賜物である。あらかた、その修業が了つて、次に道具や藥餌を用いる。

例えば、忍びの者が使用する太刀の鍔は大きい。太刀を地に突つ立てて、鍔を足がかりに、高塀等へ登るのである。鞘は通常鐵製である。これは長い下緒を利して、分銅にするためである。又鞘には先に穴が開いているが、水中に潛つて呼吸するのに使う。往々、全身に油を塗る。從つてけつして深い傷はうけぬ。衣裳にはいろいろ仕掛けがあり、一の絲、二の絲、三の絲と、絲を引けばばらりと柄が變り、自在に脫げるようにもなつている。佐助が書院で金剛兵衞に突かれた時は、この二の絲を引いたのである。又別に、かくれ簑、雨取りの術、目潰し、催眠、蛇、百足、鼠を使う隠形術、僞言、影移し、火吹き術など書けば限りがないが、忍術藥餌丸のことは前に述べた。——要するに、これらを稱して、「忍びの六具」と呼び、時に應じた變幻《へんげん》に使うわけである。火遁、水遁なども「六具」を利用した走法に他ならない。甲賀、根來、伊豆者の違いは、これらの道具や祕法に、夫々の奥儀があつたからである。

猿飛佐助は、このうちの甲賀流を修めた。修練のはてで技量を決するのは、矢張り天才である。佐助はその意味でも月雲齋を瞠目させた。嬉しい瞠目であつたろう。月雲齋は己が知る術の全てと、祕傳を佐助へ注ぎ込んだのである。才覺が死ぬ頃には、十五歳にして、神妙の祕傳を會得した佐助の名を、甲賀流の忍び仲間で誰一人知らぬものはなかつたという。むしろ、若き盟主として、佐助は、甲賀者の衆望の的であつた。

その佐助が、才覺の遺言で、眞田家の爲に立働くことに反對したのは、他ならぬ月雲齋であつた。月雲齋は、三十以前に自刃する佐助の命運を知つていた。その死がかならず眞田家によつて齎されるであろうとも月雲齋は見拔いたからである。（別に不思議はない。忍術使いは、觀相にも通じているからである。）月雲齋は併し、それと瞭《あきら》かに佐助に言いたくなかつたから、表向き飽く迄、忍者の掟を理由に、幸村を訪ねることに反對した。佐助の身につながる甲賀者一圓の輿望を裏切つてはならぬ、と誡めた。

佐助にすれば、言われるまでもなく、掟の重大さは知つている。むしろそれだけを知り、その掟の中に育つて來たのである。といつて、才覺のあの願いをむげに拒けるのも哀れだから、眞田家のために働くかどうかは兎に角、ひと先ずこれを機會に、諸國漫遊がてら九度山へ赴いて、才覺の死を幸村に傳えるだけは傳えてやろう、という氣持が湧いた。佐助はまだ己が術を他國者と競つたことがない。謂わば他流試合をしたことがないから、その好奇心もあつたのだ。漫遊を理由にされては、月雲齋とて制しようはない。かならず眞田家に永居致すでないぞ、と繰返し云い含めて、その首途を許したのである。

佐助は先ず伊賀へ立寄り、伊賀流の總帥、雲野大寶坊と術を競つた。忍者の術の戰いには、太刀は使わぬ。併し、指一本で敵の喉に穴をあける位の事は造作もないから、佐助の立去つた跡《あと》には、背を二つに裂かれ、兩眼から血を吹いた大寶坊の死骸が横たわつていた。そうして佐助は、翔ぶように九度山へ遣つて來たのである。

——以上、さし障りのない範圍で、佐助はあらましの事情を幸村に說明して、才覺こと塚本治右衞門の逝去を兎も角知らせに來たのだと、結んだ。

七

聞きおわつた幸村の面に、一種異樣な明るさが輝き出した。それを見て、佐助はちよつと困惑した。

果して幸村は膝を乗り出した。

「よくぞ詳しく申してくれた。忝《かたじ》けないぞ。……就いては、佐助。佛への回向のためじや、今後も當地に停つて、余が力になつてくれぬか。才覺が申せし眞田家の一大事、目睫に迫つて居るのじや。」

たしかに、大坂城には、日々徳川方の魔手がのびている。家康が孫娘を秀頼公へ縁組ませたのも、云つてみれば、野望を晦ます策略である。それに、今、家康が最も恐れているのは、他ならぬ幸村の智謀で、ひそかに幸村暗殺の命を受けた刺客や間者が、折々、この屋敷へ忍び込んでいる。敢えて懼るるには足らないが、佐助が護つてくれるなら、それこそどんなに心丈夫か知れない――

「若しその方如き達人が、家康の廻し者で忍んでおれば如何なる余も、見事、首を搔かれていたであろうからな。ハッハ。」

幸村はそういつて豪快に笑つた。この首は惜しくはないが、恩顧を享けた豊臣家のため、ひいては天下のため、まだ死ねぬこの幸村じや、とも言つた。天下のために余を援けてはくれないかとも言つた。

佐助は、迷惑そうに笑つた。豊臣方が天下を治めようと、家康の世になろうと、佐助の知つたことではないのだ。

「折角じやが、わしは……」

冷やかな笑いを泛べて、佐助が斷わろうとした時――

「……お父上。」

障子の影からお萬阿が、入つてきた。

お萬阿は、客の緣川條右衞門が歸る由を告げに來たのだが、思いがけぬ佐助の姿に、棒を呑んだように立ち盡くした。

それをかえり見た佐助は、何故か、ふつと眉をくもらした。

そして、幸村の願いを斷わるとは、到頭言わなかつた。

八

佐助が滯留するようになつてからの、幸村の歡びは非常なもので、早速に客分の扱いを與えた。はじめは「かかる曲者を。」と顏色を變えた兵衞はじめ家來一同も、佐助が舊臣「すだれ顏」才覺の緣故と知つて安心したのか、次第にうちとけてくるようになつた。まして佐助が凡《ぼん》庸《よう》の忍び者でないのはあの折、肝に銘じて知らされている。それが口惜しくもあり、信賴感も亦ひとしおなのだろう、兵衞などは一寸した變事がある每に、

「佐助はどこじや。」

「佐助に相談して參る。」

と先ず佐助の傍へとんで行く。曲者が西の方へ走つても、佐助が東にいれば東へ駈けて行く程の、氣の入れようである。

佐助自身は、だが、そうした皆の歡待を受けても、別にうれしそうではない。一人の折などは顔を曇らせて、遙かに信州の空をのぞんでいる時が多かつた。

お萬阿は、佐助が屋敷にとどまるようになつて、最初の頃は、口を利かぬ、眞田家で彼に冷淡な唯一人だつた。——それが一年經ち、二年と經るにつれ、佐助へ遠慮を見せるようになつていた。その頃から、お萬阿は日増しに女らしくなつた。

佐助の方は、はじめから變らぬ。お萬阿に對して、幸村や家來の誰にも見せたことのない、打ちとけた微笑を泛べたのは、當座の暫くだけで、童心を殘したその微笑も、間もなく露がかわくように消えた。以後は、日を經るにつれてお萬阿を避けるようになつた。時として、お萬阿の遠慮がちな深い眸容《ほうよう》に出會うと、顔をそむける。そうして、そんな日は裏山へ登り、亭々《ていてい》たる杉の大樹を見上げてから氣合を掛け、自分を鞭打つ如く、忍びの、跳躍を修業する。かた時もそれは怠れない練磨ではあつたろうが、時には杉の頂上から、眞つ逆さまに飛び降りる練習は、何か、地上に身を叩きつけているようである。第三者が見ればハッとするだろう。が、絲を引いて蜘蛛が地へ下りるように、そんな佐助と杉の頂上とに、細繩が渡っている――

いちど、お萬阿は、そんな修業の場へ行き合せたことがあった。

蕨を摘みに、彼女は婢を伴い山へ分け入っていた。九度山もその邊りへ來ると、道を通う人もない。幽邃《ゆうすい》の氣が四圍に滿ち、森々《しんしん》として、如何にも山深く分け入った趣きがある。お萬阿は、女二人で、蕨《わらび》摘みについ氣を奪われてこんなに奥深くやって來たのを後悔した。二人の籠にはもう、ふさふさ、綠の綿に似た早蕨が盛り重なっている。

お萬阿が引返そうとすると、何處かで、鶯《うぐいす》が鳴いた。

「……あら。」

お萬阿は、思わず立停って、あたりを見上げた。――と又鳴いた。ケキョ、ケキョケキョホウ、ホッ……と聞こえ、チチチ……と後が濁った。

お萬阿には、初鶯だったから、眉の淡い双眸《そうぼう》を見張って、仰ぎながら歩き出した。すると、別の梢で、今度は杜鵑《ほととぎす》が鳴いたのだ。はれやかだったお萬阿の面《おもて》は急に翳り、立停ると、息を詰めて、彼女はあたりを窺った。晝日中、この季節には杜鵑《ほととぎす》が鳴く筈はない。――

お萬阿の頰は、みるみる紅潮した。

その時、一條の綱が、空を馳ける人物から弧を描いて流れたと見ると、彼方の、杉の下徑《したみち》に佐助は立っていたのである。

お萬阿は、急いで近寄つて行つて、

「――佐助どの。」

と背へ聲を掛けると、佩を揚げるような仕ぐさで梢から細引を手繰りながら、佐助は、振り返ろうともせず、

「随分、お摘みなされたな」

「先程から、妾《わらわ》を存じて居やつたか。」

お萬阿は聲をはずませて、訊いた。佐助は默つているが、そうにきまつている。佐助のことゆえ、逢いたくなければ、姿を消している位は造作もないのだ。――「きつと、妾を存じていやつたのじやな。」

「そうなら、何うだと申される？」

「……うれしく思います。」

「醉興《すいきよう》な、――早う山をお降りなされい。先刻より、お父上が案じてござろうぞ。」

佐助はあく迄、背を向けたままで、細引を巻きながら言つた。お萬阿は動かなかつた。「そなたには、お父上の、今のお心が見えるのか。」と訊いた。

「――左様。」

佐助が、あつさり應えると、

「嘘じゃ。」

鞭のような聲が言つた。目の前のこの氣持も分らぬ者に、遠い屋敷にいる父の心が分ろう筈はない、と言うのである。

それを聞くと、はつと佐助は、あと返つた。今やあきらかに、乙女のふくらみを持つお萬阿の胸は烈しく息づいている。日頃の遠慮がちな容子《ようす》とは別人のようである。

佐助は、次第に迫つてくるお萬阿の必死なものを、身じろぎもせず、受けとめている。佐助も、亦、全き今は青年武士である。天性に備わつた品位と、たゆまぬ修業を心掛ける者だけが有つ、凜々しい容姿。

「佐助どの！……」

お萬阿の足許に、ほとりと籠が落ち、早蕨の散亂した中を、二三歩、お萬阿は歩んだ。

——途端。

「近寄られるな」

叫んでパッと佐助は消えていた。

九

このことがあつてから、佐助は一層お萬阿を避けるようになつた。お萬阿はあの時どんなに

四邊を探したか知れない。何處にも見當らないと分ると、

「卑怯じや。卑怯じや。」

ぼろぼろ大粒の涙を滾した。佐助は自分を嫌つている、彼女はそう思つた。

だから、あの山の日から半年あまり後になつて、或る日、めずらしく佐助が、お萬阿を裏山へ誘いに來たときは夢ではないかと思われた。佐助はお萬阿の視線をさけ、こう言つたのである「お萬阿どの。明朝卯ノ刻、裏山へ登つて下さらぬか。わしは御許に話しておかねばならぬことがある。成る可くなら、一人で來て頂き度い。」

お萬阿は承知した。少し早目に、言われるまでもない一人で、出掛けた。この前と同じ徑を、無意識に梢などを見上げながら登つて行つた。汗ばんだ頰に纏わる後れ毛を掻きあげると、恰度、既に待つている佐助が向うに見えた。お萬阿は指で裾を抑えて、駈け登つた。意外にも、併し彼一人ではなかつた。

——お萬阿の淡い期待は、この瞬間から消える。

佐助の連れ立つていたのは、甲賀者である。月雲齋の命を享け、佐助の歸國を促しに來たのである。月雲齋は、野史に據《よ》れば百餘歳の長壽を全うしたという。が、老衰の極、このときは最早一兩日のいのちも危ぶまれていたのである。

佐助は、何か辯解めいて事情を話そうとしたが、お萬阿は何も聞かなかつた。葉洩れ陽に、

眞靑に染まつて佐助を睨んでいた。

それで、佐助は語る氣はなくなつたらしい。努めて微笑を泛べると、

「よいわ、そなたに事情を聞いて貰えればと思つたが、……別に、話してどうなる事でもない。

——さあ、屋形へお送り致そう。」

お萬阿は脱殼《ぬけがら》のような躰を運んだが、途中で、足がよろめいたのを、佐助は抱いた。その時、

「妾は歩けぬ。背負つてたも。」お萬阿は、はじめて舊・上田城主の姫君の威嚴を見せて、命ずるようにいつた。佐助は默つて、その場に踞《かが》んだ。お萬阿は身をなげかけた。佐助は立上ると、一度、ひよいと彈《はず》みをつけて、背に廻した腕に力を籠め、勾配を矢のように駈け出した。

幸村はお萬阿ほど單純ではない。月雲齋に會いに歸るのは仕方ないが、必ず再《また》、當地へ戻つてくれぬか、沈痛な面差《おもざし》でそう言つたのである。佐助は、恐らく不可能と思う、と應えた。すると幸村は、

「——佐助、當初からその方、余のために盡す氣のないのは、存じて居つたぞ。忍び者の掟なるものも、余は存じて居る。——その上で、賴むのじや。……のう。」

大坂では正に德川と豐臣兩家が戰おうとしている。味方は諸國の浪人を驅り集めた謂わば俄か軍勢。相手は三河以來、德川家に身命を捧げた關東武士であり、豐臣恩顧の諸大名までが、

多く、身の安逸をのぞんで徳川方に與している。倖い、難攻不落の大坂城に籠ることゆえ、よも敗れたりはすまいが、何といっても徳川は今や旭日《きょくじつ》の勢い。萬一の事がないとも計り難い。「さればじゃ。かかる際こそ、御身の術を以て敵陣を攪亂してくれるなら……」

佐助は面を俯せた。少時して、上げると、「殘念乍ら、某には甲賀者百余人の運命がかけられている。」

と靜かに應えた。

「……そうか。」

幸村はがくんと肩を落としたが、やがて、默つて手を拍つた。廊下へ控え出た近侍の一人に、佐助が出立するから、直ぐ歡送の宴を用意せよ、と言つた。

佐助は虛ろに芳志《ほうし》を受けた。當夜、そして信州へ飛んだ。

十

月雲齋が、鳥居峠で、甲賀者の各組頭に圍まれ、眠るが如く逝つたのは、慶長十七年三月四日拂曉であつた。佐助は、衆望《しゆうぼう》を仰いで此處に甲賀流忍術、第四代の盟主となつた。忍び者の誓約は、土器《かわらけ》に白酒を注ぎ、小指を切つて血を滴らせて、その土器を、左袖から懷を通して右袖口に出す。それを更に兩三度繰返す。そうして、新盟主から一口ずつ各組頭へ飲み廻す。最後に、土器を割り、尖つたその割れ口で腕を切つて、滾《こぼ》れる血を集め、盟主の棲家の西北《いぬい》の方に埋めるのである。

佐助は、かくて甲賀流の盟主となつた。

それから二年の歳月が過ぎた。


——今、佐助は、甲賀郡阿星《あぼし》山頂の草叢に寝轉がつて、空を見ている。「過現の術」を使つている。大坂では家康と豊臣勢が戰つている。去年もそうだつたが、去年は、十月九日夜半、卽ち佐助が九度山を捨てた翌日、上弦《じようげん》の月を戴いて急行した眞田幸村の智謀に據つて、勢力拮抗のうちに、和議が成立した。

今は違う。家康の奸計のため、外濠を埋めた豊臣方の敗色は瞭然《りようぜん》である。幸村も遂に、討死を決意したか、全滅を覺悟で、城門を押し開けて討つて出、茶臼山《ちやうすやま》に陣している。——そんな大坂の戰闘は、繪巻物を繰りひろげるが如く、佐助の眼前の空に浮んでいる。

幸村は、二度三度、越前の少將忠直の陣營へ斬込みを懸けた。敵勢は新手をくり出し、應戰した。逆に、そして第三隊は幸村の一團めがけて殺到する。凄絶《せいぜつ》な亂戰。砂塵の中に突立つ馬の嘶きがきこえ、もんどりうつて落馬する彼我《ひが》の武將の鎧姿が見える。——佐助には、それが幸村と見える。

空に向つて佐助は瞬いた。

城中では秀頼、淀君をはじめ、奥女中や腰元が火焔の中を逃げ廻つている。秀頼は、遂に天守閣に登つた。千姫も登つた。あとから、お萬阿も階《きざはし》に足をかけた。そうしてお萬阿は、火の粉を浴び、一心に佐助の名を呼んでいる。佐助が、何處かから忽然と現われ、自分を抱え出してくれるだろうと、——今にこれは始つたことではない。お萬阿は三年前、佐助に負われて山道を下つたときから、いつか、もう一度、こうしてこの人の背に負われる歡喜《よろこび》が訪れてくれるだろう、と信じつづけて來たのである。戰國の世に生れ、武將の娘と育つたいのちが描いた、たつた一度のそれは浪曼《ろうまん》だつた。死は少しもお萬阿は怖しくない。自分の夢が、ねがいが叶えられさえすれば……。

佐助は、又、瞬いた。

青空に一つ、白い雲が浮いている。わしには百人の忍び者のねがいが賭けられているのじや。——佐助は、凝乎と雲を眺めて呟いた。——「けつして武士の如く生きるでないぞ。忍者は忍者の道を生きよ。」月雲齋はそう言い乍ら「生きよ」の「よ」の口を再び閉じなかつた。佐助は目を瞑つた。

焔に捲き込まれて、今にも燃え落ちそうな天守閣の窓枠から、佐助の名を空に呼ぶ聲がきこえる。次第に、聲は弱まる……

不意に、佐助は草叢に起きた。

「わしは誰のために修業したのじや……」

目に涙が溜つている。倒れるように又、草叢に身をなげた。

十一

佐助が起直つて、凝然《ぎようぜん》と一つの白雲を瞶め出したのは、それから小半刻のちである。空に、地平線を黄昏《たそがれ》が染めはじめている。その暮色《ぼしよく》の中に一つ浮上つた雲を瞶め、佐助は獨り言を言つた。

「あの雲が、西に流れれば、此處にとどまる。東へ動いたら、わしは、行く。お萬阿どのを救いに、行く。……西か？……行くか？……西か？……行くか？……行くか……行……」

佐助の身を風はさらつた。

×　×　×

一刻半（三時間）後、猿飛佐助は森之宮に立つて、大坂城本丸の炎上するのを見ている。既に幸村は茶臼山で討死した。子の大助は、秀頼を守つて芦田郭《あしだぐるわ》の土倉内《つちくらない》に匿まい、火を避けている。戦いは既に熄んだのである。

佐助は、濠の水で身を濕《しめ》すと、やがて火中を潜つて城中へ入つた。——惜しい哉。秀頼が自刃したのはその直前であつた。

一方、お萬阿は、秀頼らと天守閣の火中ではぐれ、他の奥女中に紛れて城中を逃げ惑うところを、伊達家の武将片倉小十郎長成に捕えられた。到頭、佐助は救いに來てくれなかつたのだ。お萬阿は父の討死を知つて自刃しようとするが、小十郎は制す。敗れた敵將の子女を引取つて、然るべき相手に縁組ませるのは、敵將への武士の情として當時は屢々見られたことだが、小十郎は、お萬阿の美容を賞揚《しようよう》し、己が息子に妻わそうと思つたのである。

而して七月朔日《ついたち》、二條城で、家康から諸大名への褒賞《ほうしよう》と饗應《きようおう》の議があつたとき、小十郎は、幸村の息女を暖めていると公表した。

「ほう。……眞田の。」並居る武將は好奇の眼を輝かせ、且つ羨んだが、家康も好奇心を動かしたらしい。太い眉の一方をあげて、

「幸村の娘を得たと? 余が、目通り致すぞ。」

と言う。小十郎は愈々得意で、翌々三日、二條城へ連れて來ると約した。

——その日、

お萬阿が家康に目通りしたのは城中・黒書院の間で、お萬阿はもう諦めきつている。亡父の名を辱めないようにと、それだけを心掛け、家康にも殊更反抗めく態度は見せなかつた。それ

が並居る家臣達の好感を呼んだ。幸村の智略は、敵方にも愛惜されていたのである。

——ところが、この日、末座に居並んでいた柳生宗矩《やぎゆうむねのり》だけは、お萬阿などには見向きもせず、凝乎《じつ》と天井を睨んでいる。

「如何召された?」

隣席の織田丹後守が尋ねると、

「……どうも、忍び者が潜んでいるように、思われまする。」

と言つた。

この言葉を耳に挾んで、一番顏色の改まつたのは、お萬阿だつたろう。併しお萬阿は何も聞かぬふりをよそおつた。が、蒼ざめた面を元に戻すすべもない。

家康の傍に控えた本多忠勝が、逸早くお萬阿の變貌に目をつけた。訝しんで、あたりを見廻すと、末座で、柳生と織田丹後守が天井を仰いでいる。

「——宗矩、何じや?」

忠勝は聲を掛けた。

「いえ、何でもござりませぬが……一寸《ちよつと》。」

宗矩はそう言つて、につこり笑うと、不意に席を立ち、「——御免」するすると一同の背後を通つて忠勝の前へ進み出、

「お耳を拝借致し度う存じまする。」

と言つた。

忠勝は宗矩の耳打ちを聞いて、顔色が變つた。慌てて家康の方に膝を進める。家康のさいずち頭がギョッとした様に天井を仰いだが、そのまま、あたふたと近侍の者に圍まれて奥書院に遁げ込んでしまつた。

廣間の一同には、サッパリわけが分らない。

「何事でござる、本多どの。」

小十郎が蠻聲をあげると、それを素早く忠勝は手ぶりで制して、

「サテお萬阿とやら、城中での秀頼公御最後の有様、——さぞ御立派であつたろう。我らに、今一度話して聞かせて呉れぬか。」

と猫撫で聲で問い掛ける。その間に、居並ぶ大名の次から次へと私語が囁かれていつた。

——一同は事情を知つた。

お萬阿は、咽喉が嗄れ、言葉が出ない。恐ろしくて彼女だけは天井を仰ぐ勇氣もない。音もせず、一人、一人、大名が何事もない様子で、そつと座を立つてゆく氣配を、お萬阿は瞑目していて感じた。

そのうち、

「立たれい。」

片倉小十郎が寄つて來て、先程とは打つて變つた不機嫌な口調で言つた。お萬阿は蹌踉と立つて、小十郎に手をとられ黑書院を出た。

柳生宗矩は、一同の大半が座敷を出ると、入れ替りに、長柄の槍を抱えて立ち戻つた。そうして、袴の股立を取り、凝乎と天井を睨んでいたが、やがて、だつ……と書院の片隅へ走りざま、二度、天井板を突上げた。

極色彩を施した天井の金壁畫が剝げ散つたが、血のしたたる氣配はない。宗矩は併し、引抜いた槍の穗先を、頰に當てた。――ぬ、く、も、りを檢べたのである。そうして、言つた。

「曲者は手負うたぞ。――かならず、降りて參る。早う灰を撒かれい。」

城中のめぼしい廊下に悉く灰が撒かれたのは、それから間もなくである。直ちに、要所々々に警固の士も配置される。

息詰るような沈默が、しばらく、二條城を領した。

「――おつ。く……曲者。」

遠侍《とおざむらい》の間《ま》で警固していた一人が、そう奇聲を發して廊下を示した。一面、灰をまかれた其處に、足跡だけがパタパタ走つて行くのだ。誰にも姿は見えない。

「――待て。」

一同は、それとばかり追つ取り刀で足跡を追う。足跡は鍵の手に廊下を曲って、『虎の間』で、消えていた。アレヨアレヨと立騒ぐ一同の頭上から、やがて血が雫り落ちた。姿は、何處にも見分けることが出來なかつた。

忍者が死んでいたのはこの翌朝で、本丸の庭に、數寄ごころで家康が前に造らせた茶室の中だつた。檢死の調べによると、脇腹に深い槍の痕迹《きずあと》があつた。これが致命傷で、腹を突かれたのでは二刻以内に生命はなくなる。それにしては大廣間から此處まで、鬼神の如き出沒であつた事よと一同あらたに舌を巻いたが、ただ一つ、不思議なことがある。

というのは、茶室より遙か外部の——城外に近い——南仲仕切門で、一度、忍者の姿を見た者がある。松明にそれらしい影を認めて、番士は、

「——曲者見たぞ。」

と叫んだのだ。相手は直ぐ消えたが、幻覺ではなかつたかと朋輩が詰《なじ》るので、この番士は、克明にその邊を探し、仲仕切門に、足掛りに突き立てたらしい短刀を見出した。忍び者らしくない、華奢な作りの一ふりである。

これに據れば瞭かに、忍者は一旦城外へ出かかつた事になる。それが、わざわざ何故茶室に引返して死んだのか？

天井裏に伏していて宗矩に脾腹を突かれた忍者は、己が衣で穂先を握つて抜かれる槍の血を拭つた。併し、深手を負うた身では自在の活躍は希めない。それでも彼はお萬阿を追おうとした。

腹に力の入る動作は、血が噴出る。廊下から天井へ跳ね上るには渾身の勇氣が要つた。仲仕切門へ來たとき、もう番士に見破られる程、術の力は失われていた。忍者はこの時死を覺悟した。ただ、忍者のしきたりは守らねばならぬ。それで死場所をさがしたのである。

茶室があつて、圍爐裏に火が熾つて居つた。表に警士が往反している。屋根裏に忍び入つた忍者は、さとられぬよう、逆様に自在鉤を傳い降りて、しずかに炭火へ顏を埋めた……

翌朝。死骸が發見され、柳生宗矩の言で、直ぐお萬阿が呼び出された。お萬阿は、燒け爛《ただ》れた男の顏を見て、「見覺えはない。」と冷たく言いきつた。

寛永の劍士

寛永の頃、筑前黑田藩に横目役を勤める九尾六左衞門という士《さむらい》があつた。常々話し聲が高いので、大音六左と自ら稱した。

この六左衞門に、今一つ人並優れたものがある。「居合拔き」である。六左衞門は、大聲の方は朋輩に嗤われると、「左樣、戰場の名殘りでござる。」と敢て愧じないが、居合のこととなると妙にそわそわ落着かなかつた。時にはぽつと赧らむこともある。年甲斐もない、その含羞《はにか》みようが可笑しいので、

「六左、久々に拔いてみい」

無聊《ぶりよう》の折などそう言つて忠之《ただゆき》が笑うと、

「――これは。殿には年寄をからかい召さる。」

と、本氣で慍る。併し、三度に一度は「まことの、所望じや。」と促され、それではと披露した。評判を裏切らぬ鮮かな業前《わざまえ》である。そんな日は下城しても機嫌がいいので、老妻の八重にはひと目で分つた。

六左衛門と八重の間には幼名を文七と呼ぶ子があつたが、元服前に病死した。近く猶子の數馬を跡目に迎えることになつている。數馬は、六左衛門の兄田宮長勝の末子で、長勝は以前池田輝政に仕えたが、大坂陣の時軍功があり、家康にのぞまれて紀伊大納言頼宣の家臣となつた。世に謂う田宮流（居合）の流祖はこの長勝の父、田宮重政が大成したものである。

六左衛門も父重政に就いて幼少から家藝を修めたが、夙《はや》く丸尾の姓を冒して豊前に住んでいたから、六左衛門を居合の流祖の子と知る者は尠《すくな》かつた。六左衛門自身が、軍の折は三尺以上の大太刀を揮い、いつも腰に砥石をぶらさげていて、太刀が斬れなくなるとこの砥石で研いでは、戰つた。戰場では、重く長い刀の方がいい。敵に叩きつけるからである。それにしても、こういう六左衛門の戰いぶり故、居合等という技巧を修得しているとは誰にも思えなかつたのである。

六左衛門が主君の忠之に披露したのは、大方は「横雲」と呼ぶ早抜きの居業《いわざ》である。刄を下にして太刀を帯び、拔き手も見せず疊の上八寸まで打ちおろす。その時、咽喉笛の斬られるような唸りが生じた。六左衛門の太刀には深く樋が掻いてあつたので、（樋というのは斬撃による刀の曲りをふせぐため、刄の兩面に掻かれたもの。薙刀などでは往々朱《しゆ》を入れてある。）その樋が風を孕んで鳴るのである。或る時、藩士の一人がそれぐらいの事ならと六左衛門の太刀を採つて兩手で振つたが、唸りは起らなかつた。

六左衞門には上役だが、昵懇にしていた者に同藩の黑田一成というのがある。或る日、この一成がさる劍客と立合いをした。その時一成は劍客の打込む竹刀を左の手で受止め、相手を打つた。劍客が怒つて、「左樣な法はない」と言うと、

「わしはいつもこうじや。噓と思うなら手を見せてやろうわ。」そう言つて腕を捲ると、鐵の籠手の上に無數の傷痕があつたという。

一成がこうだからというのでなく、當時はまだ、多くの武士は竹刀を振り廻す劍術などは輕蔑していたのである。眞劍試合になると、受けたり躱したりする暇はない、殆ど一太刀で勝負が決する。だから、一成のような古武士は判官流というものしか劍術のうちに數えていなかつた。判官流というのは、昔から戰場での戰鬪法のみを教えた流派で、最初は笊《ざる》を背に負い、對手にそれを叩かれ乍ら敵の股を突き上げる事に專心したという。鎧や兜では、股を突く以外は斬れないからである。

六左衞門が居合の妙術を實父に享けながら人前に披見するのを控えたのは、こういう時流を慮つたためであつた。併し拔刀術そのものは、私《ひそ》かに珍重していた。世は德川の天下となり、次第に戰塵も斂《おさま》ると、どうしても部屋の中での斬合を重要視しなくてはならなくなる。部屋で斬合つて鴨居に打ち込んだりしないためにも、技巧というものは必要である。一成のような古武士が髀肉の歎きを喞つ一方では、柳生宗嚴や伊藤一刀齋等が出て夫々優れた兵法を編んだが、

田宮流もその一つである。ただ他の流派と違うところは、凡その兵法は全て太刀を抜合つて試合するが、田宮流は、抜いた刹那に早や勝負を決している。小手先の技巧といえばそれ迄だが、武士が太刀を抜くのは、戰場でか、上意打ちの時か、無法の辱《はずかし》めを受けた場合に限られている。鞘離れの一瞬を全てとする居合斬りは、最も進んだ剣法とも云えるわけである。六左衞門は、父重政が世の趨勢を見越した上でこういう剣法を編んだのを尊しとし、一剣法にも「明日が映つている」、という意味で珍重したのである。

六左衞門の居合抜きがまだ家中に知れなかつた頃、——元和九年八月、忠之の父長政が五十三歳で亡くなつた。その葬儀の日、非禮を犯して切腹を仰せ附けられた梅津十兵衞なる者があつた。介錯を六左衞門が命じられた。

梅津は夏の陣の合戰に偉功を立てたが、日頃物言いが悪い。切腹の場で如何ようの雑言を吐くやも知れぬ。それで、檢使の吉田壹岐から六左衞門に豫め指示があつた。武士の誼《よしみ》で死際を咲かせてやれというのである。

當日、切腹の場に臨んだ六左衞門は、白木の三寶に載せた短刀を梅津の座から、一尺餘、前に据えておいた。梅津は生前知行二百石、ほぼ六左衞門と同祿である。介錯人は、相手が長上の場合は太刀を上段に構える。目下なれば右手に提げ、同輩には八相の構えから打ち下ろすしきたりである。

所定の刻限になると、梅津が死装束を整え、閉門中の座敷から庭へ呼ばれた。吉田壹岐が檢使の牀几《しようぎ》に著いて罪狀を讀み上げる。

六左衞門は梅津の位置から三尺背ろに立つた。介錯人が首を墜す時機は、總て被介錯人の氣の動ける瞬間を捉える。左手で前の三寶を取り、それを後方へ移そうとして頸の定まつた時、短刀を突き立てた時、一文字に腹を切り廻して刀の止まつた時、及びここで六左衞門の捉えた瞬間などである。

梅津は、悪びれるさまもなく、壹岐の言を聞き、遉《さすが》に顔面は蒼白だが眼に不敵な耀きがあつた。やおら姿勢を正して、壹岐の面上を睨みながら、三寶の短刀を取ろうと、上體を前へ、首をのばした、その瞬間を六左衞門は刎ねたのである。きえーつ、と梅津の咽喉が鳴つたが、皮一枚を殘してコトリと首は垂れた。あまり鮮かな手並なので壹岐は復命の折數言を添えた。六左衞門の居業はこの時から知られた。

然し、寔の腕の冴えを家中の者が見たのは、次の一件があつてからである。

寛永九年二月、熊本の城主加藤肥後守忠廣が逆心を企て、潜かに密使を遣《つかわ》して諸國の趨勢を窺つたことがある。その時、黑田藩へも中條左馬之亮という劍客が武者修業に名を藉りて來た。

左馬之亮は忠廣の直筆を携えていたから、黑田家でも粗忽のないよう扱い、種々饗應の上、さて黒田家の心得者と武藝試合をする運びになつて、家老の小河内藏允は、ハタと困惑した。當時黑田藩には林田左門という家中きつての富田流の使い手がいたが、折悪しく非番で下つている。無論內藏允はじめ、藩主の忠之も左馬之亮に含むところがあるとは知らないが、肥後守がわざわざ目を掛ける程の劍客とあつては、猶更、こちらの敗れた場合、家名に關わる、と云つて、立合う者の一人や二人卽座に用意出來ぬというのも如何なものである。忠之は、內藏允の眼顏を察すると、

(誰か居らぬか)と居並ぶ家臣を見渡した。中條は既に身支度を整え、庭前に降り立ち相手を待つている。勝敗いずれにもせよ、藩の名譽に關ることゆえ、多少の心得ある者も自らは名乘り出ない。

その時、「輕輩乍ら、このお役目某にお申し附け下さりましよう」と、兒小姓の一人が堪りかねたように忠之の背後《うしろ》で手を仕えた。机廻り役を勤める淸十郎という者で、忠之から日頃格別の愛顧を蒙つている。忠之はチラと見たが、何とも應じなかつた。すると內藏允が膝を進めて、「お許しなされますように」、と言つた。いつそ若輩であつた方が、この場は事無く斂まる。淸十郎は負けるにきまつているが、そこで左馬之亮をお見事だと褒めれば、この試合は、左馬之亮の手のうちを披露されたという、儀禮の形で濟むからである。無論、負けた淸十郎は、後刻申し譯に切腹するにきまつているが、この場合やむを得ない。

忠之は「心して掛れ」と、直々に聲を掛けて、許した。清十郎は「はつ」と一尺餘り疊をすべり下つて、低頭した。

聽て用意を整えた清十郎が降り立つと、左馬之亮は木太刀を交える前に、はるか忠之に向つてこう言つたのである。「この勝負、當家のお手並拜見と心得申す」

內藏允は裏を掻かれたわけである。居並ぶ一同も顏色を變えたが、既に清十郎は拔き合つた。

加藤忠廣が內密の命を授けるだけに、中條は豫想以上の使い手であつた。能うなればこの場で相討ちをと清十郎は念つている。併し、腕が違いすぎるか、滿身の勇を鼓して打ち掛ろうとするが一步も進み得ない。その裡、頭上一寸あまりに、ぴたりと左馬之亮の太刀先が止まつてしまつた。拂おうとすると空を截るだけで、又ぴたりと止まる。「參つた。」清十郎は思わず叫んだ。

廣緣に居竝んでいた六左衞門が主君の前へ進み出たのはこの時である。今一度、自分との手合せを仰せ附け下されたいと云うのである。當時六左衞門は四十八歲である。忠之は、六左衞門が戰陣で刀を研ぐ度胸は了知しているが、ひそかに田宮流の奧儀を究めたとは知らぬから、裁可に迷つた。すると六左衞門は重ねて、

「些か、所存あつての上にござりまする」と言う。

「その方、最早切腹如きで相濟まぬぞ。よいか」忠之は眼を据えて、言つた。

「御意。」六左衛門は平伏して應えた。而して、遂に宥しを得ると、裃姿の儘用意の木太刀を取つて、直ぐ庭へ出た。

左馬之亮は新手《あらて》の相手を微笑を含んで待つている。居合は、一般には木太刀は使わぬものである。練磨の折にも眞劍か双引きを使う。六左衛門は思うところがあるから、平氣で、木太刀を腰に差すと左馬之亮の前に立つた。

忠之の座に一禮して、さて双方向き合つたが、何時までも相手が木太刀を抜かぬので、中條は困つた。

「早や臆されたか、」と聲をかけた。

「存分に打懸られい。」六左衛門は柄に手を掛けた儘で、大音を發した。

それで居合抜きと中條には分つた。併し、そういう相手と試合したことが中條にはなかつたらしい。木刀であれ、相手の抜かぬ前に打ち掛るのは卑怯という氣がある。間合だけを充分取つて、だらりと右手の木太刀を下げた。

六左衛門は身をぶつけるようにその手許へ躍り込んだのである。柄《つか》に手は掛けた儘である。餘りの無謀故、左馬之亮は思わず一歩退き乍ら、歇《や》んぬる哉、と防禦のつもりで六左衛門の肩を擣つた。一瞬遲れて六左衛門の抜打ちも左馬之亮の胸に届いた。奇體な相打ちである。

「お手前の負けじや。」六左衛門は大音聲でこう呼ばわつた。審判は別にいないし、一方が

「參つた」と叫ぶ迄の勝負なのである。

「何と申される。」左馬之亮は憤然と眉を上げた。「相打ちではござらぬか。」

「いいや、お手前の負けじや。」六左衞門は首を振つた。「――見た目はいかにも、相打ちでム《ござ》る。木太刀の勝負ゆえじや。眞劍なれば、某《それがし》の勝じや。」

左馬之亮は口を歪め、「異なことを申される。然らば今一本、眞劍勝負を所望致す。」

「のぞむところじや。」

双方は其所で忠之に許可を願つた。誰の目にも、今の試合はよくて相打ちである。眞劍であれば猶更、ああいう無謀な仕掛けは出來まい。六左衞門の敗北は既定の事實と一同には思えた。併し、今となつては差止めるわけにもゆかず、忠之は許可した。兩人の佩刀が別室の刀架から運ばれた。

二人はそれを受取ると、再び相對す。先ず左馬之亮が鞘を拂つた。六左衞門は太刀を左手《ゆんで》に取つて、矢張り右手《めて》は柄に添えた儘である。そうして、次第に間を縮めていつた。

左馬之亮は八相の構えから、抜打ちを要愼し乍ら、これも詰め寄つて來た。ほぼ二人の間が一間餘に逼つたとき、

「措け。」六左衞門が叫んだ。「お手前の負けじや。」

「何と?」

「勝ちは早やこの鞘の中にある。見えぬか」

「白痴《たわけ》た事を」

「抜かねば、見えぬか。田宮流抜かずの極意ぞ」

「推參な。」左馬之亮は氣合もろ共斬り掛った。同時に鞘走った六左衞門の抜打ちが、空《くう》に、一條の仄白い流れを描いた。左馬之亮は頭上から水月のあたり迄一氣に斬り落されて、即死した。一同呆然と、血振るいをする六左衞門を見まもるばかりである。


——翌日、左馬之亮の死を熊本へ通達したが、左様の者當家に關りなく委細打ち捨て被下度、という案外の返しである。六左衞門はこの時の賞として時服及び銀十枚を拝領した。清十郎は無論切腹せずに濟んだ。

紀州の長勝から、近日、いよいよ數馬を御地に差向ける、との飛脚が、丁丑《ひのとうし》歳八月末、六左衞門の許に着いた。數馬は十六歳である。己れが丸尾家に入壻したのと年齢までが符合するので、六左衞門は奇しきめぐり合せと懐い、一そう數馬到着の日を待ちこがれている。黒田一成に膝詰めで、はやばや房江を嫁と定めたのも、この頃である。房江というのは、一成の姻戚に當る柳河藩士石原與右衞門の女で、未だ十二歳であるが、一日、黒田宅に年忌のあった折、滯留中の姿を六左衞門は兩三度瞥見した。數馬が嫁に、とはその時から思いきめたことである。

六左衛門がその話をすると、一成は、

「何じや、壻殿も參らぬ裡にか」

と嗤つたが、直ぐ、眞顔になつて「無理もない喃」と、言つた。

房江は眸容の美しい少女である。六左衛門が入壻した時、八重は二十歳であつた。年長の妻を悲しませない爲に、壯年に及んで隨分と六左衛門は年寄めいた言行をした。その思い遣りを一成は知つているから、數馬へは左樣の氣遣いをさせたくないのであろう、と察したのである。

房江は石原家の長女であるが、必らず與右衛門を口說いてみせる、と一成は約した。それから旬日を經て、過日の年忌の返禮旁々一成は柳河へ發つた。戻つて來ると、早速《さそく》に先方の諒承した旨を傳えて來た。當時は「緣邊ノ儀、タトエ少身ナリト雖モ上ニ申サズ私ニ相定ム不レ可ノ事」という一條があつて、妄《みだり》に婚姻を結ぶのを禁じられている。亦、「他所の侍と附合うべからず、但し、古來の緣者親類となる者は年寄番物頭へ斷つて參るべき事」という一文もある。此の度の內談が速に運んだのは、一成の蠻勇が柳河藩にも聞こえていたからである。房江は一成の養女となつて後、數馬の許に嫁ぐ仕組である。六左衛門は大そう欣んで房江のことも匆々に願い出ておいた。

ところが、翌々十月になつて、島原に亂が起つた。黑田藩も兵を動かすことになり、數馬の下向は、姑く差留めるよう、六左衛門は急ぎ、飛脚を立てた。

さて、そうならそれで、若しやこれが最後の御奉公かも知れぬ、久々に砥石の斬れ味を見しようわい、と六左衛門は思いきめたから、氣持は輕い。一日、朱の網に收めた砥石を取り出している處へ、一成が立寄つたので、「ずい分と、これもお役に立ち居つた」と、砥石を見せて、破顔《わら》つた。

一成は、「そうじや。お主の器量はその石じや。居業なんぞは、ありや小手先じやな」と言つた。一成も軍には眼のない方だから、時節到來と大いに氣分が良い。それで、つい輕口が出たのである。——元來《もともと》、居業を一成はあまり快く思つていない。六年前、六左衛門が左馬之亮を討ち果した折も、彼は登城していなかつたので、後日に仔細を聞き、吾その場に在りせば、と口惜しんだ方なのである。

それは六左衛門も兼々知つている。併し面と對つての居合の悪口はあまり氣持よくなかつた。亡父の見識が貶されたようだからである。それで、顔をそむけて、「いくさはいくさ。居合は武藝じや」と呟いた。

一成は慍つた。いくさを別にした武藝などあるものか、所詮は手なぐさみじやというのである。

今度は六左衛門が満面に朱を注いで、「お主なんぞの猪武者に、鞘の内で勝つ妙境は分らぬわ」と吐き出すように言つた。生來の高聲はこういう時一そう挑戰的に聞こえる。

一成は面色《かおいろ》が變つた。

「いかにも分らぬ。併し猪武者とはよう云うた、念のため仔細を申せ」

膝を乘り出した。大刀は玄關次の間の客用の刀架に掛けてある。一成は腰の脇差の鯉口を切つていた。

六左衞門は流石に言いすぎたと氣づいた。一成が斬り掛けるなら得意の居業で斃すのは、造作もない。そのゆとりがあるから六左衞門の方が平靜を取り戻せたのだろう。互に出陣を間近にした身でもある。

「お主が怒るも、道理じゃ。」六左衞門は、そう言つて素直に謝つた。而して、まだ氣色ばんでいる一成に、分つて貰えぬかも知れぬがと斷つて、こういう咄をしたのである。

——昔、父の田宮重政が林崎甚助に就いて諸國を修業して廻つていた時、さる大名の下屋敷で津村某なる劍客から試合を挑まれたことがある。その時、津村をひと目見て、重政を差し措き、甚助自身が立合つた。林崎甚助は重政の師で、且つ拔刀流の流祖である。各々竹刀を取つて試合すると、相打ちであつた。ところが、林崎甚助は、自分の勝ちだといつた。勝負の岐れ目は紙一重だから竹刀では見えぬが、眞劍なら相手は倒れていたというのである。聞いて、津村は憤り、「眞劍で仕ろう」というと、甚助は辭退した。みすみす勝敗の瞭《あきら》かなものを、無用に命を捨てることはないというのがその理由である。滿座を胡魔化す口言だと津村は愈々忿って試合を挑んだ。主人の大名も相打ちと思っていたから、茲に及んで試合せぬは卑怯だと甚助に聲を掛けた。それで、甚助も眞劍をもって立合った。一合打つと共に津村は血煙りを立てて倒れた。甚助は靜に大名の前へ戻って、「御覽なされましたか」と訊いた。「うむ、」「何と御覽なされました」「その方の勝じゃ。」すると、甚助は自分の脇の下を披げ、「これが、お分りになりますか」という。見ると、そこの着物が上三枚まで斬られて襦袢で止まっていたのである。一座の者が思わず嘆聲を發すると、「居合はこの襦袢一枚の差が、極意でござる」と言ったという。

又こんな事がある——六左衛門と兄の長勝が或る日、父の前で試合を命じられた。兩人ともまだ少年で、六左衛門は萬吉と呼ばれていた時である。打物は眞劍を使えといわれたので、どちらも必死になって脇差の柄を握り睨みあっていると、「早や勝負あった。萬吉の負けじゃ」と重政が言った。打合ってもいない先に、と不滿に思った六左衛門の萬吉が、どうしてでございますか、と詰ると、父は、居合術は他流のように太刀を振り廻すものではない。そもそも、己が武藝の優劣を競って、あたらいわれもない命を捨てる等は淺はかな行爲である。劍は飽迄人間修業の手段《てだて》に過ぎぬ。居合同士の優劣なら、鞘の中で決すればよい。それが劍の妙諦というものである。亦、餘人は知らず、鞘の中の勝敗が見えぬようでは奥儀を究めたとは申せぬ。——そう父が言ったと、六左衞門は一成に話したのである。

「成程喃」

一成は頷いた。「それも道理じゃ。したが、軍はこれは、お上のものじゃ。その爲の修業であろう」

「當り前じゃ」六左衞門は相手が分ってくれたので、内心ほつとしている。

一成が言つた。「すれば、お主の居業などは、吾らが猪ぶりに及ばぬ、修業じゃな。——左樣であろう？」

「まだ言い居る。お主、猪で威張るなら、この砥石は何うじゃ」

「何の。戰陣の先驅けは儂のものじゃ」

「ぬかし居つた。——されば競おうぞい」

「おお」一成は大きく胸を張つた。

いよいよ出陣という五日前、總登城の上、大廣間で大番頭から各自の所屬する戰列の姓名が讀上げられた。六左衞門は何れの組にも洩れていた。

「お手前は留守居役じゃ。」氣色ばんで詰寄る六左衞門に大番頭は言つた。「お上のお聲じゃ。

精々御役目大切に致されい。」

忠之は、六左衛門の家督跡目を相續する數馬が、既に和歌山を出立したと思い込んでいる。出兵はしても、天下を分ける程の大事な軍ではない。家郷にとどまって不馴れの地へ參る者を劬ってつかわせ——そんなお言葉が洩れたと、近侍の一人から六左衛門に傳えられた。

六左衛門は恨めしそうに、出陣する忠之と一成の晴れ姿を大手門で見送った。

爾來、日が經つにつれ、鬱々として、六左衛門は行住坐臥悉くが面白くない。下城して邸に戻ると、取り分けそうである。祕刀の信國に打粉を振ってみても、拔け駈けに今から島原へ馳せんず、等と鬱勃たる妄想が湧く。それで矢鱈と片膝立って「袖摺返し《そですりがえ》」の振りを打つ。妻女の八重は、居斬りの唸りが夫の部屋にする度に身の細るおもいである。ついぞ、その日まで戰陣に後れた夫を扱った經驗がない。急遽呼び寄せることにした數馬の到着を、今はもう一日千秋の懷いで待つばかりである。

その裡、この年の暮に數馬が來た。翌る戊寅《つちのえとら》歳三月には、擾亂も鎭って忠之以下が歸國した。丸尾家は季節に魁け、一朝にして春が訪れたようである。數馬は君前の覺えも芽出度く初の仕候を濟ませた。十七歳とは見えぬ偉丈夫で、遉《さす》が長勝の子だけあって豫期以上に腕も立つ。

六左衛門は數馬が著く匆々、武藝の方は試したが、太刀すじをひと目見て、及ばぬな、と悟った。兼々兄の長勝とは私かに技を競う氣があったが、數馬の構えを一瞥して、幼少時代の儘に、未《いま》だ兄には慊わぬのを知つたのである。數馬を跡目と迎えては、併しそれも口惜しくはない。六左衞門は、この上は一日も早く房江を娶らせ、心殘りなく自分は致仕しようと思つている。

八月に入ると、房江は約束通り黑田一成の許に送られて來た。擧式は九月吉日を卜して行う手筈になつた。同時に、出來れば年內に跡目相續の件を相濟ませたい旨も六左衞門は願い出た。ところが、その擧式も迫つた八月下旬、六左衞門の身に一大事が起つた。——新免武藏との試合である。

武藏は、父宮本無二齋が曾て黑田利高——忠之の祖父官兵衞の弟——に仕えたこともあり、黑田家とは緣故のある間柄であつたが、この頃福岡へ立寄つて、黑田家へ仕官の意を洩らしていた。武藏といえば、天下に聞こえた劍客である。物頭役の久野外記は之を聞いて、早速忠之に、祿高三千石程で若殿の御指南役に召抱えられては、と進言した。若殿とは後の光之、この頃の幼名槌萬《つちまん》である。忠之は、武藏ほどの者が槌萬の相手をするならと二つ返事で諾つた。外記は武藏にこの旨を使者を立てて傳えた。武藏は大いに欣んで委細を承服したという。そこで外記はこれを再《また》忠之に復命した。

さて忠之は、一日、內藏允その他の家老を集め、近々武藏を三千石で召抱える所存だと言つたのである。愕いたのは家老達である。話が他に洩れても面倒と外記は實は一同に謀らず、直接忠之へ事を運んであつた。一同にすれば寝耳に水のわけだから、茫然と暫く言葉を噤んでいた。その裡、内藏允が膝を進めて、こういう諫言をした。——若殿の武練のためには祿高は問う處でない。併し若殿は未だ十歳である。且つ三千石といえば當家では先祖以來の忠勤を勵んだ者の知行である。如何に武藏が名人上手とは言え、武功もなくこの祿高にて召抱えられたのでは、他の家臣への憚りもあろうかと思われる。この度は、一應お取り止めになる方がよろしくはなかろうか——そう内藏允は言つた。そして、武藏は生來の武邊者と聞き及んでいるから、幼少の君の御相手は勤まり兼ねると思われる、と結んだ。

少時考えてから忠之は「では取止める」と言つた。慥《たしか》に十歳の童に天下の劍客が相手では、却つて武藏のためにも不都合であろうと氣づいたのである。

併し、かりにも大名の身で、一旦召抱えると約したものを、理由なく取消すわけにはゆかぬ、どうしたものかと、それに今度は一同頭を痛めた。そうして思い附いた窮餘の一策が、誰か、武藏と試合して立負かせばよかろうという事である。

その相手に、丸尾六左衞門が選ばれた。

六左衞門は八月二十二日夕刻、訪ねて來た小河内藏允から委細を聞いた。尋常に立合つて武藏を打負かす者は、日の本に五人とはおるまい、お手前とて、所詮は及ばぬやも知れぬ、併し、當家中に、このお役目果せるものはお手前を措いて無いのじや、と内藏允は扇子で疊をトン、と叩いた。その顳顬《こめかみ》に汗が浮いていた。風のない日で、窓に吊つた吊葱《つりしのぶ》の風鈴も一向鳴らぬ。

六左衞門は、不意に別室で數馬の氣配がしたように思い、「ちよつと」と斷つて内藏允の前を中座した。數馬はまだ一戍宅から歸宅致しませぬ、と八重が言つた。八重は常にない夫の嶮しい目くばりを何事かと見上げている。

「内藏允殿が出られるまで、わしが部屋へ數馬は入れるでないぞ」

言いおいて六左衞門は座敷へ戻つた。

内藏允はまだ扇子も使わず膝に突立てて待つていた。氣をしずめるために、六左衞門は中座したと内藏允は思つている。

「いかがなものじや」向い合つた六左衞門に、もう一度、事をわけて口説きそうに内藏允はした。

六左衞門は言つた。「何事もお役目じや。」

「されば、御承知か」

「殿には何と申されておる?」

「殿にはこのこと、内密じや」

六左衞門は鳥渡《ちよつと》、顔をあげた。直ぐ目を逸らすと、

「それなら、よいわ」と言った。

「おお、引き受けてくれるのじやな」内藏允が膝を乘出した。

六左衛門は頷いた。

ほつとした面持で、家中の誰もまだこのことは知らぬ、出來れば何事も分らぬ儘に濟ませたいものだと內藏允は言つた。これにも六左衛門は頷いた。


六左衛門が小川權太夫宅に新免武藏を晉ずれたのは翌々日——二十四日辰《たつ》ノ下刻《げこく》である。八重には何事も告げず、常の如く家を出た。武士は外出の折、角帶の上に袴を附けるが、大小は、先ず小刀を着物と帶の間、ついで大刀はそれと帶一重をへだてて、差す。この日は、同じ帶の間に大小ともを差して氣づかずにいたので、八重は目を張つた。「いかが遊ばしました」と、それでも笑顏でたしなめた。

六左衛門は大きな聲をたてて笑い、「耄碌したわ。こりや、早う數馬めに家をたてさせねばなるまいな」大刀を差し直し乍ら、下手な紛らし言《ごと》を言つて、居間を出たのである。

小川權太夫には、六左衛門は面識がある。高名の新免武藏どのが當家に滯留と伺つて、お手合せ願いに參つた、玄關でそう六左衛門は言つた。豫め示合せてあつた家老の一人、井上內記も既に來ている。內記は、武藏の負けるところを目のあたりして、あのような劍客が若殿の御指南とは片腹痛い、そう言い觸らす筈である。

武藏は六左衞門の申出を快く迎えた。

權太夫、內記、それに權太夫家隷大崎某が、庭園を眺める廊下に坐つた。

武藏は眼が凹んで、荒髯の、頰骨の張つた異相を帶びた男である。この時五十四歲である。圓明二刀流を使つた。

六左衞門は、この試合は眞劍を所望したいものじや、と言つた。庭へ立つてからである。階《きざはし》に片足をかけた武藏は眼を剝いた。

「只今の申し出、しかと承つた。何流を使われる」庭で對向うと武藏は言つた。

「田宮の眞似事じや」六左衞門は言つた。この時チラと兄長勝の數年來會わぬ貌が泛んだ。過日數馬が構えた太刀すじが眼前を橫切《よぎ》つたからである。

太刀を拔き放つと、武藏は、身を飛び退いて刀の柄に手を掛けた六左衞門の、猫背から窺うような容子を、穴のあく程凝然と睨み据えた。その儘動かなかつた。

六左衞門も動かなかつた。この時、天雲俄かに亂れてバラバラ雨が降つて來た。雨勢は忽ち瀑布を招いた。

「早や懸れ、武藏。」六左衞門は雨の中に叫んだ。その口が無數の滴を吸い込んだ。

武藏は巖のように動かぬ。全身濡れ鼠の相手が、六左衞門には見える。

たまりかねて雨の中を六左衞門は進んだ。武藏は慌ててとび退いた。進むと、又とび退いた。

「見えたぞ。……お手前の鞘の勝ちじや」到頭武藏は叫んだ。

ほつとして、六左衞門は、張つていた氣がゆるんだ。脱兎のように武藏は躍り込んだ。六左衞門の首は雨の中を飛んだ。

後で、六左衞門の遺骸を運ぶ時、足許を泥濘にとられた生々しい滑り跡があつた。太刀は見事に鞘を離れていた。武藏の左腕に痕《のこ》つた傷は、この鞘離れに受けたものである。

遺書はなかつた。翌年忌が明けて數馬は房江を娶つた。武藏は、其の後、半年餘りも尙滯在したが、仕官の希みが叶わぬと知ると、熊本へ往つた。あの劍は所詮小手先のものじや、苦しげにそう言いつづけた一成は、數馬と房江の擧式は見ず寛永己卯《つちのとう》ノ歳二月に死んだ。

櫻を斬る

寛永十一年といえば、徳川幕府の基礎もようやく固まつて、泰平の世に入つた頃である。千代田城内で、寛永御前試合というのが行われたそうである。もつとも、そんなものは、なかつたという人がある。「徳川實記」にそういう記録は載つていないからである。――一方、山田次朗吉氏の編んだ「日本劍道史」には、ハツキリ、諸國の武藝者を集めて、將軍家光の面前で試合が行われたと誌されている。この山田次朗吉氏に就いては、芥川龍之介が「昇汞水《しようこうすい》の逸話」を擧げて、「あの面長の山田先生も、今では、列仙傳中の人々と一緒に遊んでいるのであろう」と書いているが何でも、山田先生が水と間違えて千倍の昇汞水を飲んでしまつた。東京第三中學で、劍道の稽古をおわつた時である。生徒達が驚いて、醫者を呼ぼうとすると、「要らん」という。では吐いて下さい、と頼むと、

「口は入れるところで、吐くのは逆だ」

と、何としても應じない。そのうちに、昇汞水のことだから、舌が硬直してくるし、腸や肛門がただれてきた。しかし、次朗吉先生は横にもならず、端然と坐つたまま、とうとう、道場

に夜を明かした。そうして、翌日は竹刀を取つて常の如くけいこ古をつけ、

「今日は身中に、大敵をひかえておるで、油斷がならん」

と笑つて濟ませてしまつたという。

この逸話は二、三の本にも引かれているが、こういう山田氏が、寛永御前試合は事實、行われたと書いているのである。中里介山もこれに似た意見を述べたことがある。だから、寛永試合は、本當にあつたことにしておく。

試合が擧行されたのは寛永十一年五月二十二日、江戸城内吹上のお庭であつた。全て十二組、二十四人の武邊者が技を競つたが、中で、菅沼紀八郎と油下《ゆげ》淸十郎俊光の眞劍勝負は、白眉の一戰といわれている。ここではその試合のことを書いてみる——


昔、といつても元和のはじめ頃、播磨國佐用郡を流れる千種川に臨んで、日夜、奇妙な修業をつづける若者があつた。名を桑名紀八郎といつた。

紀八郎には二人の兄があつたが、いずれも、徳久《とくさ》の住人池田吉之助と試合をして敗れ、長兄は卽死、次兄の耕治郎は左腕を腐らせて不具者となつた。池田吉之助は、もと備前小早川家の藩士で、天流を使つたという。耕治郎兄弟を打負かした時、吉之助は、自分は兩三年まだ徳久に滯在するから、いつでも果し合いには應じる、と、人を使つて桑名家へ傳えて來た。これを

聞いて紀八郎は修業を始めた。この時、紀八郎は十六歳であつた。

　彼のした修業というのは最初はただ、川へ飛び込むことである。橋の上からである。紀八郎の家は、代々佐用郡の郷士で屋敷は同郡長尾村に在つたが、千種川――土地の者は佐用川と呼んでいた――は、屋敷のすぐ二町餘り先を流れている。其所に大姫橋という橋がある。其の欄干を蹴つて、とび込むのである。

　紀八郎が後に語つたところによると、初めは、橋から河面までが、一瞬のような氣がしたという。橋から足が離れたと思う間もなく、軀は水にとび込んでいる。併し、百ぺん二百ぺんとぶうちに、少しは、その落下のあいだに間《ま》を覚えるようになつた。ほんの一、二秒であるが、その間に「自由」というものが感じられたのである。そういう自由を感じるようになつて、次に、空間で手を振つたり、走る眞似をした。はじめは少しでもそうすると、體の重心がぐらつき、横倒しや逆様に水に落ちた。併し、これも百回二百回と習練するうち、次第に、水面眞ぎわで、ぴたりと身構えが出來るまでに上達した。

　そうなつて、今度は、落ちながら居合抜きを紀八郎は遣つた。居合というものは、太刀を抜くこと自體より、それを鞘へ素早く収める方が、技術的には困難とされている。それを、空間で數回使うわけである。

　紀八郎が佐用川に飛込みをはじめた頃は、まだ六月であつた。水練でもやつているかと、左程人は怪しまなかつた。しかし、秋風の立ちそめる九月に入つて、居合の修業をはじめだすと、桑名の三男坊も氣がふれなされたわい、と人々はあわれみ、且つ嗤つた。わらつたのは、橋から飛降りざま「ヤッ」と白刃を抜いたと見る間にドボンだからである。紀八郎はしかし、たゆまず修業をつづけていた。

すると、ある日、笑う人々に立混つてじつと紀八郎の修業ぶりを見詰める一人のうらぶれた僧があつた。普化僧《ふけそう》らしく有髪で、如何にも武士を捨てたらしい漂泊人の風采であるが、何處となく、おかし難い威嚴がある。

その僧が、ある日紀八郎の川岸へ泳ぎつくのを見ると、橋の袂を通つて堤へ下り、

「寒くないかな、お主」

と聲を掛けた。

紀八郎が丸裸かで、褌に鞘を差し、うまくゆかなかつたから右手に抜身をさげている。

「何じや、坊主」

負けず嫌いの面魂で、紀八郎は相手を睨めあげた。

僧はおだやかに、

「誰にその修業を教えて貰うたな」

と訊く。

「誰でもない。わしが勝手に思うたことじゃ。どけ、今一度飛び込むわい」

紀八郎は嵩高《かさだか》に云つて僧を押しのけると、再び、橋の上へさしかかり、

「ヤッ」

といいざま、躍り込んだ。今度も失敗した。

近在の者はもう狎れている。紀八郎がとび込むときだけ、ちよつと振り返るが、そのまま笑い去つて行く。――僧一人が水際に立ち残つた。

いまいましそうに、紀八郎は水のしたたる白刃に振りを入れながら、岸へ上ると、僧など見向きもしないで木蔭に脱ぎ捨てた衣服の所へ歩み寄つて、體を拭いた。肌黒く、隆々たる筋肉、鬢《びん》を拭きあげた眉のあたりに凜々しい氣魄が漲り、とても十六歳とは見えぬ美丈夫である。

僧は、そんな紀八郎の逞しい骨格を惚れ惚れと見ていたが、間もなく、緩《ゆつく》り歩み寄つて、

「お主、幾つじゃ」

ときいた。

紀八郎はうるさい坊主だと思つたのだろう。返事もせず、着物の前を合せて、急いで帯を巻くと、

「わしの齢をきいて、何とする」

と、くるりとふり向く。

僧は突つたままで、破顔《わら》つている。そのおだやかな面貌の底に、一すじ、冴えた剣氣があるのを紀八郎はさとると、一歩、身を引いて、

「――十六じや」

と、思い直して答えた。それから相手の袈裟を改めて見直した。僧とは見えぬ隙のない身構えである。

普化僧の方は別に態度を變えるでもない。今度は、

「何ぞ、仔細《しさい》あつての修業かな」

と訊いた。紀八郎は、ちよつと警戒の目をしたが、これにもつつまず事情を話すと、

「ほう、腕が腐つたか」

無氣味に口を歪めた。

紀八郎は更にこういつた。

「――敵の池田吉之助は、天流の使い手じや。棒術の變化が得意じや。されば、初手から太刀を抜いてかかるは拙《まず》い。棒の構えに、眞剣では、わしの不名譽でもあろう。それゆえ、無手で近寄ると見せかけ、抜き打ちに斬り捨てるが武略と考えたのじや」

「なるほどな」

僧はあつさり肯いてみせる。彼は四十五、六である。最初から紀八郎を子供扱いだが、何處

かに見込みがあるとにらんだのか、

「では、天流にまさる術を教えてやろうかの」と言つた。

「いらぬ」

紀八郎は叩きつけるように應えた。

普化僧は落着いた面持で、別に手をとつて教えるわけではない、お主の狙いはそれでよいが、冬になつても水に飛び込むのでは、チト曲がなさすぎよう。先刻からの様子では、かなり修業も出來て居《お》る。川のかわりに、崖から道へ飛ぶ修業をしては何うじや、そんな意味のことを言つた。

「うるさい坊主じや。人の事は放つておけ」

紀八郎は有無もなくいい捨てて、この日はそのまま長尾村へ引きあげた。

翌日、川へ行つてみると、相變らず僧が立つている。が、聲は掛けて來なかつた。更に次の日行くと、今度は橋のたもとで竿を垂らしている。飛沫を上げて紀八郎がとび込むのでは、釣れるわけもないが、別に迷惑がりもしない。といつて、先日のように指圖がましく口を利くでもない。薄氣味悪い微笑を口邊にうかべ、見るともなく紀八郎の修業ぶりを眺めている。そんな日が、十日あまりつづいた。

その頃になつて、件の僧は同じ長尾村の萬福寺に寄寓し、もとは夢想天流の奥旨を悟った武藝者であることが分つた。今は名を武宗《むそう》という。夢想天流といえば池田吉之助と同じ太刀すじである。さては、池田を破る祕太刀でも授けてくれるつもりであつたかと、紀八郎は後悔したが、負け惜しみの人一倍強い氣性ゆえ、何も知らぬ顔で、川で出會っても言葉一つ掛けなかつた。

するとその裡、村の庄屋・藤兵衛から意外なことばを聞いた。武宗が紀八郎を許してこういつたというのである。「紀八郎が空中に太刀を振うのを人は嗤うが、あれは、他人が想像する以上に、實は禪機に適《かな》つた修業法である。空中には、當然、足場というものがない。然るに、人の世の行爲で足場を有たぬものはない。技を仕掛けるにも、或いは身の榮達をはかる場合も、人は全て、おのれの立つ『場』というものを足がかりにする。世間的地位や、試合でいう地の利も要は足場あつてのことである。紀八郎はそれを捨てきつた所から、修業をはじめて居る。如何なる天魔が扶けるか、あのまま、極意を會得すれば將來恐るべき達人になるであろう。――一歩狂えば、これまた怖るべき邪剣を振う者になろう」そう洩らしたという。

これをきいて、紀八郎は自ら氣味悪く思つたが、幾分は誇りにも感じた。その誇る氣持が、武宗への好意になつたのは人情の自然であろう。――一方この話を傳えた庄屋の藤兵衛の方は、浮かぬ顔をしていた。藤兵衛には美補《みほ》という十七になる娘がある。美補は佐用小町と謳われ、次兄の耕治郎とはもと許婚であつた。が、幼い頃から彼女は紀八郎を慕つた。耕治郎が不具者となつては猶更である。藤兵衛は娘の心を知つている。紀八郎の父治左衛門も槍を取つてはひとかどの上手といわれた男で、藤兵衛とて治左衛門と腕を競つた間柄である。然し、もはや槍一すじで名を擧げる戰國の世は終つた、と藤兵衛はうすうす感じている。今は、文才で世に出る時代である。武藝者には、滿足に字を書ける者さえ殆どない。況して、將來ある若い者が、武邊だてに命を捨てるなど愚の骨頂であろう、と藤兵衛は思つているのだが、治左衛門には、それが分らないらしい。「紀八郎、武宗どのとやらも左様に申されることじや、心して一代の名人となつてくれい。なに、池田如き、その方の修業によつては、あと一兩年の命脈であろう。兄の仇も見事に晴らせるというものじや。ハッハ……」と膝を乗出して激勵する。うんざりして、藤兵衛は一人、くびを振つていた。

　藤兵衛が村夫子めいて、ひとかどの時世觀を有《も》つていたのは、藤兵衛の本家が、出雲領主・堀尾山城守忠晴に仕えて、家老職を勤める重臣だつたからである。本家といつても遠い姻戚であるが、ともに菅沼姓を名乗り、歳賀の祝物は例年欠かさず届けあつている。出雲からの、そういう祝いの使者に藤兵衛は世の推移を聞いてきたのである。紀八郎の祖先も元來は但馬藩主・杉原伯耆守長房の家中であつたから、治左衛門とてその氣になれば世の動きは察しうる道理だが、徒らに武邊を通す。藤兵衛は、一人娘の美補に迎える養子は、紀八郎でなく他に求めねばなるまい、とこの時ひそかに考えた。

さて紀八郎は、武宗の言葉をきいてからは幾分、態度に畏敬の色を見せた。併し氣性はあらたまらない。相變らず、釣れもせぬ竿を垂らしている邊りへ、敢て、とび込む。季節は十月に入っている。身を刺す冷たさである。如何に豪氣の者でも、一度とび込めば、二度目は技を修業するどころではない。體がふるえ、思うように太刀も振れぬ。

——とうとう、紀八郎は武宗の忠告を容れざるを得なくなった。この日を私《ひそ》かに待っていたらしい武宗から、崖を飛ぶ修練の傍ら、夢想天流を教わることにしたのである。

それから二年が過ぎた——

その間、紀八郎が修業したのは佐用姫神社の境内だったという。「紀八郎石」というのが、明治維新前まで同神社の庭石に在ったそうだから、この修業はかなり事實であろう。

紀八郎を仕込んだ師の武宗は、この時四十八歳であった。常陸國津多和の長澤主殿頭忠成に就いて夢想天流を修めた。その若い修業時代に、こういう話が殘っている。——或る時、當時美倉藤吉郎といった武宗が、夢想の奥儀を會得したと自負して、師の長澤忠成に向い四本勝負の手合わせを願い出た。ところが立合うや忽ちに打ち負けた。勝氣の藤吉郎は無念がって、

（わしは武士はやめようぞ。修業もこれ迄じゃ。思うように使えぬ太刀など佩いて、何になろ

うぞい）

と、其の場で剃髪してしまつたというのである。それから故郷を捨てて諸國行脚をこころみたが、矢張り、武藝が捨てられぬ。そこで武宗と名乘り、剃髪のまま漫遊の武者修業を思い立つた。武宗とは、夢想をもじつたものである。――爾來十數年、或る日、池のほとりで豁然と極意に通じた。太刀の打ちは、蜻蛉の尾にて水面を打つこころ也と氣づいたのが機縁だつたという。

紀八郎がこの武宗から傳授されたのも、夢想流の居合だつた。併し、本當に、居合の妙旨を我がものにするには、十年はかかる。――この時は、まだ、墜落のさ中に居合を遣う修業に明け昏れた。今度は水と違う、落ちたら下は大地である。拔刀に氣をとられて居れば目測を誤つて、足を挫く。足許に氣を使えば太刀がにぶる。結局、無想のうちに墜落しつつ拔き、地にすつと立たねばならぬ。

紀八郎はこういう修業を二年した。居合拔きを容易にするためには、次第に高所から飛び降りる必要があつた。川を相手にした修練が、この場合、地に立つ身構えに役立つたことは容易に想像される。紀八郎は神社の甍《いらか》からとび降り、更には巨松のいただきに攀《のぼ》つて、地へとぶことが出來るようになつていた。――後年、大坂四天王寺の五重塔の頂上から見事に飛び降りて、世人を驚かせたという傳説が殘つているが、出鱈目とばかりはいえぬかも知れない。（一説に

塔から飛んだのは、紀州藩士關口八郎左衞門とした本があるが、紀八郎が本當だろう）

さて二年がすぎた。再び夏がめぐつて來た。それまで、川にとび込むのを禁じていた武宗が、或る日の夕暮、紀八郎に、

「久々の水じや、とび込んでみい」

といつたのである。

紀八郎はいわれる儘にそうした。それを堤で見ていたのは美補であるが、美補には、らんかんを蹴つて水に突込む紀八郎の身邊に、二度、稲妻の閃くのが見えたという。太刀を振る手捌きも何もない。すーつと墜ちる空間に、二度、夕映えが反射したというのである。

「見事じや」

武宗が橋の手すりに身を乘出して、喚くと、紀八郎は岸に泳ぎついて、堤へ上る。美補はぶるぶる顫え、眞蒼になつて紀八郎の裸體を睨んで居つた。

「何というおそろしいことを」

と叫ぶのが、美補には精一杯であつた。袂で顏を覆うと、下男の與之助を其の場に殘して彼女は一散に走り去つた。武藝のことは分らぬが、乙女の愛が、後日の愛人の妖怪を察知したのであろうか。

紀八郎は緩り、橋の師の前へ戻つた。こういつた。

「水は怖ろしゅうござる。身を止めては呉れ申さなんだ。これ、川底に足を切られましたわい」

「ハッハ……。まだ、修業が足らぬと見えるな」

武宗はそういって、曖昧に笑いつづけた。苦澁の皺の深いひたいに落日の赤が映え、揃った齒並は奇妙な満足を現わしていた。

こうして、更に二年後に、紀八郎は夢想天流の眞諦を會得したのである。それを俟《ま》って、佐用姫神社の境内で池田吉之助と試合をした。治左衛門、耕治郎、藤兵衛並びに美補、それと萬福寺の住持及び、噂を聞いた村人達が試合の場に來會わせた。武宗は當日の二日前に行方を消した。「見るまでもないわ」といったそうである。そして旅立つ前に、紀八郎を萬福寺に呼んでこういう言葉を残した。——お前は居合の妙旨を悟った。太刀を抜けば必らず勝つ。併し、勝つは一度じゃ。人間、己れ以上の技があると知るとかならずそれに打ち克つ工夫を人も凝らす。それゆえ、一度見せた祕太刀は、如何なる至藝であれいつかは敗れると覺悟せねばならぬ。兵法者が祕術を見せるは、それゆえ生涯に一度でよい。いつ、誰の前に披露するかじゃ。明後日の試合など捨てよとは敢て云わぬ。判斷はお前の自由じゃ。その判斷がお前の身を立てもし、滅ぼしもしよう。わしはただ、「山を張る」という言葉があるが一度の祕太刀は、所詮は山を張るようなものと申しておく。一生に一度、武士なら大山を張るべきであろう——これが一つ。次に、技の出來るに従つて高慢になるのは、人間やむをえない。それをふせぐ手段《てだて》は一つよりない。禮儀をまもることである。禮儀は、美徳ではない。それは用心を意味する。禮儀深い男とは、用心ぶかい者のこと——この二つを、忘れずに覺えておけ。武宗はそういい殘して旅立つた。

紀八郎は、この師の言葉で一度は思い惱んだらしい。その證據に、約束の刻限に半刻《はんとき》餘りおくれてから、試合の場所へ現われている。勝つときまつている相手なら、いつそ、立會わずに、こちらで故意に姿を消して、逃げたと見せかけ世の物笑いになる位の深謀を持つべきかと考えたのであろう。しかし、紀八郎は果し合いに出た。美補も神社の境内へ行つたと知つたからである。紀八郎は、美補への愛慕を斷ちきれなかつた。だから美補の前で鮮かな業《わざ》を見せたかつたのだ。この青春は、後に紀八郎をさいなむ。

さて紀八郎が神社の境内に現われると、吉之助は牀几《しようぎ》を立つて、拔刀した。ざわめいた見物席が水を打つたように靜かになる中に、紀八郎はスタスタと進んだ。無手である。それを見て、吉之助も大上段にふりかぶり、ジリジリ詰寄つて、

「紀八郎、——覺悟。」

叫びざま眞向から打ち下ろそうとした——その儘、鮮血はその脳天から迸《ほとばし》つた。鍔が鳴つて紀八郎の太刀は鞘に收まつた。

治左衞門のよろこびはひとかたでない。あまりの鮮かさに、流石の藤兵衞も呆然として、見惚れた。村人達が紀八郎を稱嘆したのはいう迄もない。そういう周圍の讃美が、かすかな危惧をいだき乍らも、美補を一そう紀八郎への戀情に驅りたてたのである。二人は、この試合の三月後に、契つた。

愛欲が滿たされた後のしらじらしさが、あの時、試合せずに濟ます程のおのれでなかつたいまいましさを紀八郎に感じさせたのは、仕方のないことであつたろう。紀八郎は、兎角家を外にする日が多くなる。天王寺の塔から飛び降りたのもこの期間のことである。

併し、彼のいまいましい、自棄をともなつた日常とはかかわりなく、その勇名は日を追うにつれて擧つた。とうとう姫路城主本多中務大輔の耳に達して、紀八郎は知行二百五十石で召抱えられたのである。寛永四年六月のことである。更に翌五年には中務大輔の參覲に從つて江戸詰となつたが、その技が家光の聞くところとなり、一日、紀八郎は祕太刀を將軍の上覽に供した。何でも小姓の一人に横笛の巧みな者があつて、紀八郎は、その小姓が笛を抱えて吹くところを拔き打ちに笛を斬つた。すると、調べの一節が了るまで笛は鳴りつづけ、曲がおわつたとき眞二つに割れていたそうである。家光は、柳生宗矩に新蔭流を、小野治郎左衛門忠明に就いて一刀流を夫々修業し、かなり腕も立つたというから、この居業に一そう魅せられたのであろう。卽座に中務大輔から紀八郎をゆずり受け、五百石で書院番に召抱えた。別に、この日の賞として拵え附短刀と褒金三枚を與えている。寛永十年の日光參詣の折には、紀八郎に大手門の留守を護らせたと「徳川實記」に載つている。

——以上が、あらまし、御前試合に出る迄の菅沼紀八郎範重の閱歴である。

一方、油下清十郎は、紀八郎ほどその前歴が分明でない。福島正則の家臣であつたが、福島家が除封されて浪人となり、一時、備前にとどまつていたのを堀尾山城守忠晴に取立てられた。清十郎を忠晴に推擧したのは、京僧安大夫という槍術の名人である。安大夫は、曾て紀伊大納言頼宣に仕えようとして千石の釆邑をのぞんだが容れられず、藝州に赴いて京僧流の槍を教えていた。それを山城守が指南役に抱えたのである。

京僧安大夫は、清十郎を推擧するとき、忠晴にこういつている。「油下は我が門の高足。且つ、刀術にも一派を工夫した上手である。しかし、人物の器の大きいことは技以上でござろう。それだけに餘程非常の場合でなくば、技倆をあらわさぬと存じられる。この點は、あらかじめ御含みおきを願いたい」

この言があるので、山城守も別に清十郎を試みようとはしなかつたが、なるほど、當人も一向見榮えのせぬ勤めぶりで、日を經るにつれ、安大夫ほどの仁が推擧する達人ならと、多少は腕の出來る朋輩が試合を申込んでも、いつも言を左右にして取合わなかつた。併し、人柄が溫雅なので、これを臆病とも高慢とも思う者はなく、「何處まで出來るか底の知れぬ男じやが、阿呆かもしれぬな」と心安だてに放言する者さえもいたという。その裡、寬永十年九月になつて、忠晴は遂に清十郎の技を知らぬままに卒した。忠晴には子がなかつたので、出雲の國松江二十四萬石は幕府にお取り上げになり、清十郎は再び浪々の身となつたが、生前忠晴は、家光から寬永試合の抱負を聞いたとき、

「我が藩に油下清十郎なる兵法者がござる。こ奴、どの位使えるか存じ申さぬが、恐らくは、當世一代の上手かと心得まする」

と半ば誇りげに、その實、忠晴自身も清十郎の技倆の程が見たくて、上覽試合には是非出場させたいと約してあつた。それを、家光は實行したのである。堀尾家が斷絕するとき、遺臣達には、かなり懇ろな扶持を下された由が「寬永系譜」に記されている。浪々の清十郎を召出すのに、それゆえ、さして手間ひまはかからなかつたようである。なお、一本に、菅沼紀八郎と立會つたのを堀尾山城守としてあるのは、この間の事情を誤まり傳えたものであろう。御前試合が行われたのは前に述べた如く、寬永十一年五月、忠晴の卒したのは、前年の九月二十四日

である。

さて、紀八郎に美補がある如く、清十郎には和《かず》という妻との間に、二子があつた。和は臈たけた女で、清十郎に愛された。清十郎は寛永試合に臨んだとき三十七歳であるが、曾て、「阿呆か」と朋輩に疑われたのは、夫婦の常にない濃やかな間柄を諷されたからでもあろう。

その和が、思いがけぬ公儀のお呼出しで、夫が試合に臨むと定《き》まるまでは、清十郎の剣が抜群であるとは知らなかつたというから、今時うらやましい夫婦である。和は、いよいよ試合に出掛ける夫を玄關に送り出すと、

「どうぞ、重吉のためにも、存分にお働きなされませ」

といつた。重吉は長男の名である。

「どうかの。相手は、お旗本でも一二といわれる使い手じやそうな。まア恥を殘さず立會えればと存じておる」

そういつて、清十郎は、久々に剃つた月代の青い頭を撫ぜ、カラカラ笑つた。初夏の朝陽が、いつまでも佇んで見送る妻の丸髷に爽かに光つていた。

この兩人の試合は、大久保彦左衞門と加々爪《かがつめ》甲斐守の勝負の次に行われたことになつている。

試合の場所は、吹上のお庭に上覽所を設け、居並ぶ諸大名、旗本及び試合に臨んだ武藝者一同

の席を、紅白の幔幕《まんまく》で圍つてあつた。家光の座は、瀧見のお茶屋と呼ばれる小御殿で、寝殿造りのその屋根の上はるかに、白い天守閣が聳えていた。

試合は恰度午《ひる》の二時にはじまつた。

家光は紀八郎が勝つものと思つている。しかし、故人が殘した言葉には、或る不氣味な眞實がともなうものである。清十郎とてどの樣な祕劍を匿しているかと、幾分の不安と期待がある。これは、並居る一同とて同じであろう。中には、紀八郎の冷やかな日頃の禮儀深さを、却つて傲岸のなせるわざと受取つて一そう不愉快に思つていた旗本もあり、彼らはむしろ紀八郎の打ち負けるのをひそかにのぞんでいた。

さて、いよいよ二人は庭の中央に歩み寄つた。紀八郎は上覽の座から見て右、清十郎俊光は左であつた。双方は向うから上覽の座に一禮し、ついで互いに向い合つた。

一同は固唾をのんだ。

と、正に抜き合おうとした時である。

「――お待ち下され」

と、清十郎が、手を出して紀八郎を制するのが見えた。そうして、何事か告げている。

紀八郎が皓い齒を出した。二人は、そのまま立合わずに、上覽所へ歩み寄つて來たのである。

何事かと訝《いぶか》る一同の前まで來ると、紀八郎が、家光の座の前で、床几に在る審判の柳生宗矩《やぎゅうむねのり》にむかい、しずかにこういう事を言つた。

「われらは偕《とも》に、居合を流儀と致すもの、されば、この試合は居合の勝負にて差し構いなきよう、お取り計らいが願いとうござる」

一同は聞いて騒然となる。これ迄の數合の試合は全て木太刀であつたが、居合なれば、當然眞劍だからである。

「それは相成るまい」宗矩がいつた。

すると、淸十郎が進み出て、

「いや、われら相對して致すのではござらぬ。あれなる櫻木の試し斬りが致してみとうござる。まげて、お取り成しが願いたい」

そういつて庭の片隅を指した。その眸は笑つていた。

其處は千代田稲荷と呼ばれる祠の傍《かた》えで、稲荷は御本丸を守護のため祭られたものであるが、その傍らに、氷室《ひむろ》の櫻が今を盛りと咲いている。紅白の幔幕は恰度その祠と櫻の絢爛を場内に圍み入れているのである。

「あれを斬ると申されるか」

宗矩は半ば呆れ顏でいつた。將軍へ取次ぐ迄もない。櫻は、吹上のこのお庭で自慢のもので、六月櫻《ざくら》はさして珍重でもないが、駿府から移し植えたこれ程の大咲きは、めずらしい。斬るとは以ての外である。「ちと場所柄をわきまえられよ」と宗矩は言い放つた。

するとこの時、家光自ら聲を掛けた。

「――但馬。兩名の者、あの花は散らさずに、枝のみ斬つてみせるなら、宥すぞ」

といつたのである。

如何にも一輪だに散らさず、斬つて御覽に入れ申そうと立所に紀八郎が應えた。

宗矩は家光直々の聲がかかつたので、「されば、試みられい」と改めて許す。

家光にすれば、笛を切つた折の紀八郎を知つているから、よも仕損じることはないと思つている。もう一度あの鮮かな手並を見たい氣持もある。それ以上に、淸十郎が如何なる太刀を見せるかが氣になつた。それでゆるしたのである。

早速、兩人の太刀が係役人の手で別所から取寄せられた。この日は、武藝者の差料は全てお取上げになつていたのである。

先ず紀八郎が、太刀を腰に、白襷、白鉢卷、股立《ももだち》を取つたいでたちで庭の櫻の下へ歩み寄つて、しずかに立停つた。そして頭上の、手頃な枝を仰いだ。一同息をつめて見まもる。一瞬白い虹が枝に懸つたと見る間に、爛漫の花をつけた枝が、紀八郎の足許へ落ちた。彼はゆつくり、その枝を拾い上げ、こちらへ戻つて來る。無論、花一つ散らない。一同、あらためてその美技に醉うが如くであつた。

次に清十郎が行つた。これも、櫻の下に佇むと、手頃の枝を見上げていた。紀八郎より背が低い。やがて、清十郎は、しずかに太刀を抜くと、八双の身構えから、まるで高速度寫眞を見るようにゆるく一枝を斬つた。枝は音もなく落ちた。清十郎は太刀を鞘に收めると、これも枝を拾い上げて、ゆつくりこちらへ歩み出した。二、三歩來たとき、一齊に、泣くが如く降るが如く全木の花びらはハラハラハラハラと散つた――。

「おお……」

肅然として、思わず嘆聲を洩らす一同の耳に、

「油下清十郎の勝ち。」

凜とした審判の聲が響いた――。

（吹上御殿試合の内）

二人の荒木又右衛門

寛永十五年八月十五日に、荒木又右衛門なる士《さむらい》が鳥取藩で毒殺された。伊賀上野の仇討から四年目のことである。

荒木又右衛門は、この時四十歳。殺される二日前、義弟の渡邊數馬と偕《とも》に、伊賀の藤堂家から鳥取（池田家）へ迎えられた。その道中、藤堂・池田の兩藩とも、又右衛門に對して大そう鄭重《ていちよう》な扱いをしたことが、次の様に記錄に殘っている。

藤堂家では、先ず藤堂玄蕃《げんば》以下騎馬二十人が前隊に發《た》ち、ついで藤堂出雲《いずも》の組の者四十騎、その後に、又右衛門と數馬の駕籠《かご》を護って彥坂嘉兵衛以下鐵砲衆九十人並に弓衆四十人、殿《しんがり》には田中源兵衛以下が徒士《かち》で二十人。〆《しめ》て、二百六十人の行列である。別に控えの駕籠二挺と、小荷駄の一隊がつづいている。

之を迎える池田方は、

第一隊　橫河次太夫父子以下鐵砲二十人

第二隊　渡瀨《わたせ》越中及び鐵砲二十人

第三隊　伊賀源太兵衛父子以下鐵砲二十人
第四隊　宮脇平太左衛門以下持弓二十人
第五隊　片山彌次兵衛及び鐵砲二十人
第六隊　松尾惣左衛門父子及び持弓二十人
第七隊　福田權兵衛以下徒士《かち》二十一人

別に、宮脇得兵衛以下の係役人四名と、伊賀の忍者《しのびもの》十二人が派遣された。

これだけの人數を繰り出して又右衛門、數馬の兩人を庇《かば》つたのは、旗本側の差向けた刺客《せつかく》が何時、二人を襲うかも知れなかつたからである。この事情は追々に述べる。が、さしたる事もなく、藤堂側は兩人を護つて無事に山城國伏見へ着いた。此處で、池田方に二人を引渡した。恰度未《ひつじ》の刻だつたという。この時の受渡しに立會つたのは、茶道に有名な小堀遠州である。遠州は當時、小堀遠江守《とおとうみのかみ》政一といつて伏見奉行である。

引渡しが無事に濟むと、藤堂方は翌朝足早やに上野へ去つた。

又右衛門數馬の兩人は伏見在の池田家屋敷に一泊し、この日の早朝、川船六隻に便乗して淀川を大坂へ下つた。陸上護衛の隊が伊賀者を先行させて、兩岸から、下り船を守つた。

大坂では　池田家の親藩である備前の新太郎光政、播州赤穗の城主、右近太夫輝興の兩家より差向けられた三十隻の海船が待機している。船は四十八挺櫓《よんじゆうはつちようろ》、三十挺櫓、幟、吹流しを押立て、幔幕《まんまく》を張り、船頭、船子《かこ》はいずれも揃いの派手な衣裳を着ていたという。伊賀上野の仇討以來、又右衛門の武名はとみに擧つていたのである。

大坂の海船に迎えられた又右衛門等は海路を、播州坂越《さこし》の海濱に上陸し、それより陸行して三泊、八月十三日に、無事、因州鳥取へ着いた。

渡邊數馬にとつて鳥取の池田家は舊主である。出迎えの者の中には曾ての朋輩や、顔馴染も多い。津ノ井、若櫻街道あたり迄迎え出た藩士の中には思わず數馬に聲をかけて、上役に窘《たしな》められた者もある。併し、一同の關心はこぞつて、初めて見る荒木又右衛門の凜々しい風貌に注がれた。色が浅黒く、左の顳顬《こめかみ》に眉のあたりから刄の傷迹《きずあと》がある。數馬を助太刀して亡君の怨みを雪《そそ》いでくれた折の疵であろうかと、一同は半ば感謝の思いを籠めて、その横顔に見入つている。

又右衛門は、十三日のこの日は、藩の重臣津田喜左衛門方に落着いた。此處でも數馬ともども下へも置かぬ鄭重な扱いを受けた。中一日の休養を攝《と》つて、十五日、まだ幼年の藩主に代つた城代家老、荒尾志摩嵩就《たかなり》に初見の禮を取ることになり、又右衛門は同日巳《み》の刻、肩衣半袴《かたぎぬはんばかま》の装束《いでたち》で荒尾志摩の館に出向いた。――そうして、毒殺されたのである。毒は午餐の食膳に盛られていたという。場所は、志摩家の廣座敷である。

荒尾志摩の家來次田某が又右衛門の應對をして、廣座敷に招じると、

「主人只今城中に罷《まか》り越して居ります。暫し、これにて御休息が願い度う存じまする。」

と敷居際で頭を下げ、退き下つた。

又右衛門の前には、床の間を背にした上座に、志摩が坐る筈の茵《しとね》と脇息《わきづき》がある。床には墨痕あざやかな絶句の軸が懸つている。縁側の障子は全て開け放つて、初秋の陽が明るく庭に差込んでいる。

その庭の樹木に遮られた向う座敷から、この時、琴を奏でる妙な音が響き出した。又右衛門は正坐して志摩を待つ無聊《ぶりよう》を、その音色で慰められる様子に見えた。何となく、そうして、一度そつと顳顬《こめかみ》の疵迹《きずあと》へ手をあてた。

琴の調子が急激に高く掻き鳴らされる頃になつて、背後の襖が開き、家來の次田が再び手を仕えた。

主人の志摩が立帰る迄、ひと先ず書餐《ちゆうさん》を採つていて頂き度いという。又右衛門は素直に饗應を受けた。

運ばれた膳部には、奇妙なことに、銀と普通のものとの二様の箸が添えられてあつて、次田は又右衛門へ最初の一獻《いつこん》を溫《すす》める前、

「いずれの箸をお使い召されまする。」

と訊いた。

この時又右衛門の顔色は變つていた。銀の箸であれば、毒にあえば忽ちに腐蝕《ふしよく》して色が變る。即ちそれと分るのである。が、又右衛門は無造作に普通の白木の箸を取つた。

——小半刻後《こはんとき》。

隣室の琴の最高潮のしらべのさ中に悶絶する又右衛門の首が刎ねられた。

その首は、卽日、丁寧に死化粧を施され、首桶に收められて、目附宮脇平太左衛門の屋敷へ運ばれている。

其處に私《ひそ》かに旗本久世三四郎が江戸表から來て居つた。又右衛門の首を檢《あらた》めるためである。この首實檢には、池田藩から徒目付《かち》遠山才兵衛も立會つた。

久世三四郎は、待兼ねた首桶が前に据えられると、徐ろに容《かたち》を改め、懷紙を咥《くわ》え、「卍」の書かれてあるかぶせ蓋を開けた。首桶の高さは一尺三寸、口のひろさ八寸ときまつている。首は髮に首札を結び付けて保呂《ほろ》に包んである。

首札を先ず作法通りに三四郎は讀み、そうして、凝乎と又右衛門の青い死相に見入つた。

僅か數刻前までは、まだ、天下の旗本を向うに廻してビクともしなかつた一世の劍豪である。それが今は政治の犧牲となり、首一《こうべ》つに變り果てている。

同座の遠山才兵衛、宮脇平太左衛門の兩人とも、二日前、又右衛門を受取りに遙々《はるばる》伏見へ出向いたから、これは一しおの感慨がある。久世の兩側から、二人とも息を詰めて瞶《みつ》める。

——と、この時、久世三四郎の口からパッと懐紙が膝へ落ちた。

「こ、これは僞者《にせ》じや。」

と叫んだ。

「——何と申される。」

立會いの遠山才兵衛より、目付宮脇平太左衛門が色をなした。

「久世どの。天下の大事に立ち到るやも知れぬ場合じや。失言では相濟まぬ。今一度、とくと御覽召されい。」

と言つた。

久世三四郎は頑なに頭を振つて、

「いいや、僞首じや。われらの目に狂いはござらぬ。」

言いざまに片膝立てて首を蹴散らそうとする。三四郎は心底から憤つている。

「お待ち下されい。」

遠山才兵衛が慌てて三四郎の膝頭を抑え、これも片膝を乗り出した。

「僞首とは何を證據に申されまする。某《それがし》、立會いの役目がござる。これにて仔細が承りたい。」

「仔細？」

三四郎は才兵衛の面體を上から睨みつけ、

「お手前、これを眞の荒木又右衛門が首と申されるのか。」

「異な事を承る。それがし過日これなる宮脇どのとも御同道仕り、伏見表へ罷り越して荒木氏を引取りし一人にござる。慥《たし》かに、この首荒木又右衛門どのに相違ござらん。それを僞首と申されては、お役目が立ち申さん。さ、仔細をお聞かせ下されい。」

遠山才兵衛は一歩も讓らぬ面持で、ひらき直つた。場合によつては旗本と雖も宥さぬ必死の覺悟が見えた。

三四郎はそれに虚言がないのを見てとつたが、

「何と申されても、これは僞者じや。われらは江戸表にて、荒木又右衛門なる者を夙《つと》に存知《ぞんち》致しておるわ。」

と言い放つ。

——こうなつては、水掛論《みずかけろん》である。久世三四郎の方は、寛永十一年の夏、まだ伊賀での仇討がある前に、江戸に來ていた荒木又右衛門の顏をよく見知つているというのだ。

半ば茫然の態だつた宮脇平太左衛門が、この三四郎の言を聞いて、不意に二人の間へ割つて入つた。

「暫く……暫く。両所とも控えられい。」

口論に及んでラチのあく場合ではない、と平太左衛門は言う。目附は、もともと幕府から諸大名へ、政務監視のために遣わされた役人である。云つてみれば平太左衛門も直參の旗本である。

三四郎は漸く立てていた膝を屈した。収まらぬのは遠山才兵衛である。その才兵衛に、些か思うところがあるから、今日のところは一先ず引退られるが宜しかろう、と平太左衛門は言つた。「この場の責《せめ》は一命に代えてもこの平太左衛門がお引受け致す。」と云うのである。

遠山才兵衛にすれば、次第によつては役目怠慢の廉で腹を切らねばならぬ。凝乎《じっ》と平太左衛門を見詰めたが、軈《やが》て、言葉に従つた。

首桶は一先ず、宮脇平太左衛門が預かることになつた。遠山才兵衛は事の次第を告げに、急いで城代家老荒尾志摩の許へ立返つた。——序でに言うと、後日、この折の責を負つて才兵衛は役目を辭し、浪人している。後年、三代將軍家光の實弟、保科《ほしな》肥後守正之《まさゆき》に召抱えられたが、一説には又右衛門の首を刎ねたのはこの才兵衛だとも云う。

さて遠山才兵衛が立去ると、宮脇平太左衛門は久世三四郎に「江戸でお手前が見知つた荒木又右衛門と之と、別人の首に相違ござらぬか。」と改めて念を押した。

「くどい。」三四郎は苦々しげに言つた。

平太左衛門は前《さき》に書いたように、持弓二十人の頭として、伏見で、藤堂家から又右衛門引取の場に臨んでいる。藤堂家は、伊賀の仇討後の四年間、又右衛門數馬の身柄《みがら》を預かっていた所である。若し、事實この首が寔《まこと》の又右衛門でないとすれば、藤堂家が池田方に渡す折、何者かを又右衛門とすり代えたことになる。そうとすれば、由々《ゆゆ》しき大事である。又右衛門の身柄引渡しには幕府が直々に干渉した。萬一又右衛門すり代えの事が露顯《ろけん》すれば、當然、藤堂家はお家取潰しの責を受けねばならない。

藤堂家の當主高次は關ガ原役に逸早く石田三成の擧兵を家康へ通じ、大坂兩度の合戰にも功のあつた一世の梟雄《きようゆう》藤堂高虎の子で、高虎は一家士から身を起して安濃津《あのつ》三十二萬石の城主となつた。それ程の人物の子が、如何なる理由にしろ、又右衛門如きのためにお家斷絶の危險を侵すとは考えられない。とすれば、久世三四郎が江戸で見知つた又右衛門と、伊賀の仇討をした又右衛門とは既に別人だつたという事になる。いずれかが、僞者である。

宮脇平太左衛門は頭をかしげて、「ふむ。」と腕を拱《こまぬ》いた。平太左衛門の胸中には、伊賀の仇討に纏《まつ》わる次の様な事情が去來していた。

話は、九年前に遡る――

寛永七年庚午《かのえうま》の頃、岡山藩主であつた池田宮內少輔忠雄の家中に、渡邊數馬の弟で奥向小姓を勤める源太夫という者があつた。常より藩主忠雄の寵を享け、折々は寢所に侍して伽《とぎ》の役目も仰せつかつた。いわば孌童《れんどう》であつた。當時大名が男色を好んだのはさして珍しくもないが、忠雄は、とりわけこの性癖が強かつたらしい。宮内少輔忠雄の母は德川家康の息女で、はじめ播磨御前といわれ、後に良正院と呼ばれた督姫《とくひめ》である。從つて池田忠雄は家康には孫にあたるが、忠雄の妻は阿波・蜂須賀家の女《むすめ》で、妻を娶《めと》つてからも忠雄の性癖はあらたまらず、源太夫を鍾愛《しょうあい》していた。

その源太夫を、河合又五郎なる者が刺殺した。そうして岡山を出奔《しゆつぽん》し、江戸へ逃れて旗本安藤治右衞門方に匿われたのである。源太夫を又五郎が斬つたのは、その道の私怨からだつたという。

忠雄の怒りが大きかつたのも無理はない。又五郎は主君にたてつき、謂わば男色の鞘當《さやあ》てをしたのだ。

「又五郎を見つけ次第討取れ」と忠雄は下知し、多くの刺客が出された。

ところで、此處に面倒なことがある。又五郎の父に河合半左衞門という者がある。もと高崎城主安藤重長の家臣だつたが、或時友人を殺《あや》め、追手に逐われる身を池田忠雄の行列に驅け込んで庇護を乞うた。その時安藤方が半左衞門の身柄引渡しを要求すると、忠雄は「窮鳥懷《きゆうちよう》ろに入れば」等とよろしくあしらつて渡さず、剩《あまつさ》え半左衞門を千石で召抱えたのである。

安藤家にすればその時の遺恨が殘つている。得たりとばかり、今度は、安藤家の一族である安藤治右衞門が又五郎を庇《かば》つて池田へタテついた。そして、その安藤へ同じ旗本の阿部四郎五郎、久世三四郎らが加勢した。當時、大名と旗本は犬猿の間柄だつたから、そうなると池田家の方でも親藩が動き、これに與する大名もある。——こうして河合又五郎の一私怨《いちしえん》から、事件は漸く大名と旗本の對立に發展した。

事が其處まで大きく擴がろうとは、當の又五郎は夢にも思わなかつたに相違ない。が、又五郎が源太夫を斬つて出奔したとき、逸早く、この事を憂えた者がある。池田家の家老荒尾志摩である。志摩は、又五郎の追手に屈强の使い手を選び、どの様な事があつても又五郎を江戸へ入れるな、江戸へ達する迄に斬れ、と嚴命した。そうして池田家の大坂屋敷、江戸下屋敷にも使者を飛ばして又五郎召取りの手配をくばつた。

結局、これらの處置が徒勞におわつて、又五郎は安藤家の庇護のもとに匿まわれたわけが、又五郎を斃《たお》すことが、そもそも數馬にとつての仇討等という一私事ではなかつた事は之を以つても瞭《あきら》かである。後になつて仇討を表向きにしたのは、そうしなければ旗本側を刺戟し、事が一層紛糾するのを避ける爲に他ならない。數馬の姉聟荒木又右衞門の「助太刀」という名目が利用されたのも、同じ理由からである。それ故、陰では、又五郎が旗本側に庇護された後も、繰返し又五郎暗殺の刺客が志摩の手許から繰り出された。

同じ事が旗本側でも言える。數馬と又右衞門を密かに狙う刺客が、幾人か、旗本の手によつて放たれていた。そして斬られた。荒木又右衛門になりすます事は、凡庸の剣士では勤まらなかつたわけである。

――さて池田忠雄は、又五郎が旗本に匿まわれたと知ると、正面から又五郎引渡しを促す使者を立てた。最初は言を左右にして應じなかつた旗本側が、或る日こう答えた。

「又五郎の父半左衛門を當方へお返し下されい。さすれば交換に、又五郎はお引渡し申す。」

そこで、池田家は岡山の河合半左衛門を江戸へ護送し、寛永七年八月廿日朝、かねての約束通り神田猿樂町安藤治右衛門屋敷に半左衛門を引渡した。

然るに旗本側は、半左衛門のみ受取つて又五郎を返さなかつた。「たとえ如何様の理由ありとも、一旦、われら旗本を頼りし者を返して、首刎《は》ねさすは不憫である。よつて又五郎は渡さぬ。半左衛門を引取つたに就いては、池田方にも心當りが有るでござろう。」というのがその口上であつた。――池田方の使者に立つた寺西八太夫は、この日の責を負つて自害した。

忠雄は謀られたと知つて烈火の如く憤つた。前述のように忠雄は家康の孫に當る。直ちに親藩の鳥取城主池田新太郎少將、播州赤穂三萬五千石の池田右京太夫政綱、佐用にて二萬五千石の池田右京輝興等に檄《げき》をとばして萬一に備える傍ら、直接、幕府へ、岡山三十二萬石を返上しても宜しいから又五郎を引渡して下されたくと訴えた。

幕府はこの處理に困つた。時期も悪かつた。二代將軍秀忠は病臥の身である。家光には未だ天下に令する威光は備わっていない。萬一、天下に野望を抱く大名がありとすれば、蹶起《けつき》するのは秀忠歿後に違いない。そういう危惧のあるところへ、大名對旗本の騷動が起りまじき氣配なのである。

幕府は初めは、兎角の言辭を弄して處置をひき延したが、寛永九年に入つて、遂に秀忠が薨《こう》ずると、直ちに、最も辛辣な解決策を採つた。偶々《たまたま》忠雄が風邪で病臥していたのへ見舞の菓子を贈つて、毒殺したのである。忠雄さえ無ければ一應事は斂《おさ》まると見たからである。そういう最後の手段を講じた後、鳥取の池田光政と岡山藩との國替えを命じ、家中の者の氣を國替に轉《てん》嫁《か》せしめようと計つた。

忠雄は卒《しゆつ》する前に言つた。「我が墓前に又五郎の首を供えよ。息《むすこ》勝五郎に家督相續の沙汰あるとも又五郎を引渡す迄は受けてはならぬ。」

時に忠雄三十一歳。他界したのは是年の四月三日である。

忠雄の遺言は却つて旗本側を刺戟した。幕府は困つたが、その困憊を見込んで善後策に乗り出したのが、忠雄の舅蜂須賀蓬庵である。

幕府は蓬庵に一任した。實は別にもう一人、事件の始末を引受けようと申し込んだ者があつた。伊達政宗である。政宗の二男忠宗の側室は、忠雄の妹である。幕府にすれば、本當は伊達家に動かれるのが怖ろしくて忠雄を毒殺したのである。それで、慌てて一切を蓬庵に委せた。

蓬庵は先ず、處分の等閑《なおざり》になつていた又五郎の父河合半左衛門を自分が預かると云い、これを引取つて阿波へ送る舟中で密かに刺殺し、頓死の由を披露した。ついで、又五郎には江戸追放を命じたのである。

蓬庵には幕府の名代という立場があるから旗本側も文句のいい様はない。その代り、江戸を立退いた後、又五郎の身のふり方は如何様にても差構いなき事、池田家に於ては、又五郎に一切手出しせざる事という二條件を出した。蓬庵は承知した。旗本側が、爾後又五郎に附人はつけないというのが條件である。又五郎は江戸を追われた。

そうして二年目、數馬と荒木又右衛門によつて討たれたのである。

「——久世どの。……矢張りこれは、容易ならぬ事態になりそうじや。」

平太左衛門はそう言つて腕を解くと、ほつと、深い吐息を洩らした。秋の日は旣に沒し、庭前に淡い暮色が迫つている。才兵衛が立去つてから、二人は對坐した儘で動かない。首桶は、蓋をかぶせて床の間に置かれてある。互いの顏も定かでない暗さに、不氣味な鬼氣が首桶の邊りから漂つて來るようである。

「……容易ならぬとは、われら旗本にとつてのことか。」

三四郎が不快げに面をあげた。

「そうじや。……あの首、お手前は何者と見られる?」

「藤堂家の者じや。」

「いいや。藤堂の家中なら旗本にとつて、さしたる大事ではござるまい。」

「む?……」三四郎の眼光が、ハッと氣附いた閃きをした。「では若しや?……」

「言われるな。」

慌《あわ》てて平太左衛門は遮つた。「それを輕率に申されては、取返しのつかぬ事に相成る。……のう、餘程しらべてからでないと。」そう言つて平太左衛門は、聲を殺した。

三四郎は呻きを發した。瞋《いか》りの血脈がみるみる額に浮出ている。

若しやと三四郎が言つたのは、荒木又右衛門でない何者かが、最初から又右衛門になりすまして伊賀の仇討をしたのではないか、という事である。實の荒木又右衛門に就いて知られているのは、數馬の姉婿《あねむこ》で、もと郡山《こおりやま》城主松平下總守に知行二百五十石で仕えていたという事だが、その又右衛門では旗本側の庇護する河合又五郎を討取るだけの武略がなかつた場合、或いは、實の又右衛門が數馬への助太刀を拒んでいたとすれば、これは考えられることである。又右衛門は他藩の武士だからである。當時、父や兄の仇討は許可されたが、弟のそれは許されぬのが立前だつた。それ故、郡山藩の又右衛門が池田家の藩士である數馬のために助太刀に立つことは、武士の道理としては一應通らない。又右衛門が、上野鍵屋の辻で見せた程の技倆《ぎりょう》ある、且つ人物の出來た武士なら、猶更、私情のために主君松平下總守に暇を貰うとは思えない。とすると、故意《こい》に、何者かが荒木又右衛門の名を藉《か》りて仇討の助太刀をしたことになる。その場合、腕の立たぬ者がすり代わる筈はなく、必ず、旗本を向うに廻してヒケを取らぬだけの、腕の立つ人物が選ばれたと見なければならない。

（——ふーむ。……）

三四郎は呻いた。

それではそれ程腕の立つ武士とは何者であろうか。何故又、左程の劍客が荒木又右衛門の名を騙《かた》らねばならなかつたか。

「平太左衛門。……」

三四郎が熱い吐息で、呼びかけた。「成程、これは容易ならぬことじや。」顳顬のあたりが癇《かん》性《しょう》にヒクヒク蠢《うごめ》いている。

「さればじや。滅多なことを申してはなるまい。」

「では、お手前、あの首に心當りがござるな?」

「——ない。」

平太左衛門は頰を歪めて言つた。もう、日はとつぷり昏《く》れている。暗い部屋の外で、一聲を曳いて、何處かで野鵐《のじこ》が鳴いた。

「併し――。」稍《やや》あつて三四郎が言つた。「數馬は知つて居ろう。此處へ呼びつけて目附役のお手前が糺《ただ》されるに異を唱《とな》える者は御座るまい。」

「無駄じやろう。」

吐き出すような口調で平太左衛門は應えた。首の人物が、數馬の姉婿でないとすれば、それが誰かは無論數馬は知つていよう。併し、知つていて姉婿の荒木又右衛門と仕立ててした仇討なのである。この期に及んで別人だとは、斬られても白状する筈はない。

「久世どの。あて推量で輕々に申す場合ではない。萬一という事がござる。調べるだけは、當方でも手を盡してからじや。な、それからでも遲うはない。」

「何を調べる?」

「お手前はくどいと申された。併しまこと、荒木又右衛門とは別人か、それを調べる。次に、藤堂家が身代りを立てたか、どうかじや。今に及んでは、それを明らめるよりテは御座るまい。」

事の序手《ついで》じや、お手前も江戸へ戻るのは、今暫く見合わせられい、と平太左衛門は言つた。

腕を組んでいた三四郎は、きえーつ、と叫んで手許《てもと》の湯呑を庭へ擲《な》げつけた。

翌日。

未明を俟《ま》つて宮脇平太左衛門の屋敷から間者が伊賀へ遣《つか》わされた。宮脇の家來柴田彦三郎である。多少、忍びの心得がある。彦三郎は目附宮脇平太左衛門と久世三四郎の書狀を携えていた。伊賀の藤堂家に出向いて、鍵屋の辻の仇討の模様、並びに首桶《くびおけ》の人物が實の又右衛門かどうかを、今一度しらべる爲である。

さて無事に彦三郎が鳥取を立去つたのを見屆けてから、平太左衛門は何事も知らぬ顔で登城した。

荒木又右衛門を暗殺することは、鳥取藩の中でも一部の重役にしか知られていない。――昨日、遠山才兵衛が立歸つてから、家老荒尾志摩からは別に表立てて使いの者は來なかつた。それとなく志摩の様子を窺うと、志摩は實はまだ倉吉の城から立戻つていないという。家老の荒尾志摩は倉吉城をも預かつているからである。

併し、池田家にとつて或る意味で亡君の恩人でもある荒木又右衛門と面接する日に、城代家老の志摩が鳥取へ立戻つていなかつた筈はない。況《ま》して、暗殺の計をめぐらした當の志摩である。何か潜んだ事情があるに相違ない。そんな眼で見ると、又右衛門暗殺の事を了知《りようち》している筈の他の家老までが、僞首の一件に就いては口を緘《かん》しているのも、無氣味である。

一方、渡邊數馬は何うかと表立つて係りの者に訊くと、近く、舊《もと》のように千石で召抱えられるという。鳥取へ着いて以來、津田喜左衞門の屋敷は一歩も出ていないそうである。

これらの事を歸宅した平太左衞門から聞いて、三四郎はいよいよ疑いを深めた。

——兎角する裡、八月二十七日に至つて柴田彦三郎が伊賀より立歸つた。その間、床の間に置かれてあつた首は、次第に惡臭を發し容貌を見定める術もない迄に膨れあがつた。そこで、一先ず、無緣佛として寺に收めた。寺は今の鳥取市品治《しなじ》町、淨土宗玄忠寺である。

さて彦三郎がしらべ歸つた情報のうちに、寛永十一年、鍵屋の辻での仇討の後、一同の身柄を取押えた町奉行加納藤左衞門から藩主へ上申《じようしん》した次第書の寫しがあつた。これは記錄として現存しているが、當時の仇討の模樣を知る上にも便利なので左へ掲げておく。空白は蟲喰いである——。

次第書

寛永十一年甲戌《きのえいぬ》十一月伊賀ニテ

寛永九年松平（池田）宮內少輔（忠雄）殿の御代、同家中河合又五郎、朋輩渡邊數馬弟を討果し、それより備前を立去り候ところ、今朝辰《たつ》ノ刻、上野山田町鍵屋の前三辻にて出合い、首尾よくあだ討致し候に附、夫々役罷《やくまか》り出、始終の様子を承り同所全傳寺、浄蓮寺に双方引入れ置、醫師呼寄せ、手疵《てきず》の療治申附《つけ》、早速右之趣き津へ言上の次第書——

一、討方《うちかた》本人渡邊數馬。年二十七、深手を負い、胸に疵《きず》二ケ所、右脚□一ケ所、右指脇□、親渡邊內藏助、備前にて七百石下され候也

一、荒木又右衞門。年三十六、數馬姉聟松平下總守殿家中にて、二百五十石取、手疵《てきず》右之頭指、藥指、臑《すね》に□疵、いずれも淺手にて候

一、數馬若黨、森孫右衞門。手袖摺一ケ所、右の指上手の甲、臂《ひじ》一ケ所、右は淺手。孫右衞門一番に、櫻井半兵衞が槍持《やりもち》を切倒し、續いて半兵衞、並びに同下人八左衞門と仕合い候て八左衞門に手を負わせ、武右衞門（荒木又右衞門家來）は其の場にて相果て申候

一、敵方本人、河合又五郎。年二十四、手疵《てきず》頭に七ケ所、左之腕被切落《きりおとされ》、數馬之を討《うつ》、親は河合半左衞門、備前にて千石取候

一、河合甚左衞門（又五郎助太刀）年四十一。手疵、左の頬と月代左の肩に一ケ所、袖摺一ケ所、深手にて當座相果て、又右衞門之を討、松平下總守家中にて、三百石取。又五郎伯父にて候。

一、櫻井半兵衞。年二十四、手疵、耳の上二ケ所、左の肩一ケ所、目の上二ケ所、右の

無名指被切落《きりおとされ》、何れも深手、戸田左門家中にて二百石取、又五郎妹聟にて候

一、甚左衛門槍持一人手負い、小者一人手負不申候

一、半兵衛若黨、八左衛門手負、槍持一人深手《ふかで》負い、小者一人手を負い申さず候

……中　略……

態《わざ》と申上候、然らば河合又五郎に同心仕り候、又五郎妹聟櫻井半兵衛と申す者、深手にて御座候故、今朝相果《あいは》て申候《もうしそうろう》、半兵衛の道具持も相果申候、左様に御座候えば、又五郎、河合甚左衛門、半兵衛共に三人相果申候……中略……將亦《はたまた》渡邊數馬深手にて御座候得共、無事にて御座候、數馬下人相果申候、姉聟又右衛門と申者、同下人一人、これは無事にて罷《まか》り在候、□に念を仕置申候

右の趣き御申上被下度《くだされたく》

恐惶謹言《きょうこうきんげん》

加納藤左衛門

藤　堂　式　部

同　　　出雲

藤堂四郎左衛門殿

右の次第書に據《よ》つて明らかなように、荒木又右衛門は殆ど無疵《むきず》である。從つて眉のあたりの

刃疵は仇討の折に受けたものではない。が、そういえば、三四郎が吹上御殿でつぶさに目《ま》のあたりした荒木又右衛門にも、慥かに疵痕があつたという。

猶又、柴田彦三郎がこの次第書に補足して、仇討前後の模様を調べたところに據るとこうである。

郡山藩を浪人して後、江戸でそれとなく又五郎の行方を尋ねて分らなかつた荒木又右衛門は、吹上御前試合の翌月、諦めて一旦京都に戻つた。其の後又五郎が有馬に在る由を聞いて行つてみたらしいが、これも知れなかつた。そこで、今度は以前とは方針を變え、十一月一日、又五郎の叔父河合甚左衛門の妻子が居る奈良へ行つて様子を窺うと、又五郎は甚左衛門方に居た。而して十一月六日に奈良を發ち、江戸に赴くという事を知つた。そこで之を途中で討つことにし、祕かに甚左衛門方に見張りを立たせて様子を檢《しら》べた。奈良から江戸に向うには伊賀越えの道と、暗《くらやみ》峠を越え、一旦大坂に出て、それより海路を江戸に向う二つの道がある。孰《いず》れを選ぶかを檢べたのである。結果、陸路を伊賀へ抜けて鈴鹿《すずか》峠の關から東海道へ入ると分つた。六日の朝、河合又五郎は、叔父甚左衛門、妹聟櫻井半兵衛、並びに家來各々一人、尚、町人ではあるが姉聟である大坂の菓子商虎屋九郎兵衛等に衞《まも》られて、總勢凡そ二十人で奈良を出發し、その日は伊賀上野の一宿手前、島ガ原に宿つた。

渡邊數馬の方は、數馬と又右衛門、又右衛門の家來武右衛門と數馬の若黨森孫右衛門の二人、卽ち都合四人で之も島ガ原の宿外れに泊り、夜の明けぬ裡に上野へ達して、上野の入口――鍵屋の辻の居酒屋に入り朝食をした。その時、菜に鰯《いわし》の頭の無いのが三尾出たが、これを又五郎、甚左衛門、半兵衛の三人が首無しに似たる也とて、縁起が良いと悦んだという。そうして一行の來るのを待受けた。

櫻井半兵衛は槍の達人である。之が先乘りで一町餘り先に來た。次は又五郎、殿りが河合甚左衛門であつた。半兵衛が、鍵屋の辻を過ぎ、坂道を曲つて其の姿が見えなくなつた時、又右衛門は居酒屋から名乘り出て、馬上の河合甚左衛門に斬りつけた。馬は乘馬でなく、駄馬の左右に葛籠《つづら》を付け其上に蒲團を敷いてあつたから急に下りる事も乘廻すことも叶わず、甚左衛門は手もなく斬られて仕舞つた。そこへ、數馬が名乘つて當の敵又五郎に對《むか》つた。又右衛門は邪魔する者を追拂つている間に櫻井半兵衛が引返して來た。之に先ず森孫右衛門が向つて負傷した。其處へ又右衛門が飛んで行つた。其の間半兵衛の槍持は半兵衛に槍を渡そうとしたが、孫右衛門が負傷し乍《なが》らも渡さぬように立向つたので、半兵衛は得意の槍を執つて勝負する事が出來なかつたのは損であつた。そのため、荒木は樂に半兵衛を斬つた。（若し半兵衛が槍を執つておれば、この仇討はどうなつたか分らない。）なお又右衛門は強敵の半兵衛を討取つて思わず氣が弛んだのであろう、この時不意に、半兵衛の小者が背後から打つて懸《かか》つた。この小者の木刀は又右衛門の腰に當つた。更に、又右衛門が振向く所を今度は刀の峰を打つた。刀は京新刀の和泉守來《らい》ノ金道である。ポキリと折れた。又右衛門は素早く差添えを抜いた。小者は逃れんとして尻を斬られた。

數馬と又五郎は、相互に死力を盡して闘い、双方とも無數の手疵を負うて、到頭へタ張った。無理もない、兩人が立合ったのは前後三刻――ほぼ今の六時間に及んでいる。荒木又右衛門はその間、傍らに立った儘で又五郎に太刀は振っていない。いよいよ兩人が其の場に崩《くず》折《お》れてしまった時に、聲をはげまして數馬を叱った。數馬はハッと我にかえり、渾身の勇をふるって立上ると、又五郎へ止めの一刀を突刺したのである。

――以上が仇討の日の模様である。

前に擧げた次第書の如く、仇討後は、双方藤堂家の町奉行加納藤左衛門の吟味を受け、とりあえず全傳寺、淨蓮寺に預けられた。

その後、藤堂家では双方の處置に就いて幕府へ指揮を仰いだ。その結果、又右衛門、數馬らは藤堂家に身柄お預けとなり、それが、四年に及んだのである。

ところで、柴田彥三郎が持ち歸った情報はこれだけでなく、他にも、三四郎、平太左衛門にとっては意外なことがあった。又、右の仇討の模様に就いて、怪しめば怪しむに足る點が二、

三ある。——煩雑を避けるため、これに關して久世三四郎、宮脇平太左衛門が不審とした點を、つまんで云うと次の如きものである。

——先ず、荒木又右衛門は柳生流の使い手と思われていた。これは久世三四郎が首實檢《くびじつけん》のため江戸から西下する直前、それとなく柳生宗矩《やぎゆうむねのり》に糺《ただ》して、慥かに又右衛門なる者には柳生の目録を授けたと宗矩の口から聞いた。ところが、彦三郎の持歸つた情報に據ると、それがそうでない。

荒木又右衛門は當時三十六歳ゆえ、慶長三年の生れである。柳生宗矩は文祿三年から家康に仕え、大和にはいなかつた。宗矩の父、石舟齋宗嚴《せきしゆうさいむねよし》は又右衛門が十歳の時に歿している。柳生の庄はそれ以後、代官で事を處理していたのであるから、又右衛門が江戸に住まぬ限り柳生に兵法は習えなかつた。又右衛門が若年に江戸へ赴いた形跡はない。

そこで考えられるのは、柳生十兵衛の弟子ではなかつたかという事である。然るに十兵衛は慶長十二年江戸に生れた。卽ち荒木又右衛門より九歳の年下である。若し又右衛門が柳生流を修業した年齡を、かりに二十歳前後とすると、師の柳生十兵衛は未だ十歳の少年ということになる。如何に十兵衛が天才でも、そういうことがありうる筈はない。剰え、二十歳の折から柳生十兵衛は家光の命を受けて、隱密に出ているのである。

では誰に習つたか。——それに就いて、彦三郎が知つた事情はこうである。

藤堂家の家中に、戸波又兵衛という柳生流の名手がある。常々柳生宗矩の信任を得ていた。その戸波が、又右衛門の刀が仇討のおり折れたと聞いて、こういう事を言った。「和泉守來《らい》ノ金道《かなみち》は新刀である。近頃の新刀は刀でなく腰の飾りにすぎぬものが多い。仇討という大事の折に、折れ易い來ノ金道を使つて折れたという事は又右衛門の腕が問題にならぬ證據で、心掛けも悪い。武士として甚だ恥ずべきことである。そもそも己れで刀の鑑定が出來ねば、仇討に臨む前に、人に鑑定を依頼するのが道理であろう。それをしなかつたとは不屈千萬じやが、普通なれば友人の方で捨てて置くまいに、友人にも心得のある者がなかつたとは、よくよく情無い人物じや。」

又右衛門はその言を傳え聞くと、何故かパッと歡喜の色を見せた。直ちに戸波又兵衛を訪ね、爾來《じらい》、藤堂家の許しを得て、身柄お預けの四年間、親しく又兵衛の門に出入していたという。柳生宗矩が荒木又右衛門の名で目錄(柳生流の免許の箇條書)を授けたのはこの時期のことである。戸波又兵衛が特に推輓《すいばん》したからだという。

三四郎が先ず怪しんだのはこの點で、何故なら、戸波又兵衛に嗤われた腕のない人物が、四年位の間に、戸波に就いて修業したとしても免許を得る程上達するとは考えられない。更に不《ふ》審《しん》なのは、刀の鑑定にも昏い程度の使い手では、如何に得意の槍を執れなかつたにしろ、櫻井半兵衛をた易く打ち負かせるとは考えられない。——それゆえ、何らかの理由あつて荒木又右衛門なる男は、豫め承知の上で新刀を携えたと見なければならぬ。とすると、その理由とは何であつたか?――これが一つ。

次に、又右衛門が最初に斬つたのは河合甚左衛門だつた。次第書に據つても瞭かなように、甚左衛門と荒木又右衛門とは、郡山藩松平下總守の家來である。朋輩《ほうばい》である。甚左衛門は又右衛門を熟知している。若し何者かが荒木又右衛門になりすまして仇討の場へ臨んだとすれば、見破るのは甚左衛門一人。從つて、誰より前に甚左衛門を斃《たお》す必要があつた。そこで一番に斬りつけた。(さもなくば敵《かたき》の又五郎を遣りすごしてわざわざ後備の甚左衛門へ斬りつけるわけがない。)――事實、其の場で息の根をとめ「當座に相果て候」は甚左衛門一人なのである。

以上の點を綜合《そうごう》すると、僞首の人物は藤堂家の者ではない。疑うべくもなく、仇討の前に既にすり代つている。

では誰が替つたか。實の荒木又右衛門はどうしたのか?……

「平太左衛門。もはや疑う餘地はござるまい。」

久世三四郎が興奮に赧《あか》らんで、言つた。柴田彦三郎が報告を携え歸つた日の夕刻である。靄《もや》の立罩《たちこ》める庭から今日も一聲、二聲、野鵐《のじこ》の囀りが聞える。平太左衛門は沈痛な面持で項垂《うなだ》れている。

「あの首、」重ねて三四郎が言つた。「お手前には、今に及《およ》んでも心當るふしはござらぬか。」

「………」

「當池田家の、何者かじや。」

「待たれい。證據《しようこ》もなしにそれを申されては。」

「よいわ。ここ迄判明致したことじや。何を躊うことがある。――證據は、ござる。」

「――何？」

「實の荒木又右衛門じや。」

奈邊《いずれ》かにその荒木が潜んでいるに違いない。草の根わけても尋ね出して、公儀に於て吟味すればと、三四郎は言うのである。

「お手前は、若い――」

弱々しく平太左衞門が首を振つた。そのことは平太左衞門とて考えた。併し、今一人の荒木を毒殺した程の池田家が、實の又右衞門をおめおめ生かしておくとは思えない。當然、荒木又右衞門になりすます前に、首桶の人物は實の荒木を斬つたと見なければならないのである。

そう言われると三四郎にも返す言葉がなくなつた。と云つて、この儘ひきさがるのは無念である。みすみす僞首と承知で、江戸へ戻つたのでは朋輩の旗本に會わせる顏がない。何としても、眞相《しんそう》を明らめて池田家に一泡吹かせねば武門の意地も立たぬ。どうしたものかと、三四郎は口惜しさと怒りに切歯扼腕《せつしやくわん》した。懐《おも》いは、宮脇平太左衞門とて同様であつたろう。

——と、恰度その時、平太左衞門が邸の前へ立った一人の人物がある。微《しの》び姿で、頭巾に面をつつんでいるが、人品は賤しくない。武士である。

その武士が、門前で従者を返すと、獨り、案内を乞うて宮脇家の玄關へ遣つて來た。

宮脇家の家來が取繼《とりつ》ぎに出ると、

「江戸よりの御旗本、久世三四郎殿が御在宅なら御意得《ぎよいえ》たい。——わしは、志摩じや。」

と言つた。

家來はこの由を奥座敷へ告げる。

聞いて、思わず三四郎と平太左衞門は顔を見合つた。志摩こそ又右衞門暗殺の計をめぐらした當人だからである。

「これへ、お通し申せ。」平太左衞門は心持ち顔をこわばらせた。

家來が襖の外へ消えると、平太左衞門が三四郎に言つた。「これは、矢張りお手前の見込みが當つたようじや。併し、よくよく思案の上で應對召されい。相手は、池田家隨一の智慧者じや。」

「存じておる。」

三四郎は撥ねつける様に言う。顔面これは蒼白である。三四郎は志摩と直接の面識はない。

併し旗本側が荒木又右衛門の首を要求し、志摩は約した。というより旗本への妥協の條件に又右衛門の首を渡すと言い出したのは、志摩の方である。旗本側は條件を容れ、久世三四郎を代表として、首受取りに鳥取へ派遣した。その三四郎へ如何なる理由にもしろ、一旦僞首《にせ》を渡そうとし、それを見破られたと承知の上で、改めて、志摩は面會を申込んで來たのである。何か、わけがある。もしかすれば志摩自身の口から、二人の荒木又右衛門に關する眞相が語られるのではあるまいか。

そう思つて三四郎は蒼ざめている。

廊下に手燭《てしよく》を先行させて、聽《やが》て、志摩が現われた。頭巾は取ってあつた。腰に、拵付協差《こしらえつき》を差していた。

志摩はずいと座敷内へ這入ると、久世三四郎と對合つて、平太左衛門が招じた場所に着坐した。

互いに初見の挨拶が濟む。それとなく平太左衛門は座を外そうとする。

「お手前もこれに居られい。」

志摩が錆のある聲で制した。志摩の髪には既に白いものが混つている。氣品のあるその風貌に、心なしか悲愴な決意の色が見える。

平太左衛門は立ちかけた腰を、その儘起して一旦襖の近くへ寄り、手を拍《たた》いて、家來に、用談が濟むまでは座敷へ入つてはならぬ、と吩《い》いつけた。それから縁《えん》へ廻つて、悉くの障子を閉めた。

久世三四郎の豫感は的《あた》つた。志摩は、平太左衞門の席に戻るのを待つて、荒木又右衞門に關する一切の眞相を打明けたのである。

久世三四郎は、二人の荒木に關する眞相を知つて意を飜《ひるがえ》した。彼は、聲涙《せいるい》ともに下る志摩の告白に感動し、件《くだん》の首はまさしく荒木又右衞門に相違ない、と志摩に向つて言つた。首となつた人への手向けである。江戸へ戻つても、三四郎が旗本に事實を口外した形跡はない。尠《すくな》くとも死の二年前まではそうだつた。平太左衞門とて同樣で、これは寧《むし》ろ事を好まぬ人柄の所爲だろう。又、念のため言つて置くと、「荒木又右衞門保和」の死は、頓死《とんし》という名目を以て、久世三四郎とも合意のうえ翌る八月二十八日、池田家から公けにされた。諡《おくりな》は秀譽行念禪定《ぜんじょう》門靈位。墓所は、首桶を收めた例の玄忠寺である。

さて荒尾志摩が打明けた眞相は次の樣なものである。

——————

話は矢張り、九年前に遡る——

河合又五郎が數馬の弟を斬つて岡山を出奔した直後、志摩が又五郎暗殺の命を授けた者の中に、知心流の使い手で那須忠右衛門という藩士があつた。

忠右衛門は、御側役加藤主膳の配下に屬して却々《なかなか》の名手と謂われたが、いよいよ江戸へ出發する前夜の事である。

單身志摩の邸を訪ねて來て、「御家老に實は折入ってお願いがござる」と言った。

「何事じや」志摩が訊くと、忠右衛門はこういう事を願い出た。

――自分にはかなえと呼ぶ一人の妹がある。先頃まで城中の奥向きに御奉公していたが、ふた月前宿下りになつて家へ戻つている。この度のお役目は自分の身命に代えても果すつもりであるが、こころ殘りなのは右に申した妹の事である。就いては、今生《こんじよう》の思い出に御家老にお願いしたいのは、自分の親交する者に菊永平左衛門なる浪人があり、この者と、妹かなえの縁組《えんぐみ》を以て我が那須家の家督を繼ぐべき様に特別のお取り計らいが願いたい。そういう意味のことを言つたのである。

志摩は默つて、忠右衛門を見据えていたが、

「その菊永なる浪人とは如何なる者じや。」

と訊いた。

すると忠右衛門は次のような挿話を打明けた。

恰度、ふた月ばかり前のことだつたという。

忠右衞門が友人の澤九之平（この九之平も後に刺客になつた）をはじめ、二三の朋輩と連立つて夕景から城下はずれの小川へ螢《ほたる》狩りに出掛けたことがある。

その時、瓢簞の酒を酌み交し乍ら夜の昏れるのを待つていると、同じ川邊で同じ様に螢の出るのを待つらしい一人の浪人者があつた。浪人の方は竿を垂らしていて、見るともなく眺めていると、一向魚《いつこう》は掛りそうにないのに、糞眞面目にウキを睨んでいる。

その様子が、長閑《のどか》な様であつて身に一分の隙もないのに、先ず忠右衞門が目を惹かれた。見れば見る程、出來そうな人物である。

浪人に背を向けて坐つていた澤九之平は、忠右衞門の視線に誘われ、何事かと振返つたが、九之平にも心得はある。

「ふーむ。……あ奴、出來るな。」

と直ぐ氣がついた。

「何じや。」

朋輩の一人は首をのばしたが、「一向釣れぬではないか。」とこれは笑い捨てている。

それに構わず、

「忠右衞門、お主となら、いい勝負であろう。」

と九之丞が顔を戻した。

「どうであろうかな。」

忠右衛門は微笑して、わずかに首をふつた。この瞬間に忠右衛門は試す氣になつたそうだ。

間もなく夜になつて、螢が翔《と》び、浪人者も竿を収めて螢狩りに興じていたが、川の畔《ほと》りへ立つたその背後から、忠右衛門は誤つて突き當ると見せかけ、不意に背を押したのである。

川幅は、左程ひろくなかつた。背へ手が觸れる前に相手はすつと向う岸へ跳んでいた。

——そこまでは良い。向う岸からこう言つて來るのが聞こえたのである。「誰人かは存ぜぬが某、蓮昌寺わきに住居致す者。御用あらば何時なりとも參られい。」そう言い殘して、スタスタ闇に立去つてゆく。

忠右衛門は赤面しつつも、相手の應對に感心したが——少時して、

「あつ」

と叫んだ。

「何事じや」と近寄つて來る朋輩には目もくれず、川を躍りこえると、忠右衛門は闇夜の田舎道を必死で浪人を追いかけ、

「待たれい。——那須忠右衛門一生の不覺。……全く以て、面目ない。」

忠右衛門は差料の中身を拔き盜られ、腰には、鞘しか殘つていなかつたのだ。

——この浪人が菊永平左衛門重昌《しげよし》で、忠右衛門は、この時から、平左衛門と親しく附合うようになつたという。

志摩は、この話を聞いて、心を動かした。那須忠右衛門といえば池田藩でも一、二と稱される使い手である。その忠右衛門が、醉興の上とは云え不覺をとつた程の相手。慥かに、浪人にさせておくには惜しい人材である。……忠右衛門が言いたいのも、本當は刺客の一人に菊永を用いては、という意味かも知れぬ。

志摩にすれば併し、そう簡單にもゆかぬ。假初《かりそめ》にも備前三十二萬石の大身が、又五郎如きの一人や二人討ち取るのに、浪人をかり集めたとあつては、家名にかかわるからである。

——尤も忠右衛門ほどの者が、それ位のことを察しぬ筈はない、とも思われたが、ふと氣が附いて、

「菊永なるその浪人と、妹かなえとは、餘程親しい間柄か」

と尋ねた。

すると忠右衛門は、我が事のように赧らみ、

「左樣に見うけられまする。」

と平伏する。

志摩の面に、水のような微笑がひろがつた。

「……先程の願い條、お手前の遺言として志摩、しかとこの胸にたたみ置くぞ。」

と志摩は約した。

忠右衛門は「ハッ。」と満面に喜色を溢らせ、翌朝、匇々に同志と江戸表へ發足したのである。

志摩が菊永平左衛門を招いたのは、その後間もなくであつた。


大概の浪人なら、池田家の城代家老から使者をたての招きとあれば、仕官でも叶うかと早速伺候《しこう》するものと思われたが、平左衛門は、

「御用の趣きは？」

と使者に尋ね、使者が曖昧に返答すると、

「御厚意は忝《かたじけな》いが、衣服とて整わぬ浪々の身。――何卒、御容赦下されい。」

と、其の場で斷つたそうである。

使者は、貧しい浪宅の玄關に、綺麗に脱ぎ揃えられている女の履物が、この場の拒絶の原因でもあろうかと想像しながら、歸り、この由を志摩に告げた。

實は、それで初めて、志摩は心から浪人への興を覺えたという。

履物の主は無論かなえなる女性《によしよう》に違いない。二人の仲がそこ迄親密なら、那須忠右衛門がどの様な使命で岡山を發つたかも、浪人は察知していると見なければならぬ。招かれる理由も薄々は豫期していたであろう。それでいて、あわよくば仕官の手段《てだて》ともなる機會を、彼は事もなく見過している。――志摩は、忠右衛門がそれとなく後事を託したのは、菊永平左衛門の腕の立つ點のみでなく、その廉直《れんちよく》の人柄を見込んだ上での事でもあつたと、漸く悟つた。

併し、當人が拒絶したものを、更にと招くほど、この時はまだ事態が逼迫してなかつた。心にかけ乍ら、志摩は菊永の件はその儘に捨てておいた。

――それを、一日、己が屋敷へ招じて志摩と面接させたのは御側役加藤主膳である。

主膳も實は忠右衛門から、菊永との親交を聞かされて居た。意外にもそして、兩三度、主膳の方は平左衛門と會つているという。主膳は一徹の武士である。忠右衛門らが江戸に向つて、既に半年、又五郎を未だ討ち果したとの情報を得ない。永びけば事の面倒になるのは當然であり、何より主君忠雄の意が安らかでない――と、主膳は一徹者らしく焦慮したのであろう。

「この際、一人でも多數の追手を差向けるが至當ではござるまいか」と志摩へ進言し、是非、菊永に會う樣にと慂《すす》めた。

それで、遂に志摩自ら、主膳宅へ出向いて平左衛門を引見した。寛永八年二月であつた。

この時。

加藤主膳と對坐した菊永平左衞門の背後へ、襖の翳から突如、志摩が槍を突出した、という口碑が傳わっている。菊永の手並を試すためであつたという。——面白い咄だが、史實としては少し出來すぎているようである。荒尾志摩が、第一そんな輕々しい人物とも思えないし、「荒木又右衞門の奉書試合」なるものに、之は似すぎている。

本多大内記の家臣荒木又右衞門が、仇討助太刀のため永の暇を願つたので、主君の大内記政勝が不意に槍で突いてかかると、又右衞門は、奉書紙の巻いたので立會い、祕術を傳授して助太刀に出立したという話である。念のために言っておくと、本多大内記が大和の郡山に移封されたのは寛永十六年末で、その頃荒木は既に死亡していた。仇討のあつたのさえ寛永十一年だから、これは、嘘である。

それはさて措き、この日の對面で志摩は平左衞門の人柄に惚れた。家老である自分の招きに應じなかつた相手が、下役の主膳へは素直に面接しに來るのも、こころ憎い。貧しい乍らに、衣服もサッパリ改めてある。三十一歳だという年よりはふけて見え、何處となく侵し難い品位もあつた。いろいろ雜談するうち、菊永は元、田中忠政の家臣で、元和六年田中家が除封《じょほう》されて以來の浪々である事が分つた。實父は兵部兵衞と云つて、征韓の役に大功あつたが討死したのだそうである。

さて志摩と加藤主膳は、この場で、菊永平左衞門に池田家へ仕えるつもりはないか、とすめた。「岡山城下に住居《すまい》致すも、何かの御縁じや。凡その事情は察して居ろうが、當家のため、力を盡してはくれまいか。其許《そこもと》の人物を見込んでの頼みじや。」

と主膳が言つた。

平左衛門は、斷つたのである。自分は一介の武藝者にすぎず、池田家は天下の大藩。自分如きが微力を盡した所で、さしたる役に立とうとも思われぬ、というのがその口上であつた。

仕方なく、この日は武略の話などしただけで、平左衛門を歸した。

が、志摩は諦めなかつた。忠右衛門の出立の後、かなえが兄の家に下僕や婢と留守居をしている。武士の屋敷だから、不用心などというわけはないが、何かと無聊《ぶりよう》であろうと、かなえを志摩邸へ引取つたのである。表向きは召使いである。兄の遺した言葉もあつたのだろう。かなえも承知した。

志摩邸でのかなえに對する態度は、萬事、禮儀厚いものであつた。召使いであるべき筈のかなえに、特別の女中が附く、離れ座敷へ二部屋が與えられる。それへ新調の調度類が据えられ、中にはかなえの巧みだという琴もある。

かなえはこの比《ころ》二十二歳で、まだ人妻ではないから髪には櫛は差さなかつた。(櫛は人妻のしるしである。)その代り、早婚の當時、寡婦でない表示に口紅は濃く引いていた。寡婦なら口紅をささないのである。そういう心遣いを、女のたしなみとしてより、見知らぬ邸宅へ住むようになつた一應の必要から、かなえはしておいた。物を言わずに濟むことならなるべく默つて表わしたいというのがかなえの氣持であつたらしい。そういうかなえは女である。志摩の屋敷へ移つて以來平左衞門と逢うことはなくなつた。——時々、かなえの部屋から、女中達には意外なくらい烈しく掻き鳴らす琴が聞えた。

平左衞門の陋宅へ、繰返し志摩が使者を立てたのは、主君の池田忠雄が急逝してからであつた。(忠雄の死は、表向き疱瘡と發表された。)

相變らず、併し平左衞門は應じない。そこで、或る日、かなえを呼び寄せ、

「久しぶりに、菊永とやらを訪ねてみてはどうじや。」と志摩はすすめた。

かなえは默つて目を俯せ、何か考えている樣に見えた。志摩の邸に引取られてから、一年になる。その間、一歩も屋敷を出なかつたのである。

かなえは、やがて靑ざめた顏をあげると、

「では、只今から、訪ねさせて頂きます。」

と言つた。

「それがよい。」志摩は早速輿《かご》を用意させてやつた。

平左衞門の浪宅をおとずれたかなえは、

「久しぶりにこの邊りを通りましたので。」

と言つて、平左衞門の老母に到來物の菓子など渡し、女同士互いに消日ぶりを尋ねあつたりしてから、間もなく歸つた。歸る時、

「兄が江戸にて相果てました由にございます。」

と洩らした。那須忠右衞門は、旗本側の差向けた又五郎護衞の者に斬られたのである。

玄關にかなえを見送つた老母は、部屋へ戻ると平左衞門にこう言つた。

「そなたもお父上に似て、大そう强情なお人じや。わたしへの斟酌《しんしやく》なら、もう、無用になされ。」

平左衞門はそれを聞くと凝乎《じつ》と老母を見詰めたが、不意に其場に手をついて、

「それでは、自由に振舞わせて頂きます。餘儀ない事で、不孝を致すかも知れませんが、その節は、何卒、お宥しを願いまする。」

と言つた。


翌日平左衞門は志摩の屋敷を訪ねている。この日は志摩が鳥取城へ登つていて會えなかつた。中一日措いて、志摩の方から迎えの駕籠を差向けた。

間もなく平左衛門が來ると、志摩は一切の事情を話したのである。當初は、志摩は平左衛門を只の刺客にする程度の考えで居つた。併し、蓬庵の處置が下つて、それが通らなくなつた。其處で考え出したのが荒木又右衛門の一件である。

弟を殺された數馬には、武略がない。と云つて、池田家の家中の者が數馬を扶ける名目は蓬庵の處置以來禁じられた。池田家を僞裝で浪人した上での助太刀であつても、本懷を遂げた後、取調べで判明するのは瞭かである。それでは折角の亡君の怨みを晴らしたことが、却つて第二の禍根となり、何かと面倒である。そこで、數馬を扶けてくれる者は池田家に關りない他藩の武士でなければならぬ。數馬の縁故に、一人ある。郡山藩士で荒木又右衛門という者である。

「然るに荒木は、只今迄、屢々數馬が依賴した助太刀を拒絶して參つた。それ故數馬は一人で旅立つと申したが、それは當方で差止めた。數馬の身に萬一の事あつては、それこそ亡君の怨みを晴らす手段を失う。」

「…………」

「……そこでじや。お手前への賴みが、二つある。今申した荒木なる者、助太刀を拒絶せし申し條の、筋は立派に通つて居つた。それだけに當方にとつては惜しい人物ゆえ、これより郡山へ赴き、今一度、助太刀のお口添えが願いたい。――これが一つ。他の一は、重ねて荒木が拒絶致せば、お手前が荒木になり變つて、數馬をお扶け願いたいのじや。」

「なり替つて？」

「——左様」

志摩は殊更めかぬ穏かな口もとで頷いた。それを見て平左衛門の身構えが改まつた。こういう大事を浪人に依頼する以上、若し拒めば、他處への漏洩を惧れて此の場で平左衛門を斬るだろうとは、考えられることである。それ故、四圍へ氣を配つたのであつた。併しその氣配がなかつたと知つて、己れに懸けられている信頼に平左衛門は志摩へ初めて微笑を見せた。

かなえは平左衛門が屋敷に來ていることを知らなかつた。或る日、庭へ出ると、頭に繃帯をした平左衛門が池の傍らに彳《たたず》んでいる。かなえは近寄つて行つて、

「どうなされましたか。」と訊いた。

「某も當家の食客でござる。」

と平左衛門は言う。平左衛門は池の面に映つた己れの白い繃帯を見たが、何も説明しなかつた。

志摩の依頼を肯《き》いた日に附けた疵である。先日、恰度志摩が説明し了つた時、渡邊數馬が遣つて來た。數馬は事件以來、勤めを退いて舅の津田豊後方へ身を寄せている。菊永平左衛門が數馬と會うのは、無論、この時が最初である。その數馬から、又右衛門の顳顬に古疵のあるの

を聞いて、平左衛門はしずかに短刀を頰へ當てた。志摩の依頼に應えた證《しる》しであつた。

ところが、志摩はそれを見て大膽になつたのだという。志摩には、池田家の面目しか眼中になかつた。荒木が助太刀を承諾せねば、「斬るべし。」と言つたのだ。聞いて數馬の顔色は變つたが、「それは……」平左衛門の方は苦笑していた。實を云うと、志摩が考えていたのは、もう少し辛辣な計畫である。平左衛門が見事荒木を斬れば、無理にも荒木の妻みねを平左衛門に妻《めあわ》せる。紛う方ない數馬の姉婿を作るわけである。一方、平左衛門の技倆が及ばねば逆に荒木に斬られる道理だが、それなれば、その程度にしか腕の立たぬ者に、事を洩らした失策を未然に防げるわけであり、併せては、人を殺《あや》めた廉《かど》を以て荒木を浪人させる事が出來る。卽ち荒木が數馬の助太刀を拒む理由——我が一命は藩主下總守のものであつて荒木個人の私意を立てるわけには參らぬ。我意は許されぬ——を除けるのである。いずれであれ、巧まずして平左衛門の技倆を試す機會にはなる。と、そう考えたのだ。

かなえは平左衛門の繃帶の因を知る由もない。併し、平左衛門が志摩邸に食客となつたと訊いて、凡その事情は察しることが出來る。不意に涙を浮べてこう言つた。

「御友情は忝く存じます。けれど、兄上のようなお役目を遊ばすのを見るのは、つろうございます。」

平左衛門が應えずにいると、また呟いた。

「もっと氣強いお方と存じましたのに。」

「――」

「何日頃、御出發なさいますか。」かなえは小指の先でほうと涙を拭つた。

國替がある前に立つことになろうと平左衞門は言つた。

お歸りになる迄、出來れば母上樣と御一緒に暮しとう存じます、とかなえは言つた。

鯉が跳ねた。

何分ともに頼むと低頭する平左衞門の影がゆらゆら搖れた。


數馬と平左衞門が荒木又右衞門を訪ねて郡山へ向つたのは此の年の十月であつた。それ迄の約四カ月、平左衞門は志摩の屋敷内に潜んで人目を避けていた。而して、岡山城下が鳥取への國替で混雜するのに紛れ、忽然と姿を消したのである。

――それから二年。

伊賀上野の仇討がある迄、志摩とかなえは夫々の異る期待で平左衞門の消息を待つた。かなえの許には、寛永十一年五月二十八日になつて、江戸に來たという初めての便りが届いた。次の樣な文面だつた。

「御家老に託されし癸酉《みずのと》三月のそもじの文、又、八月八日の文各《おのおの》一どきに拝見申し候。ははさま何事なう御座なされ候よし、うれしく存候。ずいぶん心を付《つけ》て、朝夕の食《げ》を旨《うま》きように進じて下さるべく頼み申し候。そもじいよいよぶじ、一だんのことに候。このもとの事、きづかいのよし、尤に候。さぞさぞとおもいやり候。

われら存知の通りに、當家にさしたる恩顧は無之《これなく》候えど、那須どのの弔い致し度、び力をつくす存念と相成候。かならず、御役目あい果し候上は、御地へ立ちかえり、皆々ひとつ家に團《だん》らん致すべく候。萬一、せつにいたらば、武士のぎりに命をすつる道、ぜひに及ばぬ所とがつてんして、ふかくなげき給うべからず。ははさま幾ほどの間も有《ある》まじく、いかようにしても御りんじゅうを見とどけて給わるべく、このこと、心いれてぢきに頼み申し候。かしく。

閏《うるう》五月廿四日　　　平左衞門

かなえどの　」

この書面で平左衞門が老母を頼んでいるのは、鳥取へ移つてから、かなえは志摩の指圖で、倉吉城下に老母と暮すようになつた。倉吉城は荒尾志摩が藩主の代理に預かつていた城である。志摩は、平左衞門が荒木又右衞門に會うために郡山へ出發した以上、手許にかなえを置く必要は認めなかつた。寧ろ、世間の目を紛らす上にも、かなえは手放すべきだと考え、城下に邸を与えたのである。——その代り、平左衛門の老母をかなえ方に引取らせて、下僕や婢を附け、懇《ねんご》ろなもてなしをした。月々の影扶持も与えた。それが、志摩にすれば平左衛門に酬ゆる唯一のてだてだつた。

かなえは、平左衛門が無事に江戸に在る事を早速老母に知らせ、よろこび合おうとした。老母は併し、左程うれしい顔をしなかつたそうである。女二人は一緒に暮すようになつて、實の親娘の如く睦じい日々を過ごしたが、平左衛門の使命に就いてはどちらも、話すのを避けてきたのである。

かなえは「お役目」と平左衛門の書いている内容が、どういう性質なものか、何も知らなかつたし、荒木又右衛門などという僞の名を名乘る仕儀になろうとは、無論、察しる筈もない。が實をいうと、當の志摩さえ、この頃はまだ、荒木又右衛門と菊永平左衛門の談合は何うなつたか知らなかつたという。郡山を訪ねて以來の數馬と平左衛門、荒木又右衛門の三人の行動に關して、志摩が眞實を知つたのは、平左衛門の首を刎ねてからだつた。——數馬に聞いたのである。こうである。——

大和國郡山に荒木又右衛門を訪ねた數馬と平左衛門は、其處で、意外な又右衛門の應對に出會つた。又右衛門は、助太刀を依頼する數馬の傍らに默つて坐つている平左衛門を徹頭徹尾、無視する態度に出た。そうして、「如何にも、助太刀の儀は引受けた。」と數馬に言い、「お手前はもう無用ゆえ、匆々にお立ち歸り下されい。」

と平左衞門へ言つた。態度に於て、如何にも思慮あり氣に、重厚と見える人物がある。又右衞門がそうだつた。

數馬は三年餘、助太刀を拒みつづけた義兄の意外なこの應諾を喜んだが、平左衞門の顏には、不安の色があつた。

併し、云われる儘に平左衞門は卽日、荒木宅を立去つた。伊勢の神宮に詣でた歸途だと言つて、再び、平左衞門が大和へ立寄つたのは二カ月後である。又右衞門は相變らず郡山藩へ出仕し、助太刀のための暇を貰つた樣子もない。數馬は、まるで居候の扱いをその間受けていたのである。

平左衞門を見ると、又右衞門は露骨に迷惑そうな顏色をして、「何しに參られた。それがしは姉婿……。些か思うところもござる。他人のお手前の指圖は受けぬワ。匆々に立去られい。」

と言つた。平左衞門は暫く郡山城下の旅籠に投宿して、荒木の動きを待つた。

兎角するうち、江戸を追われていた河合又五郎が再び旗本側に匿《かくま》われたという風聞が傳わつた。又五郎の伯父、河合甚左衞門宅方からである。甚左衞門は荒木と同じく郡山藩士である。

甚左は夙《はや》く、又五郎助太刀のため浪人した。肉親のわれわれが又五郎を旗本の庇護のみに委ねているのは申譯ないというのであつた。荒木は、甚左衞門が浪人したその行動の輕率を數馬とその妻の前で嘲つたことがある。そういう折の辯舌は妖しい熱をおびて、立板に水を流す如くであつた。又五郎が江戸に入つては事が面倒になる——と、到頭、平左衛門が旅籠から荒木宅に乗込んで三度《みたび》助太刀を懇願した時も、同じ辯舌は喋々された。平左衛門は默つて聞いた。きおわつて疊に頭をすりつけ、

「何卒。……何卒お手前が武力をお貸し下されい。」

と頼んだ。その眼に涙が光つていた。

數馬と荒木の妻みねもこの場に居合せ、ともに扶助を乞うた。

「その方は默つて居れ。」

荒木は妻に一喝した。それから、腕を組んで瞑目し、少時して、

「……致し方あるまい。」

と重々しく肯《うなず》いた。平左衛門の頬に涙の玉が彈《はじ》けた。

荒木又右衛門には當時五歳になるまんという娘があつた。荒木は伊賀國阿拜《あべ》郡荒木村の出身に依つた姓である。幼名を八郎、或いは岩之助ともいうが、生立《おいたち》は、實の處詳《つまびら》かでない。父を服部平左衛門とも、平兵衛ともいう位である。

さて、荒木が郡山藩を辭し、妻子を攝津の丹生《にう》山田にあずけて、數馬、平左衞門と共に江戸へ向つたのは寛永十年四月であつた。

江戸に着いて、數馬には緣故に當る紀州家の臣彦坂五郎右衞門方に身を寄せ、手分けをして、それとなく又五郎の樣子を尋ねたが分らなかつた。

ところが或る日、町角で、又五郎の伯父河合甚左衞門に出會つたのである。甚左衞門は一人、荒木は平左衞門と一緒に歩いていた。

双方同時に氣づいて、互いに顏色が變つたが、甚左衞門が歩み寄ると、荒木は身をひいた。その二人の間へ、何氣ない樣子で平左衞門は立ち塞がつた。荒木は身を平左衞門のかげに匿すかたちになつた。それを見て、

「この胴田貫《どうたぬき》が怖いか。」

と甚左衞門は一喝した。

「おのれ」身を躍り出そうとするのを慌てて平左衞門は制した。

「どの樣な間柄かは存ぜぬが、ま、この場はお控えなされ、白晝、町の中でござるよ。」

とぼけ聲に云い乍ら平左衞門が背でトンと荒木を搏《う》つた。そのつよさに荒木の踏みしめた草履の緒が切れたそうである。その不甲斐なさに甚左衞門は肩をそびやかして立去つた。胴田貫というのは加藤清正が抱えた刀工の總稱で、實用最上の業物といわれている。

甚左衛門の姿が消えると、平左衛門は直ぐ「出過ぎた事を致して」と荒木に謝つた。荒木は内心、平左衛門の力技に意外の感を覚えたらしいが「如何にも差出た事じや。」と吐き出すように言い、平左衛門が邪魔立てせねば一刀に河合を斬り伏せて居たものをと無念そうに言い放つた。この荒木の言葉が、満更の放言でもないかたちで證明される事態が起つた。

——御前試合への出場である。

荒木と別れた河合甚左衛門は、滞在している旗本安藤宅へ戻ると、「荒木もいよいよ數馬が助太刀に立つたようじや。」と言つた。來合わせていた阿部四郎五郎と久世は顏を見合つた。

武藝の上での荒木の强さは不明である。それだけに却つて不安を伴う。阿部は一計をめぐらした。恰度、寛永御前試合の催される噂がある。それへ又右衛門を推擧すると見せかけ、技倆を見届けてはどうであろうというのである。その必要はござるまい、と甚左衛門は遮つたが、この計畫は、實行された。一介の浪人荒木又右衛門に、こうした影の策謀が働かねば將軍家光の上覽など仰げる筈はなかつた。

千代田城吹上のお庭で、又右衛門が上覽試合をした相手は宮本八五郎（伊織）である。

荒木又右衛門の技倆を窺う上に都合がいいので、ここで宮本伊織の事に觸れてみる。

伊織はこの時二十三歳。新免武藏の養子で、生母は武藏の從姉であつた。

伊織は、御前試合の後も無事に小笠原家に仕え、晩年には家老職に昇つた。吏才に長じていたからであろう。併し、武藝の業前《わざまえ》は大したものではなかつたと思われる。何故なら、武藏の衣鉢《いはつ》は細川藩士寺尾孫之丞父子が繼いでいる。例の、五輪の書を與えられたのも孫之丞である。伊織が卓抜の士なら、當然武藏は伊織に與えていなければならない。それに、そもそも武藏自身がどれ程に使えたか、疑問だという説も一部にある。というのは——

曾て、武藏が江戸の地を踏んだ頃、正木坂の道場には庄田喜左衛門、同じく柳生門下に木村助九郎など錚々《そうそう》たる使い手がいた。庄田は上泉信綱から奥儀を得た松田織部之助を、宗矩に命じられて斬り捨てたといわれる程の名手である。木村は將軍家光の受太刀を常に仰せつかつた柳生流の高足である。別に、新陰流には紙屋傳心齋頼春、一刀流には名人小野忠明など、いずれも江戸表に住していた。若し新免武藏が眞の兵法者《へいほうじゃ》であれば、この時當然彼らの門を叩いていなければならない。凡そ武道の修業に諸州を徘徊する者は、その土地第一と聞える人物に見《まみ》えるのが常である。

然るに武藏は、これらを避け、名もなき大瀬戸隼人、辻風某、棒術の夢想權之助を打負かして、いい氣になつている。右の兩三名のうち、多少、名を知られているのは夢想だが、これとて庄田や小野忠明とは較べ様もない町の剣客である。武蔵が、江戸に赴いたのは剣の修業が目的ではなく、幕府に取入つて政治の上で、己が武略を顯《あらわ》したかつたのだという説もある。之は考えられる事である。併し、それなら猶更《なおさら》、名もなき者と、勝敗の既に瞭かな試合などする筈がない。然も武蔵は、右の夢想などに勝つて、結構、得意になつている。

亦、御前試合の始まる數日前に、小笠原藩から「武蔵が見込んで養子にしたる程の者」という觸れ込みで宮本八五郎が江戸屋敷へ到着したとき、これを聞いたさる大名が、

「新免武蔵とは、どれくらい使える人物かな」

と柳生宗矩に尋ねたことがある。すると但馬守宗矩は意味ありげに首をかしげ、

「ハテ……」

と默つてわらつていた。宗矩は己れの利害に關《かかわ》りない人間の悪口は絶對言わぬ。大名はそれを知つているから、更に言葉をかえて尋ねた。「武蔵ほどに名のある兵法者を御前試合に招かぬのは、片手落ちではござらぬか。」と云つたのである。

すると、宗矩は穩《おだや》かにこういう事を言つた。――武蔵には小才覺があるようだから、庶民の人氣を獲るには相應しているが、物の大小を見究める事に於ては未だ及ばぬ所があるかと思われる。兎角苛察《かさつ》に傾きたがる人物ではござるまいか、と言つたという。

こういう新兒が養子とした伊織に、別の見方をすれば、武藏自身、武術のことは左程期待していなかつたかも知れぬし、むしろ武藏が晩年憧れた「政治」への夢を滿たしてくれる者として、伊織を見込んだのかも知れぬ。そういう意味でなら、たしかに、武藏の眼に狂いはなかつたわけである。尤も、變童《れんどう》のゆえという見方もあるが此處では觸れない。

兎に角、そんな伊織と又右衞門は試合をしたのである。

双方、互いに袋竹刀を拔き合つて、しばらく見合つてから、先ず、又右衞門が、間合で色を見せた。伊織がこれに應じて打込んで來るところをすかさず又右衞門は右上段から相手の肩を搏つたが、淺かつた。

二本目、矢張り又右衞門の方から、今度は上段に構えて又、色を見せた。伊織は誘われて打込んだ。又右衞門は一歩とびさがつて、諸手《もろて》で振り下し、身を潛めた伊織の右上膊《みぎじようはく》を擊つた。その時伊織の方も脛に一太刀入れていたので、これも無し。

三本目、伊織はこの時、最初から間を詰めて掛つた。又右衞門はどんどん退き乍ら廻つたので、二人の位置は左右逆になつた。伊織はその時鋭く氣合をかけた。これは存外肚の据つた氣合だつたそうである。又右衞門が一瞬のひるみから立直つて己れも氣合しようと呼吸を吸い込んだ其處へ、伊織が躍り込んで面體を打つた。又右衞門は敵の胸板を突いた。同時に利いたとも云い、又右衞門が一瞬早かつたとも傳える。——結局、合打だつたのである。

寛永試合の模様を見て、久世三四郎らが或る安心を覺えたことは前に書いた。當日試合に臨んだ武藝者は名ある使い手ばかりだから、いくらか見劣りのしたことそれ自體で、又右衞門の技前を云々するのは、旗本の方が早計だつたかも知れぬ。しかし、實は、試合の場へ携えることを許されず別處に纏められてあつた武藝者の大小の中から、阿部四郎五郎は、私かに荒木の差料をしらべている。そうして安心したのである。荒木の太刀は、和泉守來の金道であつた。阿部は甚左衞門が胴田貫を携えているのを了知している。兩人のこのたしなみの相違に、荒木又右衞門の技倆を測つたとしても強《あなが》ち阿部の過失ではない。

そういう周到な旗本側の企みがあつたとは數馬達は知る由もなかつた。上覽試合から立戻つた荒木を待ち兼ねて「如何でござりました」と試合の模様を數馬が問うと、默つて、又右衞門は持ち歸つた包みを顎で示している。將軍家より下された時服、小袖、及び銀二十枚、褒賞の包みである。

荒木の顏には得意滿面の色があきらかに仄めいていた。天下に名だたる新免武藏の養子と合討ちだつたという滿足感であろう。當日試合の場の模様などつぶさに語つて、

「いや、さすがは新免武藏が養子に迎えた程の相手。弱年ながら恐るべき太刀すじであつた。」

と己が試合のことにも觸れた。而して、餘程嬉しかつたのかも知れぬ、自分が助太刀する限りには、如何なる相手が敵に廻ろうと必らず又五郎を打果してみようぞ、と日頃の重厚ぶる氣性にも似ず、呵々哄笑した。數馬は萬人の味方を得た如く安堵した。平左衞門は、淋しそうに笑つていた。

だが、荒木又右衞門の氣持は變つたのである。御前試合から日を經るにつれ、以前は不快げに目を外らしてきた平左衞門の顳顬《こめかみ》にある疵を、じろり、じろり見るようになつた。御前試合によつて武名のあがつた己れを傲《おご》る氣持から、仇討に當然纏わる死の危險を却《しりぞ》け、新たな榮達をのぞんだためであつたろうかと、數馬は志摩に語つているが、或る日、荒木は數馬と平左衞門を前にして、不意に、

「お手前のその疵、奈邊で負われたものじや。」と訊きだした。

平左衞門が靜かに「身代りの用意でござつた。」と應えると、

「矢張り、左樣か。」

又右衞門は冷笑を口に泛べ、「存分に、身代りにお立ちになるが宜しかろう。」と言つたのだ。

數馬はあつと愕いたが、平左衞門は眉一つ動かさない。靜かに、

「——それで、お手前は如何召される。」

と訊いた。訊き乍ら平左衞門は脇差を手許へ引寄せていた。

「待て。」

荒木又右衛門はとび退った。「早まるでない。……孰《いず》れが傷ついても愚かな事じや。安心めされい。け、……けつして、他言は致さぬぞ。」

我が荒木なる姓を永久に名乘れなくなるのは心苦しいが、仇を持つ者が變名で他國に仕官する例もある。この際は、耐え忍ぼう。自分が我慢さえすれば濟むことではないか——と荒木又右衛門は言い、その代り、當方にも申し條がある、荒木又右衛門の武名は假初《かりそめ》にも將軍家の耳に達したものである。斷じて、我が姓名を辱しめる行爲はなさぬと誓ってほしい事が一つ。今一つは、

「これじや。」

と又右衛門は太刀を取出した。助太刀の折は、かならず之を使うと約してほしい、これこそ我が身代りではないか、と言うのである。

平左衛門は了知する旨を答えて、太刀を受取ると、鞘を拂って鑑定する。

「お手前への餞《はなむ》けじや。」

と荒木は言つた。

平左衛門の表情に暗然たる悲しみが漂つた。平左衛門は併し、「忝く頂戴致す。」と受取ったのである。

翌日、平左衛門、數馬の二人は、荒木又右衛門と彦坂五郎右衛門宅の前で訣《わか》れたのである。

それより荒木又右衛門となつた菊永平左衛門が、數馬とともに江戸を發つて見事數馬に又五郎を討たせた條《くだ》りは、はじめに書いた。面目を失したのは旗本側である。藤堂家に「お預かり」の裡は手出しが出來ないが、池田家が引取れば、必らず、荒木と數馬を旗本は狙うに違いない。そのため第二の事件に波及することがあつてはならぬ。志摩は豫めそう考え、又右衛門を引取ると同時に首刎ね申すと約したのである。

志摩はその約を果たした。食膳に銀の箸を出させたのは、死んでくれるかと謎を掛けたのである。平左衛門は從容と、常の如くに箸を運んだという。

一方、かなえは、荒木又右衛門が實は菊永平左衛門とは露知らない。倉吉から突然鳥取へ呼び寄せられて、大切な客人が來る、慰めに一曲奏でて差上げてくれるようにと志摩に吩《い》いつけられた。それであの日、別室で琴を彈いた。何處かの座敷で、ひゆつと咽喉笛の鳴つたのを聞いたようにも思う。その直後、慌しい跫音《あしおと》が廊下を走り、直ぐ靜かになつた。そこへ志摩が現われ、

「もうよい。遠路、御苦勞であつたな。ゆるりと休息して、老母の許へ歸るがよい。」と言つた。

かなえはその通りにした。一刻として、彼女は平左衛門の無事を疑つたことはなかつた。鳥取の城下はずれで、老母の好きな菊酒を購《か》つて、志摩の附けてくれた駕籠を街道の半ばで返すと、獨り、倉吉へ歸つて去《い》つた。

かなえは翌年六月、老母の永眠を見送つている。その後も獨り倉吉の城下で、白髮の媼《おうな》になるまで平左衛門の歸りを待ちつづけた。かなえの墓所は今、倉吉宮川町にあるという。

柳《やぎゅう》生《れんや》連也《さい》齋

新免武藏が諸國修業の名目で尾張に來たとき、武藏に試合を申込んだ尾州藩士の中に一人の、前髪の少年がいた。年は十四歳で、名は金之助と云つた。

武藏が名古屋に來たに就いては實は大望がある。そのため尾州藩へ善賈を沽《う》る必要があつたから、試合の相手を程よくあしらつて、且つ懇切に指導した。試合というより、寧ろ門弟扱いである。併しこの金之助に對してだけは、手を緩め得なかつたという。

名古屋に逗留の間、武藏は尾州藩士大導寺新十郎という者と親しく交り、屢々その居宅を訪問した。新十郎は大道奉行を勤めて役高五百石、武藝に造詣深く、とりわけ無邊流《ぶへんりゅう》の槍を良く使つた。家中の者の武藏との試合は、殆んど新十郎を介して行われたと云われる。場所も大導寺家の庭前が多く利用された。

少年金之助は、試合の前日に、大導寺を訪ねて來てこういう事を申し出た。

「私は若輩ながらも、家名を慮う事に於ては大導寺様と渝《かわ》る所はないつもりです。倖い、新免先生に手合せの機會を得て、日頃の工夫の太刀すじを、明日は存分に試みようと存じますが、餘儀《よぎ》ない事で此の身に萬一の事が起りました節、なまじ當方の身分を明かしておりましては、却つて新免先生に後々の御迷惑が及ぶかも知れませぬ。弱輩の身も辨《わきま》えず、天下の兵法者に試合を挑んで討たれたと世間に知れては、父も物笑いになりましよう。そうなれば父の家來達が默つて居りませんでしようし、何かと事が面倒ゆえ、明日の試合は、わたくし身分を伏せて致し度いと存じます。この旨、あらかじめ、お含み置きを願います。」

前髪の少年とは思えぬ落着き拂つた語調で言つた。

大導寺は念のために「明日の試合、其許《そこもと》一存で思い立たれた事か。」と尋ねた。

「左様です。」

金之助は涼しい目で應《こた》えた。

大導寺が念をおしたのは、右の口上が十四歳の少年の思慮から出たものにしては、出來すぎていたからだ。——それで、何者かが蔭《かげ》にあつて指圖をしたに相違ない、と大導寺は考えた。それが誰かは輕々に想像すべくもなかつたが、強いて求むれば、大導寺にも思い當るふしがある。それで、武藏へは金之助の生立ちを明かさなかつた。

武藏は己れの前に現われた少年を、はじめは何氣なく見のがした。武藏はこの時五十歳、鶉《うずら》巻《まき》の染出しの革袴に、麻織《あさおり》の平常着を着ていた。常々、浴《ゆあみ》することと爪を剪《き》るのを武藏は嫌つたと云われるが、陽焼けして顴骨《かんこつ》の高い、髯の荒く渦を巻いたその面貌から、三角の眼が炯々《けいけい》と耀いた。武藏でなくとも、金之助の振袖の容姿を見れば彼が尾張大納言義直の近習であることは分る。ただ武藏は野望があるだけに、餘計なこと迄を忖度《そんたく》した。藩主義直公は、我が武略を試さん爲この者を遣わされたか、と見たのである。そうなら、年に似ず腕の立つ者に相違ない——

武藏は少年が敷居際に手をついて初對面の挨拶を述べるのへ、穩かに應對をして、そして一先ず座敷內へ相手を招じた。金之助は、言われる儘に入つて來て、主人の大導寺と武藏から充分の間を距てて、末座に坐つた。この態度はよく出來ていた。武藏がいずれで修業したかと問うと、田邊先生の許にてと金之助は答える。伊東流管槍《くだやり》の名人、田邊八左衞門長常に指南を受けたという意味である。次いで兩親の有無を武藏が問うと、立所《たちどころ》に、亡くなりましたと金之助は言つた。そんな應答が二三あつて、やがて試合は始まつたのである。

兵法者ともなれば、だが何氣ない雜談の裡に相手の力倆を量つている。

金之助が先ず振袖に十字の襷を掛け、女と見紛う美しい眸《め》で、

「然らばお手合せを願いまする。」

言いざま、白い足袋でパッと庭前にとび降りると、

「其許は眞劍にて懸られい。」

武藏は縁に仁王立になつて一聲した。

金之助は青ざめた。この時感じた怖ろしさは、人間の本能的な恐怖であつたろうかと、後に金之助は大導寺に述懐している。併し、もともと死を覺悟で少年はこの場に臨んだのである。

一旦は氣色ばんだ主の大導寺が、武藏の氣魄に押されて家人に少年の差料を取寄せさせると（當時、武家屋敷には玄關に所定の刀架《かたなかけ》があり、客人はこれに己が刀を預け、脇差のみにて入るのを禮儀とした）金之助は素直に木太刀を捨て、この眞刀を受取つて、鞘《さや》を拂つた。――地《じ》摺《ずり》の青眼に構えた。

武藏は風の如く廣縁を走つて庭に降り立つた。彼は枇杷の木太刀を手にして居つた。

獅子は兎を獲るにも全力を盡すというが、武藏の態度がそれに似ている。彼は烱《かつ》と兩眼を見開き、長大の體軀に備わる威風は、自ら鬼氣を生じて相手に迫つた。これに對して、金之助は女のような細身を撓《しな》わせて、靜かに構えている。剛に對するこの柔には併し必殺の劍氣がある。武藏の偉軀より發散していた精悍の氣は、水の引くように或る神聖なものへと次第に變つていつた。それにつれて少年の顏《かんばせ》は紅潮し、次いで見る見る蒼白となつた。武藏は金之助の腦天めがけて一擊を下した。それが間一髮にピタリと止まる。

「參りました。」

金之助は一聲叫んで、ふらふらとその場に崩折れた。

＊

この金之助が後の鈴木綱四郎光政である。柳生兵庫介嚴包《としかね》（連也齋）、若林勝右衞門と並《なら》んで、尾張の三虎と稱された達人である。

金之助の父は、尾州藩の重職を勤めて鈴木長兵衞重春と云つて、藩主德川義直の薨去の際（慶安三年五月）に殉死した人である。

金之助の綱四郎は武藏が名古屋に逗留の間その許に通つて、親しく教導を受けるようになつた。期間は短かつたが、武藏は金之助の末怖るべき劍氣を察知し、その資性を愛《お》しんで全魂を注いで、一の劍理を授けた。

武藏は名古屋を立去る時、

「我が大望は挫折したが、金之助を獲たれば殘るこころなし。」

と洩らしている。

武藏が授けた「一の劍理」は、一寸の間合を見切る祕太刀であつた。武藏が人と試合をするのを見ると、常に、相手の打込む切尖《きつさき》は武藏の顏や胸部を擦るが、けつして斬附ける事がない。隨つて武藏は身を開きもせねば、受留める事も、拂いもせず、相手の立直る處へすかさず打込んで勝を取る。金之助が地摺の青眼から武藏を狙つた時も、實はこの術に敗れたのである。不思議に思つて一度、金之助がその譯を問うと、武藏は莞爾《わら》つてこう言つた。

——それはよい處へ氣がついた、あれは太刀先の見切と云つて、眞劍勝負に最も大切な所である。そもそも敵と對した折、五體の動きは自由自在にせねばならぬが、相手の太刀先を怖れる餘り、避けて五體を動かすと、この爲に備えに隙が出來て相手に打込まれる。それ故、太刀先の見切によつて無駄に五體を動かさぬ樣にするのである。

では何うして見切るかというと、相手の太刀先と我が身との間に一寸の間を測るのである。これが見切である。そう見切れば敵が打ち下して來ようと、突こうと我が身に觸れるものではない。從つて徒《いたず》らに敵を避ける必要はない。逆に敵の構えの崩れに乘じ得るのである。太刀先一寸と云えば隨分僅かの樣であるが、修業すれば自然にその見切が附くようになる——

そう云つて、金之助に打懸《うちかか》らせ、「それは二寸」「それは一寸」「——三寸じや」と聲を掛けて教えた。遂に金之助が一寸の間合を見切る樣になると、

「もはや色を見たぞ。」

と云つて武藏は賞したという。

——これが「見切」の祕太刀である。金之助はこの劍理を會得《えとく》した翌年に元服して、綱四郎と改名した。寛永十一年春であつた。元服ののちは伽衆《とぎしゆう》より小姓組となり「鎗の間」に詰めて百五十石を給された。小姓組とは後の書院番のことである。更に慶安二年、本丸詰物頭となり、

三百石を賜つた。この頃にはもう、綱四郎と互角に勝負する者は尾張家に三人とは指が折れまいと言われた。

その鈴木綱四郎光政が、柳生嚴包と天白《てんぱく》ガ原で試合をする事になる。

金之助時代の綱四郎を識っている者は、兩人が争うと聞いて、「おお、兵法者の遺志は、それ程に強いものか」と嘆息した。これは、新兔武藏が柳生兵庫介との間で果せなかつたものを言つたのである。

＊

もともと武藏は、仕官の希みを抱いて尾張に來た。武藏には政治への憬《あこが》れがあつた。劍の上の勝負は如何にしても一人の自己を守るにすぎない。武藝の未熟のうちは、それでも、身を守ることが唯一無二の重大事であろうが、漸く技を究めて己れに勝る相手のない境地に至ると、最早身を守るのみでは慊《あきた》らない。又その必要もない。そこで一劍を究めた者は、古來、世を捨て深山に籠つて隱者の餘生を送るものが多かつた。敵となつて一命を捨てた者への、菩提《ぼだい》を弔う佛心からでもあつたろう。或る者は生の無常を悟つた爲でもあろう。併し娑婆氣が多いと云えばそれ迄だが、武藏にはそういう隱棲に安んずる氣持がない。劍の一理は萬象に通じる。己れの悟得したものを弘く世に施したい意欲がある。その爲には一人一人の弟子を取つて教えるより、國を治める者――大名を補佐して啓沃《けいよく》の功に依つて、萬民に及ぼすのが効果的であろう、そう考えて、武藏は仕官を欲し政治への參與を望んだ。これが武藏の大望である。――この大望を達成するには當然群小の藩主に仕えたのでは效がない。幕府の帷幄《いあく》に參畫するのが捷徑ではあるが、これは幕府の重臣に緣故もなく無冠の一牢人にすぎぬ武藏には、所詮愜《かな》わぬことである。

そこで三百諸侯きつての雄藩尾張家に目をつけた。

當時、尾州藩は、六十一萬千五百石を領して親藩の隨一と謳われ、東海の要衝を鎭《ちん》して、その威勢は幕府の内外に重かつた。藩主德川義直は、自ら柳生兵庫介に就いて新陰流の印可を受けたが、一藩の兵法を新陰流に限るという狹い料簡はなく、管槍の田邊八左衞門、小具足術の達人梶原源左衞門直景《なおかげ》、弓の石堂竹林坊などを召抱えて、流儀は藩士各自の選ぶところに任している。これは、大望の眞意は兎もあれ、仕官の名目に武藝を中立てねばならぬ武藏にとつても都合がよい。他流を倒さなくとも、身を容れる餘地は充分あるからである。

若し萬一、他流との試合によつて、柳生を制することに依つて信を獲よとならば、それも亦敢て辭す處ではない。――武藏はそう考えて、尾張へ來た。

武藏が大導寺と昵《なじ》んで私《ひそ》かに藩士に善買を沽つたことは、卽に述べた通りである。武藏の計畫は殆んど達せられるかに見えた。武藏と立合つた者は口をきわめて武藏の人物を賞し、その聲望は日に卓《たか》かつた。或る家士は直接、重臣を動かして義直に武藏を奬擧《しようきよ》した。當時、金之助は主君に近習してその殊寵《しゆちよう》を蒙り、技も儕輩《せいはい》の少年達を拔いていた。

一日、義直は金之助を召して何事かを囁いた。大した事ではない。金之助への武藏の扱いを見た上で、氣が動けば一度目通りを許してもよい、そんな輕い心からである。併し當の金之助の胸中には、竊《ひそ》かに、あわよくば尋常の立合をして、天下の兵法者に鼻をあかさん、などと傲《おご》つた氣宇のあつたのは、日頃甘やかされた幼少者の稚氣として亦やむを得まい。が事實、一度は武藏の心膽を金之助は寒からしめている。それだけに、武藏のより卓拔なるを知らされた少年の崇敬の念も亦深かつたわけである。

義直は金之助の、畏敬の念を籠めた語調に頰笑んだが、報告を聞いて、親《みずか》ら武藏の刀術を覽《み》ることにした。日を定めて武藏は城中へ召された。

この時、義直には武藏の相手となる者について意見があつて、義直はこういう事を云つた。

——我が家來のうち一流の師範をしている者と試合をさせるのが普通であるが、いずれもその流儀には名のある者。さすれば、双方いずれが負けてもその名に傷がつこう。一體、武藝の試合は、互角でなくとも其の試合ぶりによつて術の位は分るものである。武藏の相手には側近のうち兩三名をえらぶにとどめる。——

武藏はこの意を諒承した。試合の場所は城内虎の間に設けられた。これは公子などの內稽古にあてられた所である。藩主の席、陪侍《ばいじ》の席もある。側近の壮士二人は既に支度して控えにいて武藏を迎えた。

先ず一人が立合つた。氣魄に於て武藏の壓迫に耐えかねたこの者は、滿身の勇を鼓して打込んだ。

武藏は間を見切つている。太刀は空を切つた。慌てて身を立て直そうとする壮士の面前に疾《はや》くも武藏の切尖は屆いていた。あつと蹌踉《よろめ》いて壮士は「參つた」と叫んだ。流石の義直もこの早業には歎聲を洩らした。

次に出た近習は立上るとともに、直ちに靑眼に構えたが、じつとその儘突出しもせず、打つても出ない。防禦一方の肚である。それと見て武藏は忽ちに間合をせばめて進んだ。武藏が進むと相手は退く。相手が退《さが》るから武藏は尙進む。この間、武藏の太刀先は相手の鼻尖を離れない。とうとう板の間を一周してしまつた。壮士の額からは汗が流れ、呼吸は迫つて肩先で小波《さざなみ》をうつ。もはや打込む事はおろか、防禦の氣力も盡き果てたと見て、武藏は一足下つて上段に振りかぶり、じりりと爪先を詰めるとともに眼光鋭くエーイと氣合を掛けたので、忽ちに相手は「まいつた」と叫んだ。

義直は武藏を呼んで、

「手の內寔《まこと》に見事であつたぞ。尙《なお》所望致し度い儀もあるが、追つて沙汰致す、大儀であつた。」

そう挨拶して奥へ入つた。——武藏は上首尾で退出した。

それから四五日して、大導寺新十郎が宿を訪ねて來て言うのに、

「過日お手前の業前、殿が申されるには、武藏は成程名人である。併し幾分天性の氣力を使うところがあるように思われる。あれ程の使い手なれば、氣力を忘れて、ただ業前ばかりで試合を致す所を見たいものであつたが、——と左様に仰せでござつた。」と告げたのである。

見るみる武藏の面に苦悶の色が刻まれた。暫く言葉もなく項垂《うなだ》れていたが、やがて頭をあげ、

「明君の御教訓、武藏肝に銘じてござる、とお傳え下されい。」と言つた。

武藏の志望はかくて挫折したのである。

ところが、右の義直の言は實は陪席した柳生兵庫介の意見であつた事が分つた。武藏の仕官の叶わぬのを惜しんだ金之助が、そういう實情を武藏に齎《もたら》した。

義直は、武藏の食祿なり希望の身分に他の兵法者との折合いがつけば、武藏を召抱えるつもりでいたのである。それで、虎の間での試合ぶりを見た兵庫介に意見を求めて、

「その方、武藏をどの様に見たか。」

と垂問《すいもん》した。

すると兵庫介は靜かに前述のような、武藏の氣力の過ぎる點を指摘したあとで、

「何事にもあれ、あのように至り顔を致すは、いまだ手を使い申す故でござれば。」

と笑い捨てたという。

武藏はこの話を聞いて、

「おのれ、柳生!」そう叫んで、ハッタと虚空を睨んだ。

武藏はこの時から不快の地である名古屋に、尙も滞《とどま》つて金之助を教導したのである。將軍家兵法指南の所謂「御流儀」を嵩《かさ》にきた柳生に對し、一介の野人である武藏は、日頃萬感の恨みを呑んでいたかも知れぬ。兵法者として「政治」への志望を懷いた此の時では尙更複雜なものがあつたろう。いつそ、柳生兵庫介との眞劍試合を欲したかも知れないが、それを敢てして勝つた所で、最早尾張家に仕官ののぞみが叶えられる筈もない。潔く武藏は己が武藝の芽を若い金之助に遺して、流浪の旅に名古屋を發つた。

＊

連也齋は右の柳生兵庫介の三男である。連也齋には二人の兄があつて、長兄清嚴《きよとし》は矢張り義直の小姓を勤めたが、後病氣のため致仕して有馬に入湯の折、島原の亂が起り、義に依つて松倉長門守の客分となつて、出征して戰死をした。

次兄は茂左衞門利方《としみち》である。茂左衞門は江戸屋敷に在つて若殿(義直の嗣子《しし》光義)の師範を勤めた。技は父の兵庫介や弟兵助に劣つた。兵助とは連也齋の幼名である。それで連也齋が成人すると江戸に呼寄せて若殿師範に推擧した。

連也齋嚴包は、だから二十三歳で名古屋に立戻るまで江戸にいた。嚴包二十三歳といえば、鈴木綱四郎は二十八歳、尋常に立合つて、綱四郎の「見切」を破り得るのは若林勝右衛門唯一人しか無かつた頃である。そこへ、兵法指南役柳生兵庫介の子——且つ若君師範役を勤めた者として、彗星の如く嚴包が立戻つたのである。

連也齋嚴包は、武藝名譽の柳生家の中にあつても「尾張の麒麟兒《きりんじ》」と懼れられたが、どれほどこの嚴包が強かつたかを云うには、當然、父の柳生兵庫介利嚴《としとし》に就いて語らねばならない。兵庫介利嚴は石舟齋《せきしゆうさい》宗嚴《むねよし》の孫で、例の但馬守宗矩《むねのり》の甥に當る。はじめ加藤清正に實祿三千石で召抱えられたが、のち浪人して江戸に立寄つたのを義直に乞われ、尾張家に仕えた。

石舟齋は、新陰流の奥儀書並に出雲守永則作の大太刀を、子の但馬守宗矩に與えず、この兵庫介に授けている。そうして、

「我が流派の眞諦を繼ぐ者は、其の方を措いてない。」

と言つた。柳生の正統は、だから江戸の宗矩より實は尾張の兵庫介に傳わつたわけである。

武藏を評した兵庫介の言は、武藏にとつて痛恨の一事となつたが、兵庫介自身は別に排他的な意圖で言つたのではなかろう。むしろ兵法者の批判として、その言は肯啓《こうけい》に中《あた》つている。果して武藏が兵庫介と實際に立合つて居れば、孰れが勝つたか。——今、この結果を測る手段《すべ》は

ないが、ただ此處で云えることは、若しあの時に武藏が試合を挑めば、兵庫介は如何なる手段を用いても試合前に必ず武藏を刺殺しただろうという事である。卑怯な意圖からではない。それが柳生兵法の眞諦だからである。——こういう咄がある。

或るとき、佐分利流の槍を使う普化僧《ふけそう》が、さる大名の屋敷で兵庫介に出會い、試合を申込んだ。兵庫介は再三辭退したが、普化僧の手並を知る大名が是非にと慫慂《しようよう》する。さぞ好試合が見られようというのだ。そこで已むを得ず兵庫介は立合いを承諾した。而して、普化僧が勇んで用意のタンポ槍を取ろうとする所を、横から不意に躍りかかつて、抜き打ちに斬つて捨てた。

一同が呆然としていると、容《かたち》を改めて座に着いた兵庫介は、大名にこう言つた。

「それがしの兵術は未熟でもござろうが、叔父但馬守は將軍家の御師範役を勤める身でござる。拙者がもし、此の所に於てこの僧に負けるような事あらば、流儀に疵がつき申すのみならず、將軍家の御兵法は未熟の流儀の稽古よ、などと風聞が立つやも知れませぬ。左様に相成つては、柳生家は兎も角、上《かみ》に於て面白からぬ儀と存じ、不憫ながら手討に致してござる——。」

兵庫介とはこういう人物である。自分の名譽より、公儀のために人を斬る。——武藏は人を殪《たお》す兵法に倦《う》んで政治に憧れたが、「政治に參與した兵法」も亦、こうして人を斃さねばならなかつたわけだ。一般に考えられるより、だから、兵法ははるかに殘酷で非情なものであり、遂に覇道の域を出ない。覇道が封建政治の本質につながる限り、從つて宗矩の如く兵術家の身で幕府の帷幄に參掌し得るのである。

この事を自覺した眞の兵法者なら（例えば兵庫介なら）、政治に憬れる精神などはまだ甘いと見るだろうし、武藏のそんな憬れを斬ることこそ、實は他ならぬ兵法の上の眞劍勝負だと考えたかも知れない。同じ事は武藏の側でも云える。綱四郎に流派の芽を育てることによつて、將來柳生を打ち倒す武略の心願を潜めておいたと見るのは極めて自然な解釋だろうからである。鈴木綱四郎と柳生連也齋の試合が、劍術史上まれに見る凄絕なものだつたのも當然なわけである。


――尙ついでに云つておくが、新免武藏が、尾張に立寄つたとき、途上ですれ違う武士を見て、「これだけ活きた人物は當今柳生兵庫介を措いてない」と武藏が言い、兵庫介もひと目で武藏と見拔いたという口碑が傳わつている。大へん咄《はなし》としてはよく出來ている。がこれは實は武藏と兵庫介の不和の事實を知る者が、却つて、兵法の殘虐さを糊塗するため、或いは二人の武藝を愛しむあまりに、作りなした美しい虛構である。殘酷な兵法に如何にも劍理の妙旨らしいおかしさを附加しているから、猶更この咄《はなし》は美しく、且つ人口に膾炙《かいしや》されても來たのである。

さて連也齋は父兵庫介に就いて十歲頃から武藝を修めた。兵助と云つた時代の連也齋には、綱四郎の幼時ほど確かな挿話がない。事情あつて幼少のとき、三州の姉婿・御油林五郎太夫という者の方で成長したと傳えられるが、その事情なるものも分明していない。連也齋嚴包の名が漸く世間に知られたのは、鈴木綱四郎との血戰以來である。
尤も、次の様な逸話なら遺っている。

三州の姉婿方から尾張に引取られて間もなくのこと、――ある日、座敷の敷居を枕に兵助が晝寝をしていたので、見とがめた兵庫介の妻が、懲らしめのため障子をヒタと閉め立てた。すると兵助の頭の手前三寸あまりの所で、障子は動かなかつた。兵助は平氣で眠つている。不思議に思つて、妻女がそばに近寄ると、兵助はぱつと目をあき、母なる人を見て、敷居の溝に伏せてあつた扇を拾ひ、ニコリと笑つて立去つたというのである。

こういう兵助時代を經て、連也齋は寛永十九年に、十八歳で若君師範となり、江戸に下つた。新陰流の印可は既に藩主義直から受けていた。半ばは形式にすぎないが、新陰流のそれは兵庫介よりひと先ず義直に授けられていたからである。

江戸に在つて若君附きとなつた連也齋が、實質、どれ程強かつたかは、當の若君――光義以外にあまり知らなかつた。平常の行跡がきわめて溫厚で、派手な振舞を嫌い、且つ寡默だつた兵庫介の薫陶に依つたものであろう歟《か》。十九や廿歳の若年で忽ちに尾張の龍と喧傳された綱四郎光政と、この點でも好對照をなす。謂《い》えば武藏と兵庫介の差異である。

若君光義は寛永二年に生れたから、連也齋とは同年であつた。六十萬石の雄藩に嗣子《しし》となつたこの若君は幼少から武藝を好んで、馬術、炮術に長じ、とりわけ弓は奥儀《おうぎ》を極めて巧みに強弓を引いた。（三十三間堂の通し矢に天下一の名を博した星野勘左衛門茂則《しげのり》が指南である。）併し、何と云つても日夜側近に仕える柳生流の影響が大きい。光義には京子（普峰院）という妹があつて、京子は廣幡大納言忠幸に嫁して女を生み、廣幡との關係最も深かつたが、忠幸が薨じた時に庶腹の男子があると暴露するや、光義は激怒して義絶している。男女關係の放恣であつた當時の大名としては、これは異數の倫理觀とも呼ぶべきもので、こんなところにも連也齋をとおして投影した兵庫介の人柄の嚴しさがうかがえる。

一方、青年期の當主が若い家臣から一方的に感化を蒙るとは考えられぬから、連也齋の練達の上に、名君と云われた光義の及ぼしたものも亦《また》大きかつたと見なければならぬ。云つてみれば、十八歳の同年で主従となつた二人は、親友にも似て、互いの成長と武略に影響し合つたのである。綱四郎との試合に死を豫感した連也齋が、わざわざ江戸の光義に暇乞《いとまご》いに赴いた一場面は、だから、大へん浪曼《ろうまん》的な訣別という意味でも我々に共感出來る。

＊

連也齋嚴包と鈴木綱四郎が眞劍試合を行つたのは、慶安二年三月二十一日であつた。連也齋は若君附きから國詰となつて、名古屋の父の許に戻つて二年目のことである。試合の場所は城外天白ガ原、時刻は辰《たつ》ノ上刻《じょうこく》であつた。

試合の行われる十日前、三月十一日に、名古屋城内二の丸で、吉例の春の總調練が催された。當日は義直自ら采配を執るならわしがある。義直は元和《げんな》の役以外に實戰に遭わなかつたのを遺憾として、武備が他藩に劣るのを惧れ、二の丸の馬場で毎年春秋二回の大調練を催したのである。

恰度、家中の名だたる者三十餘人が一齊に射技を試みていたとき、どうしたことか一家士の手許くるつて、的を外れ、矢はとんでもない方向に翔んだ。運わるく義直の座所に近かつた。あつと氣がつく間もない。牀几《しようぎ》に掛けていた義直の面に矢は突き刺さるかと見えた。この時、主君の側近く年寄竹腰山城守の配下に控えていた一人の藩士が、風のように走り寄つて義直の前を庇つた。同時に末座の馬廻組の中から、矢より迅《はや》くとび來つて、主君の背後の幕の前に立つた者がある。二人の擧動は殆んど同時だつたから、義直の前でぱつと左右に分れた恰好である。義直を護つたのは綱四郎光政、幔幕《まんまく》の前へ立つたのが連也齋である。矢は、間髪を容れず綱四郎の手に摑《つか》まれた。

人々は綱四郎の早業を、聲をきわめて稱賛した。

それにひきかえ、連也齋の行爲は、間が抜けて見えたというより、いつそ醜態にちかい。主君が無事だつた安堵感もあつてか、一同綱四郎への嘆聲で開いた口を、そのまま連也齋に移してどつと失笑した。

だが、義直の顔色は此の時變つていた。實は義直の他にも卽座に青ざめた者が三人ある。綱四郎と、矢を外らした當の家士と家老の渡邊守綱《もりつな》である。このうち家士の青ざめたのは問う所でない。渡邊守綱は、弘治以來家康に從つて數々の戰いに功あり、槍半藏の名で知られた百戰錬磨の老將で、武事ある日に備えて、こういう大調練には義直の副采配を勤めている。

義直は、常にない、けわしい形相で連也齋を振返つて言つた。「嚴包《としかね》、其方が只今の振舞は、如何なる存念にて致したぞ。しかと申せ」と云つたのである。

只ならぬ氣配に、並居る一同は水を打つた如くに靜まる。

連也齋は應えなかつた。座所に繞《めぐ》らした幔幕の、葵《あおい》御紋の下で、芝生に兩手をついて平伏《ひれふ》した。風がその襟足に後れ毛を紊《みだ》して過ぎた。

連也齋が應えぬと見て、義直は苛立つた。連也齋が幔幕の前へ走つた眞意は、義直には分つているのである。この日の幔幕は常と違つて、三葉左鞆繪《ひだりともえ》十三筋立の、葵の御紋を使つてある。卽ち將軍家の紋所を染拔いた幕である。一體、德川家の紋は三ツ葉葵だが、葉の描き方が夫々に違つて居り、尾州は表二つに裏一つ、紀州家は表一つに裏二つ、水戸は三つとも裏葉に描く。葉の筋立の數も違う。だから一門の家々も紋章の差別によつて紛れのないようになつている。なべての戰さには先ず將軍の本陣を衞《まも》るという意味もあつて、大調練のこの日は、特に宗家の御紋の幕で座所を圍つてあつた。連也齋は義直の身より、其の御紋を守つたのである。

突嗟《とつさ》の場合、人は却つて本性をあらわす。綱四郎が主君の身を、連也齋が紋所を守つたのは、日頃こころのある所を自ずと現わしたのだと、そういう程度に連也齋の擧動が解釋されたのは、だから當然だつたと云わねばならない。――一同が義直の只ならぬ氣色の理由を察したように思つて、一様に顔を外向《そむ》けたのも、無理はない。場合によつては連也齋が手討になる所を、見なければならぬかも知れなかつたからである。

だが、確かにこの想像は間違つていなかつたし、事實場合によつては義直は連也齋を斬るつもりでいたが、そのわけは、家臣が想像したのとは些か別のところにあつた。

十五年前のことである。義直に謀叛の噂の立つた事がある。卽ち寛永十一年八月將軍家光《いえみつ》上洛の砌《みぎ》りに、家光が名古屋に立寄つて休息する筈だつたところ、義直に害心ありとの風說が立つたので、にわかに家光は豫定を變更して尾張に立寄らず、あまつさえ紀州徳川賴宣を切諫《せつかん》のため名古屋城に差向けた。それで義直は忿《いか》つて城に據り、兵を擧げんとした事がある。幕府の一部の者の間に、義直の勢威に對する疑いがあり、そういう疑心に將軍までが躍らされたのを義直は憤つたからだつたが、幕府のそういう疑いは實は十五年後の現在も猶、根づよく殘つている。

いま、連也齋が突嗟に義直を措いて紋を守つたのは、若し流れ矢が紋に銜らんか、尾州藩は字義通り將軍に弓を引いたと、あらぬ風評が立たぬとも限らない、それを惧《おそ》れたからである。

とすれば、連也齋の擧動もまた藩を思う忠誠に發したものと云えなくもない。――併し、當の義直にすれば、謀叛云々の風說は、十五年後の今も不快な思い出で、出來れば忘れたいと思っている。然るに連也齋はわざわざ思い出させる擧に出た。――これが義直には不快だったのである。

義直は眦《まなじり》をけつして言つた。

「存念を申せ、嚴包。如何なる所存あつての振舞じや。――話せい。」

若し連也齋が、小賢しく十五年前のことでも云い出そうものなら、其時こそ、立所に義直は斬り捨てたろう。

だが、連也齋は默つている。何のために走つたか、何故紋を守ろうとしたか、一さいを口にせず、項垂れたまま微かに肩を顫わしている。――默つて死ぬ覺悟と見える。

それを見ていよいよ義直の額に靑すじが立つた。

「おのれ、申さぬか。」

叫びざま牀几を蹴立つて、傍らの小姓の佩刀へ手をのばした。

その時、つかつかと義直の面前を横切つて連也齋の方へ進み出た者がある。渡邊守綱である。

守綱は連也齋を見据えて、こう言つた。

「上を畏れぬ先程からの所行、不屆至極である。其處を何と心得ておる？　恐れ多くも、……

恐れ多くも（と二度繰返して）其處は御紋の前であるぞ。――見苦しいわ。匇々に立去れい。去れい去れい。」

言いざま、委細かまわず連也齋を蹴立てるようにして、其場を追い出してしまつた。

さて、そうしておいて、守綱は義直の前に戻ると、容を正して言つた。

「殿。彼の嚴包奴《め》と云い、此處な綱四郎どのと云い、殿には、随分と良《よ》い御家來をお持ちでござる。されば當家は御安泰。――守綱、祝着《しゆうちやく》至極《しごく》に存じまするな。」

そう言つて、空を仰いでカラカラと哄笑した。

「はかり居つたナ、守綱――」

義直は苦蟲を嚙みつぶした面持で守綱を睨んだが、守綱は盤石の重みで主君の前に立ちはだかつている。何にしても、肝腎の連也齋がその場にいないのでは、立腹の餘地がない。義直は稍あつて、

「分つたぞ守綱、予が惡かつた。」

云いすてると、其の場から引上げた。

それで濟めばよかつたのである。だが世間には差出た口を利く者がある。綱四郎は兎も角、何故連也齋が立派だつたかと守綱に訊いた者がいたのである。守綱は、するとこういう事を言つた。――あの時、外れ矢に氣づいて、一瞬駈け寄つた時には、連也齋も無論義直を庇うつも

りでいたろう。併し綱四郎の方が捷《はや》かつた。そこで、綱四郎なら矢を拂うであろうと見て、その拂われた矢が萬一、背ろの幔幕に飛んだ時の事を慮つたから、あの行動に出た。その間、一瞬の遲滯もない。實に俊敏且つ思慮ある行動といわねばなるまい。

するとと相手は言つた。「併し、綱四郎どのは見事、矢を摑み取られたではござらぬか。あの時幕へ走られたは、されば綱四郎どのに矢を摑む技倆がない、と、柳生どのが判斷された事になりましよう。」

守綱は言つた。「わしが申して居るのは、あの場合の、突嗟の機轉じや。技倆の優劣ではない。よし又、鈴木が矢を摑まず拂い落したとして、それが幕の方に飛ばねば、柳生の擧措の異なものと見える點に、溮りはあるまい。さすれば、矢が御紋に衝《あた》るは萬に一つじや。その萬が一の爲に、物笑いになると承知で萬全の處置を取つた、——その擧動が、まさしく兵法者のものだと申しておる。」

そう言つて、猶も守綱は賞讃して已まない。多分あの時、先に義直を庇つたのが連也齋だつたら、綱四郎の方は果して其處までの處置が取れたか、疑問だというのである。

止せばよいのにこの言葉を件の者は歸つて綱四郎に告げた。果して綱四郎ならあの時何うしたか、連也齋は矢を摑み得たろうか、などと朋輩とも話しあつた。

議論は沸騰する。連也齋は己れが矢を摑み得ぬから、綱四郎もそうだと思つて走つたのだという者がある。いや連也齋でも摑んだろうという者がある。いずれも綱四郎の強さは知悉《ちしつ》しているが、連也齋の業前に就いては知らない。未知への好奇心が一そう論議を大きくして、——結局、行き着く處はきまつていた。——綱四郎と連也齋と、ではどちらが強いのか？

尾張藩は擧つて、この比較に話題を集注した。——當然、綱四郎贔屓《ひいき》、連也齋派と藩士の大《おお》方《かた》は二分された。その爲、兩派の間に小競合《こぜりあい》まで見るに至つては、もう、綱四郎と連也齋が試合をする仕儀になつたのも仕方のない事だつた。況《ま》して古老の中には曾ての武藏と兵庫介を知る者がいる。そんな一人が、武藏の名を口にしたと聞いて、先ず綱四郎が立つた。兵庫介は何事も政己が態度の不備から事が起つたことなので、やむなく兩人の試合を許した。兵庫介は何事も政道のため、卽ち小競合などで事態の紛糾するのを惧れて、連也齋に綱四郎の挑戰を受けさせた。時に三月十七日——試合の五日前である。

＊

凡庸の使い手は、試合の場に臨んで初めて勝負をするが、心得ある兵法者は試合を約したその日に、既に勝負をはじめるものである。

鈴木綱四郎は年寄竹腰正信の邸で、連也齋からの挑戰受諾の報せを受取つた。竹腰正信は藩主義直の義兄で、母は相應院である。相應院は初め光昌に嫁《か》して正信を生み、のち家康の寵をうけて義直を生んだのである。當時正信は政務を退いて藩政には一子虎之助が當っていたが、なお、加判の列と稱して年寄の待遇を享けた。本丸詰物頭の綱四郎は年寄の支配に屬する。綱四郎に船奉行の千賀氏の女《むすめ》るんを媒酌したのも正信である。そんな關係もあって、謂わば正信は綱四郎贔屓の筆頭と目されていた。

綱四郎はこの正信の屋敷で柳生家の使者と對面した。連也齋の代理に「試合受諾」の使者となって來たのは若林勝右衛門であった。正信は座をはずした。如何に綱四郎贔屓と云っても、試合が藩主の裁可によって行われる以上は、家臣である身は斷じて中立の立場を保たねばならぬ。試合に就いての當事者間の詳細な打合せに、だから差し出た口を挾まぬようにと、正信は已れを愼しんだのである。これは言っておく必要があるのだが、綱四郎と連也齋の試合が決定する迄はあれほど兎や角騒ぎたてた家中の者も、一たん試合が行われると決まると、忽ち鳴りをしずめて、寧ろおのれを虚しくして、より良い狀態で双方が試合えるように細心の心使いを見せている。——柳生家の使者となった若林勝右衛門もその例外ではなかった。

勝右衛門は試合の刻限などを改めて綱四郎と打合せたあとで、さて表情をやわらげて言った。

「この度の試合、事が爰に及んでは、もはや差しとめも悋《かな》いますまい。それがし未熟ながら當日は柳生方《かた》にて、試合檢分の役目を仰せつかってござる。どうぞ、お手前にても任意の御仁を選ばれた上、存分にお働き下されい。」

勝右衛門は綱四郎と偕《とも》に「尾州の龍虎」と稱されている事は前に書いた。その「龍」が柳生家の使者となつたのは、勝右衛門も連也齋派の一人だつたからである。

「お言葉忝《かたじけの》う存ずる。いずれ、當方にても検分の者を差し立てましよう。柳生どのとは、萬事天白ガ原にてと、左様お傳え下されい。」

綱四郎は片眉をピクリと上げて言つた。金之助時代の色白な美眸は三十歳の現在に至つても渝らない。若林勝右衛門の淺黒い面貌を前にすると、きわ立つて綱四郎は優男《やさおとこ》に見えた。

使者の役目を了えて、勝右衛門が竹腰邸を辭去するとき綱四郎は玄關まで送り出した。柳生家の仲間《ちゆうげん》が二人、玄關の石疊で勝右衛門を待つている。いずれは綱四郎も竹腰邸を辭去する身である。先に歸つた柳生家の者が、途中に待伏せぬとも限らない。あらかじめ、だから仲間の模様をそれとなく見屆けておいた。試合をすると云い合つた上は、抜討ちが卑怯などと云えるすじは兵法者にはない。斬られる方が甘いのである。連也齋との試合に、家中の總てが虚心な配慮を見せれば見せてくれる程、當事者として些かも安易な擧動があつてはならない。柳生家の仲間は、併し腕の立つ門人の變身している様子でもなさそうなので、「夜分のところをお役目大儀に存じまする。」綱四郎はそう言つて、一禮する勝右衛門に會釋《えしやく》をかえすと、闇の門に二張《ふたはり》の提燈《ちようちん》が去つて行くのを見送つた。

使者が歸ると正信は別間に綱四郎を呼んだ。

「試合はいよいよ五日後と聞いた。柳生の者が相手とあれば、其許の武略にとつても不足はあるまい。存分に想を練つて、當日は天晴れの働きを致されるがよい。これは、些かながら、我が餞《はなむけ》のしるしじや。」

正信は一葉の短冊を差出した。「花紅葉冬のしら雪見しことも、おもへばくやし色にめでける。」この日綱四郎が正信の前を去れば、場合によつては再び目見《まみえ》ることもないのである。

綱四郎は短冊を兩手にとつて、凝乎《じつ》と見つめ入つた。少時《しばらく》して歌の意味を讀みとると、眩《まぶ》しそうに目をあげ、

「御芳志、かたじけなく存じまする」と破顔《わら》つた。その顔に一點の曇りもなかつた。

正信はウムウムと何度も頷いた。

＊

若林勝右衛門が竹腰邸から柳生家へ復《かえ》つて來ると、道場で連也齋は師範代の高田三之丞を相手に、稽古をつけているという。勝右衛門は、いぶかり乍《なが》ら直ぐ道場へ通つた。眞暗な中に、二基の燭臺を立てて、成程二人が木刀を抜き合つている。他に人影もなく、深海の如く靜まりかえつた道場の床板に、わずかに、燭臺の炎のゆらめきで兩人の影が動く。勝右衛門は不快げに眉根を寄せて、構わず其處へ踏入つた。止まつたように動かぬ二振の木刀は、勝右衛門の歩

行につれて燭の明りを映して光つた。燭臺は一は連也齋の横に、一は三之丞の傍らに在る。兩人の横顔が影に隈取られて異相をおびて見える。勝右衛門の近寄るのは知つていたろうが、どちらも木刀を引かなかつた。

高田三之丞は兵庫介の高弟で、連也齋を幼時から手鹽《てしお》にかけ、補導して來た人物である。もう七十歳を超えている。柳生兵庫介は他流試合の申込みがあると、きまつて三之丞を相手に立て、自らは試合う事がなかつた。誰一人、三之丞を打負かして兵庫介に迫る者がなかつたからだというが、姉婿五郎太夫方から引き取られて來た兵助時代の連也齋に對しても、殆んど、兵庫介は手をかけては教えなかつたそうである。新陰流の皆傳を連也齋が得たのも、だから三之丞の賜物である。當然、冷嚴な父に突き放されて育つた少年は、兵法の何たるかを悟る前に父への慈愛を三之丞に見出して、懷《なつ》いた。なついてくれる少年が師の一子とあつては、三之丞が意をつくして一そう「兵助の將來」に心を傾けたのも當然だろう。兄の茂左衛門利方《としみち》を拔いて若殿師範に選ばれた連也齋を、誰よりも莞薾と江戸に見送つたのが三之丞だつたのも無理はない。

と云つて、少年兵助に對する三之丞の教導がけつして甘やかしたものでなかつた事は、次の挿話からもうかがえる。

三之丞が或る時、奥の間へ入つた處、向うから兵助がやつて來たのを見ると、ふところへ兩手を入れている。

「さても不心得なお方じゃ。日頃、ぬき入手《いれて》は武士の致すまじきものと、あれ程お教え申したに。——不屈至極でござる。もし某《それがし》が抜討ちを仕掛けたら如何召される? さ、その腰の扇をぬいてごろうじろ。ぬかれは致すまい。」

と叱つた。そこで兵助は袖口から手を出したのでは止められてしまうので、突嗟に振袖のわれ目から手を抜き、扇子を取ろうとする所を、三之丞がかけつけて差しとめてしまつた。子供ながら既に充分に仕込まれている兵助も呆れて三之丞の立つていた所からの間を測ると、九尺餘りあつたという話である。(多分、同じ扇子で母をあざむいた前後の事だろう。)

さて三之丞は例の矢の一件から連也齋が綱四郎の挑戰をうけるに至つた事情を、つぶさに見て知つている筈だが、この事に關しては一切口をひらいていない。連也齋への賛否で藩中が湧きたつている時も、柳生道場の門弟達が、

「綱四郎派を斬るべし。」

などと騒ぎ立てている最中《さなか》にも、一人、道場に在りて居眠りをしていたという。昔の連也齋との關係を知る者はそれを見て、

「三之丞どのも耄碌《もうろく》致された。」

と嘆いた。むろん、三之丞自身は、何故幕の前へ走つたかを連也齋に糺《ただ》しもしなかつたのである。

それが、いよいよ綱四郎との試合を承諾すると決まつて、若林勝右衛門が竹腰邸に赴いた今日、急に、久々の稽古を一本連也齋に申し出た。

「爺、この期に及んで、柳生は俄か修業を致すと、世間が嗤おうぞ。」

そう言つて連也齋は否々《いないな》をした。彼は既に身を整え、兄利方の座敷で勝右衛門の歸りを待つて居つた。使者の口上を聞いた上で、あらためて夜中ではあるが父兵庫介の許へ報告に出向く手筈だからである。名古屋の柳生道場は當時既に兄茂左衛門利方が相續をして、兵庫介は、城北三里あまりの小林に拜領した第で隱居の身であつた。

併し、三之丞は何としても一本の稽古を所望して肯《き》かない。見兼ねた利方が、

「使者の戻らぬ裡なら、俄か稽古とも人は申すまい。それに夜中じや。嚴包、久々にわしもお手前の手並が見たい。汗を流してはどうじや。」

とすすめた。若林勝右衛門の歸りを待つ妙に息苦しい空氣が、そんな事でまぎれたらと、輕い心からであつた。

ところが三之丞は、

「某、些か存じ寄りの太刀がござれば、餘人を交えず、嚴包様と二人にてお願い申し度い。」

と言つた。年寄の一徹がへの字に結んだ口邊にうかがえる。三之丞は背は低いが、七十の老人とは見えぬ矍鑠《かくしやく》たる體軀に、烱々《けいけい》と眼が連也齋をのぞんで光つた。二十五歳の青年にはまだ、

如何に修業が出來たと云つても、新工夫の太刀に惹かれる隙がある。その太刀によつて相手を倒せるかも知れぬ、と一瞬の計算が作用するから「隙」なのである。連也齋は「然らば立合つてみましようか」と、兄の利方へ笑いかけて、座を起つた。

三之丞はけわしい眼でその擧動を瞶《みつ》めていて、これはやおら腰をあげた。そうして道場で木太刀を拔き合つたのである。

さて若林勝右衞門は委細かまわず二人に近づいた。燭臺の灯が煽られて床板に黑い木刀の影がゆらゆら動いた。再び、炎が頂上だけでたゆたい始めたとき、すーつと連也齋の太刀が下りた。

「——爺、これまでじや」と彼は言つた。落膽の淋しそうな色が片顏の影の部分に搖れている。

三之丞はしずかに木刀を收めて、

「今少しにて、新工夫の太刀すじ披露申上げる筈のところを、思わぬ邪魔が入り、殘念にござる。」

「當家の使者である某を、邪魔者とは、よう申されたな」そう云つて勝右衞門は眼を据えたが、三之丞は見向きもしなかつた。「——御免」と連也齋に一禮をして、逃げるように道場を去つた。

廊下で行き會つた門弟の一人は、この時三之丞の顏はくしやくしやに泪で濡れていたという。

二十年の歳月をかけて補導した師の一子を、見限らねばならなかつた老武藝者の悲哀だつたのであろうか？

三之丞はこの夜柳生家から姿を消した。三州吉田の城で兵法指南をつとめる帯刀という遣手《つかいて》に、餘生を見取られた「神妙劍の高田三之丞」はこの人である。

＊

鈴木綱四郎と勝右衞門が打合せた試合の詳細は、あらかた、藩主義直の意嚮から出たものである。勝右衞門は竹腰邸へ「試合受諾」の使者となるに先立つて、城に登り、藩侯直々の試合の許可を仰いだ。元來、若林勝右衞門は上泉權右衞門の祕藏弟子である。上泉權右衞門は有名な新陰流の宗師上泉伊勢守信綱の實子である。信綱は、新陰流の兵法がなかなか會得すべきでないのを諭して、權右衞門には林崎甚助の流れを汲む長野氏に弟子入りさせ、居合を修練させた。權右衞門は精心を碎《くだ》いてその道を學び、遂に名人となつて、諸國修業のおり名古屋の柳生道場に來た。

兵庫介の祖父、石舟齋宗嚴は云う迄もなく上泉信綱に學んで柳生流を創案した。その信綱の權右衞門は正系である。兵庫介は斜めならずもてなして、どうかして尾張に留めて居合の指南をさせたいと考えた。

そこで、先ず高田三之丞と仕合をさせたところが、初めの一本は三之丞が勝ち、次いで権右衛門が勝つた。三本目を立合つたとき三之丞は木刀を投げ捨てて言つた。

「さても神妙なお手の内。某の及ぶところではござらぬ。恐らく、天下にお手前に勝つ者はござりますまいぞ。」

そこで柳生一家をはじめ、藩士にその指南を受ける者が多かつたが、中で最も傑出していたのが若林勝右衛門なのである。

上泉権右衛門は年餘の滞在で名古屋を去つたが、餘程勝右衛門を手放すのが心殘りだつたらしく、出立に當つて岡崎近くまで送らせた。その時、暮色迫る矢矧橋上で「袖摺返《そですりがえ》し」の祕技を傳授したという。

勝右衛門のこの武歴は大へん綱四郎の場合と似ている。武藏も愛弟子を名古屋に殘したし、上泉も勝右衛門に祕技を託して去つた。そういう人間の別離や愛惜が、全て柳生を中心に動いたわけである。兵法御指南としての柳生家の系譜は、昭和六年七十七歳で歿した嚴周《としちか》氏（十二代）まで續いたが、武道史を究めれば、他にもまだ、どれ程多くの武藝者が柳生をめぐつて流轉したか知れないだろう。勝右衛門が先師との行きがかりで義に於て連也齋派の立場を取り、併し、個人の情に於ては綱四郎に近かつたと傳えるのも、あながち、他意ある者の臆測とも云えない。

さて義直が、勝右衛門に示唆《じさ》した試合の條々は、こうである。先ず眞劍勝負を差許すというのが一つ、試合場所には國奉行酒井久左衛門以下五名以外は立寄るべからずというのが一つ、但し鈴木、柳生兩家の願い出たる檢分各一名はこの限りにあらずという事が一つ、兩家とも試合に一切意趣なき事が一つ、萬一午《うま》の刻に及んで尙勝敗の決せざる砌《みぎり》は試合中止の事が一つ、兩家に姻戚の間柄なりとも當日非番にあらざる者は別儀なく登城してお役目相勤むべき事が一つ、等である。別に、綱四郎連也齋の兩人に對しては、試合當日までに任意に伺候してお訣《わか》れの詞《ことば》を述べるようにとの、これは年寄、成瀬集人正からの附言があつた。

連也齋は三之丞が道場を駈け出たあと、再び兄利方の座敷へ戻つて、右の條々を聞いた。綱四郎の挑戰を受諾すると決めた時から、連也齋には、果しておかねばならない事がある。藩主義直への挨拶もさる事ながら、江戸に居る若君光義への暇乞いである。それで、江戸への往返《おうへん》の日數を考慮して試合を五日後と申出た。前に書いたが、凡そ試合は試合の場に臨む前の當事者の言行の中で既に始まつている。身邊を整理し、愛する者と別離し、肉親の絆を斷つ――そういう試合への用意の一つ一つが、取りも直さず試合者を勝利に導き、また敗者にもするのである。ひと言で云えば、だから試合とは自己との戰いに他ならぬ。その戰いの仕方が、――一寸の間を見切る綱四郎は女の愛に對しても一寸まで詰め寄らせて切る。あばら三寸を極意とする柳生流の連也齋は、身を切らせて相手を斃《たお》す。――そういう違いで事を處し、己を處し、戰いの場に臨むわけだ。勝敗は、いずれが正しかつたかより、いずれが勁《つよ》かつたか、飽迄それに盡きるのである。——

*

連也齋が名古屋城に登城して、主君にお別れの挨拶を述べたのは、試合の條々を勝右衞門から聞いた直ぐ翌日——即ち二日目であつた。小林の父の第《やしき》へ赴いてからでは、江戸へ下るのに何かと日數がかかる。それで先ず主君と訣れ、ついで父に別れて江戸へ向うことにしたのである。天白ガ原へは、江戸からの歸りに直接出向くつもりであつた。

主君義直に伺候するのは大調練の時以來である。お咎めの沙汰はなかつたが、あれ以來連也齋は邸に引籠つて謹愼していた。そこへ綱四郎の試合申込みを受けたので、裁可を仰ぐためにも勝右衞門を代理に立てた程である。

義直は用人が連也齋の出仕を傳えて來たとき、武野安齋、堀勘兵衞を相手に「類聚日本紀」を撰していた。「何、嚴包が參つたか。」そう言つて、手の筆を膝に落した。墨の跡の附いた此時の袴は、後に兵庫介に下賜されたそうである。綱四郎、連也齋が最後の目通りを願い出る筈のことは義直も含んでいた。併し、多分試合の前日ぐらいであろうと思われたのに、匇々に伺候した事が、餘程、連也齋の心の動搖を見せているように義直には思えたのである。少時思案をしてから、「此處へ通せ」と命じた。

連也齋が次の間に平伏すると、

「よく參つた、今暫くで區切りがつくところじや。待つて居つて吳れい」と聲をかけ、なおも撰をつづけた。御紋の前で怒つて以來の對面だから、いくらか面映《おもは》ゆくもあつたのだろう。侍講の武野と堀勘兵衞は、無論試合のことは知つているが、主君が墨をすりつづけるので、これも默つて寫本に朱を入れていた。義直は武藝も出來たが更に學問も出來た人である。

しばらく物靜かな氣が四邊を占める。書院の障子が開け放つてあつて、四つ半（午前十一時）頃の陽差しが庭一面に爽かな樹影《こかげ》を落している。山鳩が一羽、勁い線を引いて庭を横切《よぎ》つた。

稍《やや》あつて義直は言つた。

「希みの品があれば、遣《つかわ》すぞ。何なりと申してみよ。」顏は案《つくえ》に對《むか》つた儘である。

連也齋は少時考えて、言つた。

「お詞に甘えて、それでは頂戴致したい品がございます。それなる硯箱を、賜りとう存じます。」

「何、――これを？」

「はい。……それがし武邊に過ぎて未だ文籍に昵《なじ》まず、雅《みや》び心を知らず、ずい分と恥ずかしい思いを致したものでござります。せめて、あと數日のいのちなりとも、御愛用の品を賜り、日夕傍らに致して、殿の御文藻《ぶんそう》にあやかりとう存じますれば、――何卒。」

義直は案から目をあげて、振向いた。連也齋も遙か末座にあつて凝乎と主君に視線を注いだ。文雅の道に疎いから、武邊一邊に物事を考え、過日も差出た事をしてしまつたと、暗に詫びているように見える。綱四郎と違つて、連也齋は若殿附きで江戸に住んだことがありながら、都會の風に染まらず、今以て地方大名の足輕頭に似た素朴な、いかつい容姿が革《あらたま》らない。衣服の紋を見なければ柳生家の者とも見えない位である。それが柄になく優美な硯箱をのぞんだ。刑《ぎよう》部地扇面蒔繪《ぶじせんめんまきえ》の硯箱《すずりばこ》で、義直が生母お龜の方（相應院）の實家――石清水八幡の祠官であつた志水宗清から、求めて得た品である。

義直は面をそむけて、一時《とき》、細めた目で庭を眺め遣つた。それから近習に吩《い》ひつけて、使つている硯と筆を洗いにやらせた。

「予にとつて、その方も綱四郎も、かけがえのない家來じや。」義直は手ずから硯箱を渡す時に言つた。連也齋は隣室との敷居際からスルスルと御前近くに進み出て、

「はツ。」

と言つて墨の香のまだ匂う硯箱を兩の手で額に捧げた。城を退出するのに、彼は從者に持たせず、自らそれを抱えて城門を出た。

一方、鈴木綱四郎は、第二日目のこの朝、常の如く寝所で目を覺した。妻女のるんは既に床を上げて、綱四郎の方に枕屛風を立て、雨戸を繰つてある。障子に白く陽が差している。綱四郎が厠《かわや》へ立つて手水《ちょうず》を使つていると、耳敏《さと》く聞きつけて、るんが廊下を遣《や》つて來た。

「お目ざめになりましたか。」

そう言つて、寢所の前の廣縁に毛氈を敷き嗽《うがい》の用意をはじめた。るんは廿二歳の女盛りである。下女が湯桶を廊下はずれに置き去ると、それを嗽の盥《たらい》の傍に据えて、厠から戻つて來る夫に「お早うございまする」と改めて廊下で手をついた。昨夜、綱四郎が竹腰山城守の屋敷から歸つたのは深更である。微醺《びくん》をおびて、寝もやらずに待つていたるんに、日頃になく優しいねぎらいの詞をかけた。るんは夫と連也齋の試合の噂を聞いている。若しやと按じて顔色が變つていた。それで綱四郎は優しく聲をかけたのである。その優しさから却つてるんはいよいよ夫が試合をするのを察した。併し、互いにその事には觸れず、寢所で、別々に睡つた。

綱四郎が嗽をして舌掻を使つている時、庭を距てた別室で嬰兒の啼聲が聞えた。廣縁の前には櫻の白い花びらが散つている。その白い地面から春蘭《ほくり》が延び上つて、莖の頂きに淡黄の一箇の花をつけている。嬰兒の啼聲で花は點頭する如くに搖れた。春蘭は鹽漬《しおづけ》にして櫻湯の如く飲用するのを、綱四郎の父・重春が好んで植えたのである。

洗面を了えると綱四郎は言つた。「お父上の御樣子は、何うじやな。」

「ずい分と、もうおよろしい様でございます。」

「そうか。——では少しお話し申したい事がある。これより參つて差支えないか、うかがつてみてくれい。」

るんは眉を張つて夫を見上げたが、「はい」と低く應えて、運びかけた盥を再び下に置いて、廊下を渡つて行つた。鍵の手に廊下を曲る時るんが顔をそむけ、指で頰を拭うのが見えた。

長兵衞重春は時疫が存外ながびいて、半月あまりも床に臥した儘である。綱四郎が這入つて行くと、それでも家來の與右衞門に脇息《わきづき》を引寄せさせ、身を起した。

「およろしいのでございますか。」

るんが急いで重春の背に廻つて、手を添へながら怙《ちち》の顔をのぞき込むように、明るく笑いかける。重春が無理に病身を起こしたのも綱四郎が言わんとする事を知つているからである。るんも無論察している。それで少しでもこの場の空氣を柔げようと鐵漿《おはぐろ》の口許を綻《ほころ》ばした。瓜實《うりざね》顔にそれが却つて艶冶《えんや》な感じを増した。

「大丈夫ですかな。」綱四郎も微笑を眸に含んで問掛ける。

「——何の。わしが身には筋金がとおつて居る。」

「左様でござりましたな。父上は大坂の陣に殿の先手を仰せつかつた程のお方じや。百歳までもお生きなされましよう。」

るんはその間に與右衛門に合圖をして座敷を出た。二人になると、表情のおだやかな綱四郎の眼に強い光がこもつた。綱四郎は連也齋との試合について大略《たいりやく》を説明した。

聞き了つて、重春は言つた。

「お上のお許しが出たとあれば、試合の是非を兎や角は申すまい。存分の活躍をして殿の御感《ぎよかん》に應えるがよい。――が、その方から先に試合を挑んだ所存を、念のために聞かせてくれい。」

綱四郎は答えた。「御紋を守ろうと致されしは却々《なかなか》の心得にて、それがしとて柳生どのの處置には感服を致しまする。併し、あの折若し、それがし未熟にて矢を摑むはおろか、拂い捨てるさえ恊わねば殿の身に一大事が出來《しゆつたい》致して居りましょう。されば、渡邊どのの申される矢が御紋に中《あた》るも萬に一、それがし誤つて殿の御身傷つくも萬に一。同じ萬に一の場合を要愼《えうじん》致すが兵法なら、當然、先ず殿の御身を守るべきが臣たる者の道。されば柳生どのの處置は、兵法者として全きものかは存じませぬが、家臣としては許すべからざる行爲と存じ、敢て責誚《せきしよう》致すに、兵法者には兵法を以てと、試合を挑んだ次第でござる。」

「…………」

「今一つの理由は、父上も御存じのように、以前に新免先生より某、いささかの太刀捌《さば》きを傳授致されて居ります。云えば、寸前に矢を摑み得たのもその『見切』の心得があればこそ。――然るに柳生どの御紋の前へ走られましたは、我が『見切』を侮《あなど》られた故にて、申せば新免先生の『見切』が辱められたも同様でござりましょう。よつて」

「いや分つたぞ。……そうか、それ迄に考えての挑戦とあれば、儂《わし》も満足じや。責詰はともあれ、新免どのの辱めを雪《すす》ぐためには斷じて負けられぬ試合――その方一人の恥では濟まぬぞ。」

「承知致して居ります。」綱四郎はしずかに笑みを泛《うか》べた。

暫くして、また重春が言つた。

「萬吉が又、泣いて居るようじやな……あれらは、何とする?」

「一旦、るんともども千賀家へ返そうと存じまする。」

「――」

「柳生どのとて若君さま御師範役を仰せつかつた程の名手。まして、當代第一の如雲どの（兵庫介のこと）が、如何ような手段《てだて》を授けられるやも知れませぬ。」

「綱四郎、萬吉は未だ二歳じや。その方に萬一のことあつては、折角の、新免どのの素懷《そかい》がこの尾州の地に絶える――」

「父上。……勝敗は兵家の常。さりながら、某にも多少の覺悟はござりまする。」

低いが、性急《いつてつ》な父を冷たく跳ね返す語氣であつた。

父の部屋を出た綱四郎は次に己が座敷へるんを呼び入れた。るんは何事も覺悟していることなので、「わざわざお言葉をおかけ下さいまして、嬉しゅうございます」と氣丈なところを見せて、實家へ戻ることを承知した。

綱四郎は妻子の身を豫め依賴しておくため、舅の千賀八郎宅へ出向いた。

恰度鍛冶町の明珍甚兵衞が家の角へ差しかかつた時である。綱四郎は角を曲ろうとして、ふと歩み停ると、潮に流される船のように、來た道をすーつと後戻りした。そして刀に手をかけた。

ゆつくり、辻を曲つて現われたのは連也齋である。小脇に拜領の硯箱の包みを抱えている。

綱四郎には相手が下城する所と一目で見えた。

連也齋は立停つた。綱四郎との間にはほぼ五間餘り距りがあつた。恰度綱四郎は鍛冶職甚兵衞の表戸の前に立ち、連也齋は塀のはずれに立つた。そのまま睨み合つた。名古屋城築城の折、大工棟梁、疊職等が各地から名古屋に集つて、築城後も住みついた者が多い。明珍甚兵衞もと伏見で店を張つていた鍛冶職である。その甚兵衞方から走り出た小僧が、綱四郎の容子を見て何事かと怪《あやし》み、ついで首《こうべ》をめぐらして連也齋を見るや忽ち顏色を變えた。異様な殺氣が此者にも察する事は出來たのである。

連也齋が一歩、踏み出た。綱四郎は斜め左に下つた。それと見て連也齋は今度は右へ右へと廻り出した。道幅はさして廣くない。みるみる距離がせばまつた。

連也齋の背は塀を擦つた。綱四郎は向い側の溝の端《はた》を踏んで移行した。附近を往復する町家の者が、何氣なく近寄つて來てその場に竦み立つた。連也齋は射るように綱四郎を凝視し、綱四郎は低い構えで鯉口を切る。

此時、明珍が家の軒傳いにやつて來た黒い斑ら猫が、音もなく道路に跳び下り、四圍を見廻してから、悠々と、道を横切りはじめたのである。猫は聲もなく對決する兩人の眞中へ歩み來て、不意に殺意に感電した如く總毛立つて四肢で立つた。その間も連也齋は右へ綱四郎は左へと移動した。

二人は何時しか元とは反對の位置に來て居つた。やがて、つつ……と双方同時に後へさがつた。

「いずれ天白ガ原でじや」綱四郎が聲をかけた。

連也齋は「おう」と呻いて箱を抱え直した。

猫は甦つた如く溝を躍り越えて一氣に疾《か》け去つた。

＊

三日目。

連也齋は曉闇を突いて江戸へ發足している。各宿驛には常備に百匹の傳馬が置かれてある。

休みなくそれ等の馬を驅つて尾張から江戸へ一日はかかる。試合當日の廿一日拂曉には尾張へ戻つていなければならないので、昨日、豫め兄利方、柳生道場の門弟一同と別れの盃を交し、小林に父兵庫介を訪れた。

兵庫介は七十一歳である。前年小林の第に隱居して如雲と號し、知行代りに二百石を給されていた。如雲は綱四郎との試合を連也齋に宥したが、父子の對面をするのは、事件以來この日が初めてである。

父の前に通つた連也齋は、改めて經緯を話し、主君より指示された試合の條々を話し、前夜の三之丞との道場の一件を話し、今日、鍛冶町にて綱四郎と行き會つたと話した。如雲は爐の前に胡坐して、榾《ほだ》を焚き乍ら、煙そうに折々顏を顰《しか》めては口をほそめて、火を吹いた。もんぺの膝が胡坐と見えて實は半跏に組まれている。京都妙心寺で、昨年、禪に參じた名殘りである。背後の床に新陰流正統の寶刀――出雲國永則が架けられている。この大太刀は元弘時代の餘風によつて足利三代頃に造られた。刄長四尺七寸五分、自在に振廻すなどという上手な事は出來ない。曾て兵庫介は從者に之を持たせて武威を示し、人を訪う時は居外に護持せしめたが、身には一尺ばかりの一ふりを差すのを常とした。今は丸腰である。

如雲は連也齋が仔細を話しおわつても一向に口をひらかなかつた。漸やく燃え立つた火が、牙彫《げぼり》の翁のような皺の深い顏を赫々《あかあか》と照らし出す。連也齋も、伏目に火を瞶めつづけた。父子はそうして半刻あまりも默つて對坐していた。

若林勝右衞門が單獨に訪ねて來たのは恰度この時である。勝右衞門としては、使者として試合の條々を取定めた一應の責任がある。勝右衞門を柳生側の使者に仕立てたのは兵庫介如雲だつたからである。それで、連也齋自身から傳えられてはいるであろうが、一應報告に來た。――それと、實は勝右衞門は、連也齋も却々に使うが併し綱四郎には及ぶまい、と密かに思つている。と云つて、如雲ほどの人物が柳生流に疵のつくような試合を子に許すとは考えられなかつた。だから何か、綱四郎の「見切」に勝る術を如雲は了知して居り、それを連也齋に教える肚《はら》に違いないと考えた。如何ようなそれが術か、能うなら窺い知りたい野望があつて出向いて來たのである。勝右衞門も兵法に生きる者である。こういう野望がなければ、輕々に使者の役目など引受けはしなかつたろう。

――が、野望をさあらぬ態《てい》につつんで、柳生父子の對坐するこの庵室に這入つて勝右衞門の目にしたのは、思いも寄らぬ光景であつた。

兵庫介如雲は、「試合に負けよ」と連也齋に命じたのである。顏色の變つた連也齋に、そしてこういう事を言つた。

――武士は主君あつての身上であるから、主君に過ちのある時は臣たる者が責任をとらねばならぬ。今度の試合は、もともと連也齋の行爲に起因し、剩《あまつさ》え家中の歷々を騷がせた。この責は切腹にあたいする。それを、御老體（渡邊守綱）の適宜の措置によつて當座のお手討をまぬがれ、切腹の機會が與えられたのも覺らず、べんべんと生きながらえたのは、萬死を以つてもお詫びの叶わぬことである。試合えばいずれかが命を捨てるが、連也齋はかくの如き愚物、綱四郎は物の用に立つ武士。自ら、國家の爲の得失は瞭然である。卽ち其方死ねと如雲は言ったのである。

連也齋は項垂れて言葉もなかつた。が、やがて、項《うなじ》を反らして昂然と言つた。

「只今のお詞《ことば》肝に銘じました。併しながら、鈴木氏とそれがしと、孰れの武藝が眞に物の用に立つかは、試合を致さねば分りますまい。」

「勝てると思うか？」

「分りませぬ。併し、負けようとも考えられませぬ。某とて、若君さま稽古のお相手仰せつかつて參つた身。——お詞を返すようですが、若しそれがしの敗けに相成りましては、それこそ、若君さま物の用にも立たぬ武士を相手に稽古をなされたと、世の物笑いになられましよう。さればもはや私事の恥では相濟まぬ不忠——」

「だから勝つと申すか？」

「……かならず。」

連也齋は青ざめて、頷いた。如雲は懶げにチラとその顏を見上げ、火箸で炭をついで、火に

顔を近附け眉根を寄せて、吹いた。火箸が手の中で巧みに握り代えられていた。忽ち連也齋は二間餘り疊をとび退つて、

「父上、冗談はなりませぬぞ」と叫んだ。

勝右衞門さえ氣附かなかつた如雲の殺氣である。如雲は、火箸を炭火の中へ、ぐつと突差した。

その夜、勝右衞門が不可解な面持で名古屋へ歸ると、

「見切を制覇するには『影』を斬るのじや」と如雲は教えた。

「よいか、工夫は其方がする事じや。必ず、相手の影を斬れい。」

綱四郎は何物かに襲われた氣配にパッと蒲團を蹴つて起きた。るんは綱四郎に背を向け、己が床で萬吉を抱いて眠り入つている。一夜明ければ實家へ歸されるので、るんは身悶えをして、無心に睡る嬰兒の方を見詰めつづけて夫の下で聲を忍んで歔《な》いた。その疲れでか、綱四郎の跳ね起きたのも知らずにいる。綱四郎はいそいで燭を吹消した。そうして、耳を澄ました。

武士が夜間睡眠中に敵の襲來をうけた場合、どの樣に防げばよいものかと或る小姓に問われて、綱四郎はこう答えたことがある。「睡眠中のことは我らとて別によい防ぎ方はない。誰でも知つている通り、先ず戸締りを忘れぬ事、次に仰向けに寢ぬことである。仰向けに寢る事は

此處を突けと示す事にひとしい。横に寢れば、たとい少しの手疵を受けても防禦の出來る場合が多い。第三に枕刀を蒲團の下に置くのは云う迄もないが、いつも同じ處に置いて場所を變えぬ事である。イザという場合其處へ手がゆく。第四は鼾をかかぬ事。鼾をかくは敵に不覺を示すものであるから、口を塞いで寢れば鼾は搔かぬ。そのほか、大醉、飽食、過勞などの後は必ず熟睡して我らとて死人同樣になる。かような場合には平生家人に言いおいて氣をつけさせるより方法《すべ》はないが、武士として一身の守りを他に依賴するのは恥ずべき事故《ことゆえ》、御用の外はなるべく饑飽勞逸《きほうろういつ》を平均にする事を心掛けねばならぬ。尙、我が體驗によれば、常に心を練つて氣を安靜ならしめて置けば熟睡しても事があれば目が覺め易い。その他は心に油斷せぬ事。行住坐臥いやしくも耳が聞き、眼に見る事は何事にも氣をつける。每日同時刻に聞く寺の鐘とて同樣である。これは甚だ煩雜に似ているが、その瞬間のみであとは滯りさえせねば何でもない。日々かようにして行く裡には次第に心に油斷なき癖が出來る。之を熟睡中に試みると、少しの物音、少しの氣色にも目が覺める。そうして目覺めても事がなくば直ちに睡れるから養生の害にはならぬ。これで多少萬一の場合の間に合うであろう。此外に睡眠中に來る敵の害を避ける仕方はない、心を練つて物に動ぜぬ樣に修行する事が第一である」と敎えた事があつた。

綱四郎は枕刀を再び蒲團に敷いた。自らも床に就いた。暗さに目が馴れると。もう白々《しらじら》明けである。忍び來る者の氣配はなさそうなので、何時か又ウトウトと眠り入つた。杳《とお》く、蹄の音が聞えて來て、疾風のように消え去つた。

*

名古屋から岡崎へ略《ほぼ》十里、岡崎から御油、古田、白須賀、舞坂の宿場を經て濱松へ廿八里、府中へ廿里、箱根の嶮を越え、小田原、加奈川を經て江戸へ〆て九十里である。連也齋は江戸尾張屋敷へ早馬で三月十九日夕景に著いた。

江戸城北郭内に屋敷がある。連也齋が突如下向して來た理由を光義は知る筈がない。連也齋から目通りを願い出ている旨を小姓が取次いだ時光義は湯浴《ゆあみ》をしていた。

「何、嚴包が參つたと？　構わぬ、これへ通せ。」

光義は湯ぶねに棒立ちになつた。小姓は引返した。光義は糠袋も使わず風呂から直ぐ上り場へ出た。通常、光義ほどの身分になると、風呂を出れば襷に袴の股立をとつた湯殿係りが糠袋で體を洗う。顏や手など一々糠袋を取替える。澆《すす》ぎ了つて上り場へ出れば、其處に白木綿の浴衣十枚程備えてあり、湯殿係りはこれを採つて、一枚掛けては去り掛けては去り、肌の乾くまで之を取替える。手拭は絶對使用しないのである。さて光義は氣がせくから、次々に浴衣を着てはパッと捨て着てはパッと捨て、七八枚脫ぎ替えたところに連也齋が現われた。

「よく來たぞ嚴包。」

光義は小姓の着せかける着物の袖に上の空で手を通した。連也齋は其場に下坐をした。ほこりと汗にまみれた衣服は無論あらためてある。併しぶつとおしに馬を驅つた疲勞の色は覆うべくもなかつた。

「久々に御尊顏を拜し、嚴包――」

「よいわ、挨拶は拔きにせい。突然の下向……一體何事じや。」

連也齋は默つて、否々と首を振つて、此處では申上げられぬ、という意を示した。

すると光義は不審な顏をした。二年前、例えば光義が野駈けをしようと云う、連也齋は首をふる。その時は道場にて竹刀を合わせましようという意味だつたのである。突然尾張から赴いて來たのは、それでは何ぞ新たな太刀の工夫でも致したのか。光義はそう思つて、連也齋の目の奧をのぞき込んだ。幼少から茂左衞門利方に指南をうけた身である。次いで連也齋の受太刀を相手に修行して、殿樣藝の域は夙に拔いている。連也齋もいかついが光義の上背はそれ以上ある。上から覗《のぞ》き込むように連也齋の顏色を光義は讀んだ。

風呂場を片附けて、一人の小姓がこの時戶を開け、そつと主君の樣子を窺つた。みるみる湯氣が戶口から襲來して光義の顏を包み隱した。

光義は改めて連也齋を奧座敷に隨え、其處で對面した。置かれてある調度の品々、床の刀架《とうか》の金《こがね》作りの佩刀、部屋のたたずまい全て二年前まで連也齋の親しみ馴染んだ儘である。連也齋

は、呼吸を吸い込んで打眺め、見了つてほつと吐息した。如何にも懐しげなその擧動を上座から光義は見戍《みまも》つて、

「江戸へ參つたわけを話せい。嚴包、――おれの目は欺されんぞ。」

と云つた。

連也齋は顏を戻した。靜かに、

「新陰流印可相傳のために參上致してござる。」

と言つた。

「まことか。」

光義の面に遉《さす》がに喜色が溢れる。光義は思わず膝を乘出して水のひろがるように笑みをうかべたが、途中でそれがこわばつた。

「まことにおれに印可を呉れるかい?」と強く尋ねた。

「御意。」

「ならば其方、死ぬ氣じやな。」

「……………」

「申せ。わけを聞かせい。おれとお主の仲は、ただの主従とは思わぬぞ。」

連也齋は皓い齒を見せて笑つた。「……お詞忝う存じまする。なれど印可相傳の儀に他意は

ございませぬ。本日只今、お稽古所にて柳生新陰の表太刀並に裏太刀悉く相傳えましょう」と言つた。それ以上は、何としても打明けなかつた。

だが光義も暗君ではない。理由は分らぬ乍らに連也齋に死に花を咲かせたいという氣になつた。二人は邸内御稽古所に、人拂いをして、木刀を交えた。光義の、連也齋への思い遣り、言葉を代えれば「なれ合い」の心情などは一瞬吹き飛ぶ程に、連也齋の傳授の仕方は烈しいものであつたと後日光義は述懐している。

が、とまれ玆に光義は連也齋の相傳を得て、柳生流新陰正統六世を繼いだのである。新陰正統の初代は上泉信綱である。二世は徳川家康を指南した奥山休賀齋、三世が兵庫介、四世義直、五世連也齋を經て光義の六世に至るわけである。

相傳を無事に了えれば連也齋には最早思いの殘ることはなかつた。江戸へ下つた目的も一に此事に關つて居つた。渠《かれ》が面上には綱四郎の挑戰を受けて以來初めての解放感と、喜悦と、つよい疲勞の色があらわれた。双方で木刀を斂《おさ》めるや連也齋の方はその儘稽古所の床板に坐り込んでしまつたと傳えられる。九十里を半日で駈けつけて來て、精魂こめて激しい太刀捌きで相傳した、云えばそれが光義の恩に報ずる連也齋のせめてもの誠實の表現だつたのである。綱四郎は强敵である。父兵庫介如雲の前で言いきつたことばに噓はないが、技倆の伯仲した二者の試合で、連也齋が（若しくは綱四郎が）必ず勝つと斷言出來る者は實は誰一人ない。恐らく勝敗は瞬時にして決するだろうが、見る者には、ふとした物のはずみで一人は勝ち、他は負けたとしか見えぬ――そういう勝負になろう。――が、この身が敗れるにしても、柳生流正統の系譜は遺しておかねばならなかつた。

ところで相傳の儀がおわると、光義は近習の小姓を集め連也齋歡迎の宴をひらいた。連也齋は欣んでこの饗應を受けたが、あらかた酒盞《しゆさん》も廻つた頃、九十里を再び引返さねばならず、相傳も濟んで且つ暇乞いも充分にした事だから、この夜のうちに尾張へ引返すつもりであると申し出た。酉《とり》ノ刻頃であつた。光義は「それはならんぞ。何としても卽刻江戸を發たねばならぬとあらばまだしも、先刻參つたばかりではないか、ゆるさんぞ」と言つた。惜別の情が語氣に凝つて吐き出された感じであつた。强いて發たねばならぬわけではない。半日で來たものならあと半日で歸れる道理である。併し、試合まで中一日の休息は何としても必要である。連也齋は盃を伏せた。

すると、

「待て嚴包、其方が歸路をいそぐ理由は、もう問わぬ。その代り、おれが贈物も受けねばならんぞ。」

「如何ようなものでござる。」

「名前を申せば受取るか？……三《さん》じや。」

聞いて連也齋の顔面から血が退いた。

光義は武技に長じたが、學藝をも好んで、和歌は佐野紹益に古今集の傳習を受け、能樂、畫、茶道にも通じた。書は後西天皇、關白近衛信平と共に三蹟《さんせき》の稱がある。

さて和歌を學んだ佐野紹益の一族で、同じく和歌をたしなむ美倉《よしくら》好意という者があって世田谷に住して居つた。世田谷は元來北條一門の支配地である。北條氏滅び德川の天下となつた後も、土着の鄕士は「ごほうじようさま」と敬稱して私かに德川氏より高きに置いた。剛毅の光義は却ってその習を奇として遠駈けに屢々《しばしば》世田谷一圓を選んだが、茶の接待など受けるうちに好意の和歌に造詣深いのを知って、何時か親しく言葉を交すようになつた。

或る時、美しい娘が婢《はしため》に混つて茶を運んで來た。それが美倉家の女三《さん》である。三はさる高家の奥に仕えていて、お暇が下りて戻つたのであると好意が茶呑咄に話した。それ以後暫く光義の世田谷に遊ぶ囘數の繁くなつたのは異とするに足りぬが、武邊一ぺんの連也齋にそれは思いもよらぬ豐醇な美酒を掬ませる結果となつた。光義と連也齋は同年である。三の方が、己れに總和《ふさわ》しい相手として連也齋を選んだのである。明敏の君主と稱された光義もまだまだ若かつたから、間もなく連也齋は若殿附きより國詰となつて江戸を逐われた。併し三は光義の思惑に反して、三月あまりのち、稻垣若狹守の臣菅原太右衛門に嫁いだのである。稻垣は將軍家に仕えて書院番頭である。

光義は初めて己が痴情を恥じたが、同時に三の心情をあわれに思つた。然るに去年十月、三の夫菅原は時疫で急逝したのである。嫁いで僅か一年に満たぬ。

光義は今日連也齋の意外な出仕を享けて、渠が身邊に變事のある事を察した。法に觸れる罪《つみ》科《とが》を犯したのであれば、よも目通りは願い出まい。これは何ぞ、武門の意地で死地に赴く爾前《じぜん》に相違ない。そう考えて勃然《ぼつぜん》と寡婦の三が事を想い出した。光義は酒宴の支度の整う迄、旅の汗でもおとせと連也齋に入浴をすすめておいて、菅原家へ使者を走らせたのである。使者の口上には「これ迄も何度となく非理の願いを申し出したが、これが最後の無理である。どうぞ、今度の願いだけは愜《かな》えてくれい。嚴包は死にゆく身じや」と言わせたのだ。三は暫く膝に眼を落して考えていたが、陷入るように頤を襟にうずめて、頷いたという使者の返事である。

三は、麴町の藩邸へ出入の商人・鍵屋六兵衞方で、連也齋を待つている手筈であつた。血の引いた連也齋の瞼のあたりに先ず血がのぼつた。ついで顏面一面に紅潮する容子を見のがして、光義は手の盃盞《はいさん》を眺め、それを飲み干した。

連也齋は鍵屋六兵衞の離座敷へ行つた。三はすでにうるみきつた双眸をあげて、座敷内で、這入つて來る男を祈るように瞬《みつ》め入つた。あとからあとからと泪が双眸を溢れた。連也齋は上座に著いた。渠はその人が既に人妻であつたことを此時はじめて知つたのである。

後悔や、失望や、瞋恚《しんい》や、自戒や、そういう様ざまな屈折を辿つて二十五歳の兵法者が已れを抑えたことは矢張り讃美に値する。兩人の間には、そのうち、涙を斂めた三の淡い微笑もまじえて、何氣ない思い出話や、互いを傷つけぬ範圍に身の事情が話し合われた。連也齋は間もなく三を促して商家のこの座敷を出た。場所を更え、料亭の新しい座敷に、新たな感動で對い合つた。三は、「これ一度きりなのでございますね、ほんとうに、これ一度きりなのでございますね」と繰返して泣いた。

二人は綺麗な體で眉を並べてこの夜眠つた。翌朝卯ノ刻、疾風のように騎馬で品川宿を通過する柳生連也齋を見た者がある。その後で三は自刃した。

*

連也齋に三がある如く、綱四郎にも妻の他に美和というおとめがある。美和は船奉行千賀八郎信親の屋敷に下働きをしていた女中で、もとは漁師の娘である。るん懐妊の間、鈴木家を手傳つていて綱四郎の情けを受けた。るんが無事男子を出産すると、美和は自ら身を退いて父の許に皈《かえ》つているが、これはるんに申譯なく思つたからではなくて、むしろ夫婦の睦《むつ》みを目のあたりするのが苦しかつたのだろう。今日のモラルで綱四郎を責め得ぬと同様、美和のこの心情も吾人は非難し得ない。

いよいよ試合の日が明日に迫つた三月二十日、綱四郎は美和の賤ガ屋を音ずれ父なる漁師に乞うて、舟を借り、美和に伊勢灣へと漕ぎ出させた。美和にも天白ガ原での試合の噂は聞えている。それで、わたくしとの最後の別れを船上でなさるおつもりなのかと美和は思い、明日を控えて心を静めるお考えでもあろうかとも想い、悲喜交々の情を波に託して櫓《ろ》を漕いだ。綱四郎は舷《ふなばた》に腕をかけ、髪を風に弄らせて細めた視線を遙か水平線に注いでいる。水平線は右に傾き、次いで左に沈む。知多半島の鼻が左手に霞んで見える。

綱四郎は瓢《ひさご》を携えていたが、酒は酌まず、舟の人となつても美和に話しかけようとしなかつた。それで美和も默つて櫓を操つた。

ふりかえつて、濱の民家がようやく認められるほどの沖へ來た時である。ふと、彼方のうねりに漂流物の見え匿れするのを美和は認めた。沖に浮いているものならば菜つ葉の尻つぽでも漁師の娘には興味があるので、美和は漂流物に視線を注いで艫《みよし》をその方に向けて、漕いだ。海面にサラサラと波音をたてて舟は進んだ。次第に美和の表情はこわ張つた。——死人だつたのである。

綱四郎が美和の氣配で物憂げに顔をめぐらした時、當の美和はもう方向を轉じようと懸命になつて居た。明日試合の綱四郎に見せてはならぬものと判斷をしたのである。併し綱四郎の目

を欺ける道理はなかつた。綱四郎はじつと浮流物を見ていて、

「揚げてやれい。」

と乾いた聲をかけた。

死びとは、女である。手をひろげて仰向けに浮いて居る。腰に湯文字を纏つただけの肌が、水に青く染つて、膨れた腹部と固い乳房に陽が當つている。

濱に打上げられた死體は幾つか美和は見ているが、浮いているのは初めて見る。舟が近づくにつれて、海面の作用で手足が伸びたり縮んだりしている。その度に娘の死の表情が變化する。死體に近づくと美和は言つた。

「舟が傾きますゆえ、どうぞ、そちら側にお凭れになつていて下さいませ。」

そう言つて美和は櫓を手放し、己が袖を捲り上げ、死體に近づくや白い猿臂《えんぴ》を延ばして死びとを摑んだ。

しかし、女の手には重すぎる相手だつた。

綱四郎が立上つて近寄つた。

「なりませぬ、かような不浄なものに手をおつけなされては。」

「よいわ。」綱四郎は美和を押しのけるように舷から身を乗出して死びとの腋に手を差込んだ。

美和はあきらめて、裾に廻つた。ひやりと冷たい股の方を抱えて、それから二人で舟に引揚げ

た。綱四郎の袴が水沫《しぶき》で一面に濡れた。美和は女が死んでまだ間のないのをこの時知つた。手《て》触《ざわ》りに彈力があつたからである。

舟笭《ふなとこ》に横たえられた死人の顔は、いくらかむくんでいたが、黒髪に絲のような海草がついている。海底を轉がされて沖に出て浮いたものに相違ない。併し傷はひとつもなく綺麗な屍である。岩底なら傷がつくから、砂底を轉つて沖に出たのである。肌が磁器色にすべすべして、固く尖つた乳房のまわりが透いて見えた。殘つた水滴が水玉のように光る。腹がふくれて、溺死である。

綱四郎と美和との間には、そういう若い娘の死體をはさんで、妙に氣づまりな沈默があつた。波がひとりピチピチと舟底を叩いた。美和は死人の容子を見、綱四郎を見て、又死人を見下した。少時思案をした。美和の活動はその直後にはじまつた。

死體を仰向けにして、先ず髮の海草を取つてやつて、湯文字の紐を解いたのである。溺死人が海女である事は美和には分つている。發育のいゝ乙女の全裸が舟底に長々と延びた。美和は死人の股をひろげて肛門を見た。色素が失せて肛門は開いて居た。砂色をした蟲が、もうもぐつている。死人は處女であつた。美和は次に腹に兩手を當て、壓力を加えると、そむけた口から海水がゴボゴボと迸《ほとばし》つた。さからいかねて喉の奥でむせつているような、かすれた聲がした。

腹部がかなりへこんでから、死人の上體を起し、膝の上に腹をあて背中をおすと水に混つて食べ物が出る。再び横たえる彈みに美和の手が死人の額にさわつて、閉ざされた瞼があいたので、美和はあわてて眼をつむらした。それから思い出したように、死人の指を檢べた。女にしては太い指の爪先から、白い蟲がこぼれおちた。死體を食う「すいぼう」という蟲である。蟲は爪の間にうようよ喰込んでいる。これがいてはもう、人工呼吸を施しても甲斐がない。

雲が出て海の色が變つた。美和はわけの分らぬ面持で再び眺め直した。それから己が着物を脱いで、襦袢《じゆばん》の一枚を、肌が大理石のように輝いている死人に掛けた。

美和は若し、この死人が生きかえれば綱四郎は明日屹度勝つ、生きかえらねば……そんな氣持で手を施してみたのである。美和は綱四郎と目をあわす勇氣がない。

「生きかえらぬか?」はじめて、綱四郎が聲をかけた。この時まで、渠は美和の處置を好奇の目で見戍《みまも》りつづけていた。

「はい……」

美和はうなずいて、急に風の冷たさが肌に沁み襟を掻合わせた。小舟に死體が横たわつているので、綱四郎は死人の頭の方の端に、美和は舟尾と離れている。

綱四郎は、胸もとに美和の貧しい肌襦袢を蔽われてやさしくこちらを睨んでいる、そんな瞼の閉じ方をした死人を、瞬きもせずに凝視した。綱四郎が主君義直に親しく別れの詞を賜つたのは昨日である。その時までまだ綱四郎の方は検分をえらんでいなかつたが、たまたま一人の小姓が伺候《しこう》を了えた綱四郎を廊下に追いついて來て、「もし。明後日の試合には是非ともお勝ち下さりませ。某、今日で四日、荒子觀音にお祈りを致して居ります。屹度、御加護を蒙《こうむ》られましよう。」

と言つた。如何にもそれが眞情の溢れた容子なので、綱四郎は頬笑んで姓を尋ねると、小十人組で服部小太郎と應《こた》えた。綱四郎は思いついて、「いつそ、お手前が検分をお引受け下さるまいか」と言つた。

小姓は歡喜し、「左様の大役、それがしにて相愜《かな》いますなら、何卒《なにとぞ》」と答える。綱四郎は其場で小姓を己が検分と定めたが、その服部小太郎と、水死人は瓜二つである。

「……美和、風が出て來たようじや、そろそろ引上げい。」

「はい。……でも、この佛さまを」

「重いか――?」

「はい。」

「そうか、――よいわ。」につこり笑うと、美和があつと叫ぶより早く綱四郎は、舷から海へ水死人を蹴落した。

＊

試合當日。

鈴木綱四郎が屋敷を出たのは寅《とら》ノ下刻《げこく》、試合の場所愛知郡天白に辿り着いたのが卯ノ刻である。

屋敷を出立する半刻前、服部小太郎が検分の身装《みなり》で小者一名を従え鈴木家へ到着した。小太郎は爽かな朝氣を胸腔一杯に吸つて、晴天を仰いで「よい日じやぞ、よい日じやぞ」と二度繰返した。小太郎は荒子觀音の加護を瞬時たりとも疑つたことはなかつたのである。

綱四郎はこの朝行水をして月代を剃つたが、病父に朝の挨拶を告げたあとで、座敷の襖障子を全て開き放つて、父と並んで少時庭の草花を觀賞した。試合を一刻後に控えて下僕婢に至るまでが緊張をしすぎている。そのため却つて粗忽があつては物笑いになる。それで家内一同を安心させるために常とかわらぬ主人の様子を見せたのである。小太郎の到着を俟《ま》つてから試合の用意にかかつた。差料は豊後國行平の拵付太刀《こしらえつきたち》に包永の脇差、包永は新免武藏が名古屋を去る折與えたのである。主君より拜領の絹服を着て、ひそかに伽羅《きやら》の香を焚き込めた。玄關に降り立つた時綱四郎は草鞋《わらじ》の緒を男結にして、餘つた緒を小刀で切つて捨てた。

天白ガ原に綱四郎が達した時には既に國奉行酒井久左衛門配下の手によつて四邊が見廻られ

ていた。柳生連也齋の姿はまだなかつた。漸やく太陽が東鄉の林の上に昇ろうとしている。尾州の全藩士が今日の試合の結果を、或る者は城中で、非番の者は己が屋敷にあつて、息をつめて待つている。試合の刻限が近づくと義直も天守に登つて天白ガ原を眺望したのである。

卯《う》ノ下刻になつた。試合のほぼ一時間前である。朝露を踏んで急ぎ足に來る跫音《あしおと》が天白ガ原の西——管田の邊りにした。連也齋の現われるのを待ち兼ねた綱四郎は牀几を蹴つた。既に袴の股立を取り、白襷に白鉢巻を緊めている。天白ガ原へ入る道は三筋ある。飯田街道を赤池から天白ガ原の東口へ出るのが一つ、管田・島田より小徑づたいに西口へ出るのが一つ、德重より稜線を辿つて原の中央へ出る道が一つである。跫音が近づいたので服部小太郎はぱつと綱四郎の傍を離れた。

「早まるでないぞ、わかばやし、若林勝右衛門じや。」

心持ち上ずつた叫びをあげ勝右衛門が一散に走つて來た。刻限は辰ノ上刻だが、その時刻を俟つて、では始めましよう等という眞劍勝負はない。出會つた時が勝負である。だから綱四郎は一刻前に到着し、勝右衛門は聲を大にして叫ぶのである。

綱四郎は、かけていた刀の柄から手を放した。勝右衛門は汗も得拭かず、柳生の屋敷にも小林の兵庫介の第にも連也齋の姿はない、と告げた。

誰も逃げたと思うものはない。この言を聞いて、むしろ、では既に奈邊《なへん》かに潜み匿《かく》れているのではないかと、はつとした。異様な緊張が、此時から小半刻の天白ガ原を領した。連也齋は併し、辰ノ上刻寸前に小徑づたいの西口から現われたのであつた。

連也齋がひそかに工夫を重ねて尙解けなかつたのは、父如雲が教えた「影を斬れ」の謎である。渠は「影を斬る」この祕太刀が會得出來なかつたので、池鯉鮒《ちりふ》に戻つた時馬を捨て（三月廿日深夜）、東海道を採らず當初は東郷から赤池の道を、天白ガ原への東口へ出るつもりで歩いた。東口からなら、太陽を背に受けて敵對する。この地の利を知らぬ武藝者もあるまいが、だから東口への道を連也齋も採つた。

丁度福田邊で夜の白むのを見て、赤池にさしかかつた頃太陽の昇るのを見たが、飜然と其處で劍理を悟つた。それで遽《にわ》かに迂回して、わざわざ西口の管田の徑へ出たのである。

「待つたぞ、柳生嚴包。」

綱四郎は、連也齋を西口の草叢に見出して叫びかけると、太陽を背に、天白ガ原の中央で巖の如く立つた。「お手前とは、いつかはこうなる命運であつたろう。我を怖れず、それにしても、ようわせた。……來い。」そう言つて、行平の鞘を拂つた。

連也齋は草叢の中に一度佇立《ちよりつ》した。それから、これも太刀を拔いてつつ……と二三歩前へ出た。「綱四郎、飛矢さえ摑み取るその方、よも我が太刀を受け損じは致すまい。」

綱四郎は冷やかに笑つて、

「柳生が口辯の兵法もはや無用に致されい。」

云い乍ら下段に太刀を構える。

連也齋はツカツカと數歩前へ進み寄つた。勝右衞門は二人のはるか右方に、小太郎は左に立つている。試合は始まつた。尾張の全藩士が固唾をのむ筈の試合が、併し全藩士の思いも寄らぬ方法で、劍理で、はじめられたのである。兩人は遂に動かなかつたからである。

だが、靜止と見えて實は怖るべき創意の連也齋にある事を、遉に、若林勝右衞門は見破つた。勝右衞門は、聲もなく、思わず、項垂れた。

綱四郎は朝陽を背に構えている。足許から影が連也齋の足下まで延びている。連也齋はその影の尖端を踏んでいる。太陽はわずかにわずかに昇る。影はちぢまつて行くだろう。その太陽の昇るにつれて短くなる綱四郎の影の長さだけ、連也齋は進んだ。兵法者は進退に劍の一切を賭けている。武藏の見切は、敵のそういう進退を見切るのである。劍の作意がある限り、武藏の前にその作意は見破られ、卽ち相手は斬られた。連也齋は、進退をただ天の運行に託したのである。太陽は昇りつづける。森羅萬象は運行を偕にする。動かぬと見えて、影は少しずつ縮まり連也齋は綱四郎に詰寄つているのである。

普通、こうなつてはもう絕對に綱四郎に勝目はない。謂えば、連也齋の太刀先には天體の運行それ自體が意志となつて詰寄るからだ。人間のたくみや意志や術策など、こういう森象《しんしょう》の壓力の前には児戯に均しい。

綱四郎はまつ靑になり脂汗が顏面に流れた。時は容捨《ようしや》なく過ぎた。影は縮まつた。綱四郎は次第に追い詰められた。

併し、これだけなら、實はこの勝負に勝右衞門は頭を垂れたりはしなかつたろう。一人が勝つときまつた試合に莊嚴感はない。勝右衞門がうな垂れたのは、連也齋にも又、必敗の危險率はあつたからである。卽ち、太陽が雲に翳れば森象の影の壓力も忽ちに消える。剣技を無視した接近は、だから太陽を失えば一瞬にして復讐される道理である。この試合の勝敗の鍵を握つているのは、あく迄も天體である。

勝右衞門は暗然と空を仰いだ。この時雲が次第に太陽に近づいていた。雲は風で次第に動きをはやめている。地上の二人の兵法者の間も殆んどもう一方の太刀が相手を斃す近さに接近していた。太陽がより早く昇れば連也齋が勝つ。より早く曇れば綱四郎が勝つ……

わずかにわずかに太陽は昇つた。雲は近寄つた。太陽は照りつづけた。雲は近寄つた。連也齋は靑眼に構え、綱四郎は八雙に構えていた。勝右衞門は「うつ」と呻いて目を閉じた。

雲が太陽に追いついたと殆んど同じ瞬間、地上では二つの太刀が閃いたのであつた。

綱四郎と連也齋は、どちらもだらりと太刀を垂れ、身を接する近さで互いの眼と眼を睨みあつている。ずい分と長い間二人はそうしているように勝右衞門には思えた。

やがて、一人の額から鼻唇にかけてすーっと一條の赤い線が浮上った。線から、ぷつりぷつりと泡が吹き出した。するとその武士はニヤリと笑い、途端に、顔が二つに割れ血を吹いて渠はどうと大地に倒れた。

一刀齋は背番號6

作者曰――

ぼく小智小見にて未だ史實の正鵠を糾《ただ》すを知らず。斯界の善言善行の洩れたるを恨み思える事もふかかるべし。ここを以てか發表を止めなんも、はた宜しき也。しかはあれど、捨て惜かんも本意《ほい》にあらぬ心地して、讀書子を慰め、後士を善にすすめんためにかくは板行し、世の誹り人の嘲りを受く、後人あわれみあらば添削を仰がん。――昭和乙未《きのとひつじ》歳四月　康祐識。

一

その日は東京の春に珍らしく、風ひとつない晴天であったという。昭和三十…年四月のことである。十七世伊藤一刀齋と名乗る人物が、後樂園に突如現われて世人を驚かせた。

この日後樂園では、巨人・中日戰にさきがけ、素人打撃自慢コンクールなる催しがあった。

プロ選手の投げる球を、希望者の中からえらばれた九人の腕自慢が、打つ。守備は常の通り布かれている。ヒット（單打）なら二千圓、二壘打三千圓、三壘打五千圓、萬一ホームランを打てば、一萬圓の特賞が出る。別に、フィールドの内外にかかわらずフライ（若しくはゴロ）を打つと殘念賞として千圓が贈られる。ピッチャーは、巨人の別所毅彦という有名な選手であつた。――この打撃自慢大會に一刀齋は出場したのである。

はじめ、次々と出る素人たちは手もなく別所の剛腕にひねられ、殆んど三球三振で、なかば自羞の、或る者はテレかくしの頭など掻き掻き引きさがつた。ペナント・レースが始まつて最初の巨人・中日戰とて、集まつた四萬餘の觀衆はそれでも結構よろこび、五人目かに出た旋盤工の某君が一壘ゴロを打つたときなど、「カワカミ、トンネルしてやれぇ」とヤジなど飛んで觀衆はどつと湧き、手を拍《う》つてよろこんだ。さて八人目が、一刀齋であつた。

記者席にいた各社の運動部員などは、一刀齋がグラウンドに現われると、思わず顔を見合わしたそうである。――無理もない。打席に立つたその男はそら色小袖に、色のあせた木綿ばかまを穿いて居つた。草履ばきで、背には十字の襷を結んでいる。彼は先ず恭しくピッチャーマウンドの投手に向つて一禮をし、それから徐ろに、腰のバットを取つて、構えた。後に判明したのだが、これは「八雙の構え」というのだそうである。この身構えは恰も打者がバッターボックスに立つそれと類似している。

「……これからお打ちになりますのは、奈良縣の伊藤さまでございます。職業は、只今、武者修業中なのだそうでございます……」

場内アナウンスが紹介すると、ざわめきに似た失笑が起つた。併し大部分の観衆はまだ怪訝そうに、時代はずれな男の登場を見戍《みまも》つた。

怪訝のおもいは、別所投手とて同様であつたに違いない。別所は一度マウンドを外して、ダッグアウトの監督を窺つた。何か、この催しの主催者である讀賣新聞社が、興を添えるために仕組んだ芝居ではないかと思つたのである。併し、監督はニヤニヤとただ笑つている。矢張り腕自慢に出場した一人に變りないらしい。それなら、こういう珍人物こそ三振にうちとるが、一段と興趣の添うものであろう、と別所は判斷した。彼は力一杯、剛速球を投げた。男のバットは一閃して白球は左翼席に叩き込まれた。——本壘打なのである。

觀衆は呆氣にとられた。四萬五千の人に埋まつた巨大なスタディアムが一瞬、ごォーつと溜息で唸つたという。この時の様子を各朝刊紙は一齊に取上げ、殆んどが「笑い咄」めく小記事にしているが、中で、東京新聞の某記者は三段抜きにこう書いている——

「いや驚いた。一番おどろいたのは當の別所だつた様だ。往年の速球は幾らかおとろえたと思われるが、それでも別所のあの球を打てる者は、アマには鳥渡《ちよつと》見當らなさそうだ。打つたのは奈良縣高市郡高市村上畑と云う山奥から上京したばかりの青年で、二十九歳だと云つていた。野球をするのははじめてだと云つていた。山奥で木ばかり伐つていたそうだ。本當なら、各球團も外人選手ばかり雇わずこんな青年を仕込んだらどうか。剣道の心得があるそうだが、一、二年練習すればゴルフスウィング式に『シナイ打法』などがうまれるかも知れぬ。何にしても、世間には面白い男がいる。日本の球界もあながち捨てたモノではなさそうだ。」

この記者の豫言は、日を俟《ま》たず實現した。というより實はこの「素人打撃自慢コンクール」には後日譚がある。當日の巨人・中日戰のあと、別所毅彦は小首をかしげながら、もう一度、あの人物に打たせてみて呉れないかと、監督に申し出たのである。

というのも當日の別所は、常になく好調で、得意の剛球を驅使し、中日の各打者を四安打の散發に押えて二對零のシャットアウト勝ちをした。不調の折なら兎も角、西澤や杉山選手（いずれも中日の强打者だつたと謂われる）に對して投げたのと寸分違わなかつたあの球を、伊藤なる男はテもなくホーマーしたのは奇怪である、というのである。

この申し出は一應すじが通つている。プロ選手としてのメンツも多少はあつたのだろう。監督は少時考えて、許した。翌日午前十一時に、人氣《ひとけ》のない後樂園球場へ伊藤一刀齋敏明《としあき》を呼ぶことになつた。

宿舍は上野の二流旅館である。これは前日特賞一萬圓を渡す折、係りの者がきき取つてある。日刊スポーツ紙の或る若い記者がこの話を聞き込んで、巨人の差し向ける自動車に便乘した。

二

記者は倉橋光夫という。何度か尋ねあぐねて漸やく裏町のうす汚ない旅館の前に車を乗り着けると、倉橋は、素早く助手臺をとび降りて、

「伊藤さん、居るかい？」

氣輕に玄關の女中に聲をかけた。多分、このような旅館には高級車が乗りつけられることは稀なのだろう。女中は、少時ポカンと若い美貌の記者を見戍つたが。

「いらつしやるわ。」

うなずいて、「伊藤さんネ」とダメを押し、目の前の階段を驅け上つた。白い足裏が妙に印象的で、倉橋は昨夜はじめて寢た戀人の事をちよつといい感情で思い起した。今朝から負目の感じしか殘つていなかつた女なのである。

やがて、一刀齋が階段を下りて來た。ゆつくり、ゆつくりと踏み降りる。丹前姿で、毛臑の太い足がむき出しだが、朴訥そうな男である。見馴れぬ來客二人に鄭重な會釋をして、彼は女にほしい様な濃い睫毛をまたたいた。

迷惑でないなら後樂園へちよつと來て頂きたいので、と簡單な自己紹介のあと、球團の使者の方が要件を切り出した。何にしても、昨日一萬圓渡してあるということが、多少この懇請に

强制のひびきを添えたのは仕方あるまい。

一刀齋は逡巡した。

「いらつしやい、貴方の悪い様には、しませんよ。」

倉橋記者が氣輕に口を添えると、濃い睫毛をいよいよ瞬いて、一刀齋はしずかにこう訊いた。

「お手前も、御使者の方でござろうか?」

「お手前?……(おどろいたネこりや。)さ、左様でござるワ。」

記者は心もち胸を張つた。

一刀齋は暫時考えて、

「そう、御念を入れられたのでは、辭退も致しかねる。同道します。これにて、お待ちを願いたい。」

言い殘すと、くるりと背を向け階段を上つてゆく。やはりゆつくりしたものである。

見送つた目を、二人は合わした。

「本氣か?」

「そうらしいナ。昨日もあれだ。併しお前《めえ》の今の返事は、傑作だ。」

廊下の影から女中がこちらを見ている。倉橋は二階を指差して、これじやねえか? クルクルと頭で輪を描いた。女中は笑いかけて慌てて奥へ消えた。

「あれが本物なら、だけど、打つかも知んねえぞ。」

ふと眞顔で倉橋はそう呟いた。

一刀齋は二十分後、昨日と同じ扮身《いでたち》で後樂園のバッターボックスに立つたのである。二軍の選手が監督の命令で外野の守備位置に散つた。主要な選手は、ホームプレートわきに集まって、物珍しそうに一刀齋のこれからの動きを眺める。小聲に私語する者はあつたが、相手が現代ばなれのした人物なので、日頃ヤジの好きな連中も鳥渡、手が出ない。空は前日同様、雲一つない青さに澄み透つている。監督は眼で別所投手を促した。捕手はプロテクターを着け、中腰になつた。一たん打席をはずした一刀齋は、改めて昨日同様の禮を別所に送つた。すると別所も帽子の庇にちよつと手をあてて頭を下げた。

一刀齋は構えた。小さな囁きが見ている選手の間に起つた。八雙の構えに變りはない、という事は、バットを握る左右の拳の間が離れているのである。太刀なら知らず、バットをそういう握り方で振つて、打球が延びるとは考えられない。力學的にもそんなことはあり得ない、と見ている彼等は思つている。ただ、一選手は、曾て「神主」と綽名された强打者のいたのを思い出し、バットを立てた恰好がよく似ているな、とは思つたそうである。

さて別所は大きくワインドアップをし、渾身の力を籠めて、投げた。彈けるような快音がミットに残つた。一刀齋は棒立ちのままである。あまりその様子が從容たるものなので、

「伊藤さん、自由に打つて下さいよ。打つて。」

と監督は聲をかけた。

「はあ。……左様でござるか。」

思わず吹出す者があつた。「審判どの」のお許しがないもので、と一刀齋は言うからである。後に、別所は、最初のあの一球は一刀齋が打つつもりでも恐らく打てなかつた筈だと、口惜しげに述懐している。それ程彼は渾身の力をこめたし、事實頃日《けいじつ》絶えて見ぬ快速球であつたことを、捕手も證言した。むろん、打者には如何なる球も二ストライクまで見のがす權利がある。もし、一刀齋がこのルールを熟知していて、敢て別所の第一球を見のがしたとすれば、棒の様に立つていたのは却々《なかなか》の武略というべきである。

さてピッチャーにボールが返ると、次の球を打たせて頂こう、と一刀齋は明言した。(何を！)別所は勃然とファイトをもやした。再び大きなモーションから懸河の如きドロップを投じた。

(打てねえ。)

見ていた選手たちには體驗でそれが分る。今度も打つまい、と一瞬あきらめたそうである。一刀齋のバットは振られた。白球は絲を曳いて左翼上段に吸い込まれた。

人の居ないスタンドで、一轉、二轉、白い球が彈んでいる。心持ち青ざめて別所は監督や、朋輩選手に嗤いかけた。その頬は歪んでいた。誰も、聲ひとつ發する者はない。澄んだ空の下に都會の騒音から忘れられた巨きな静寂が其處に在つた。

我に返つた面持で一人の選手が隣りの肘を小突いた。あれを見ろというのだ。

——見ると、一刀齋は一人、晴れやかな微笑を泛べて、内野手のいない壘から壘をゆつくりと廻つている。正規の試合ではないからそうする必要はないのに。一刀齋は知らなかつたのだろう。袴が風をはらんで古代人のスカートのようにひろがつていた。二本の素足が、風でふくれる袴の内側に白い木綿下着の裾を蹴出している。さわさわ微風が彼の髪をそよがせた。三壘ベースを踏んで一刀齋は戻つて來た。常の試合のように、誰かが拍手をした。すると奇妙な感情を味わい乍《なが》ら皆もそれに和《あわ》せて一刀齋を迎えた。

尙このあと、監督は今一人、大友なる投手に投げさせてみた。この大友は別所より二歳若く、巨人軍のエースと稱されていた。スライダーなる投法に妙旨を得、好調の彼から快打を奪うことは至難のわざであつたといわれる。

大友は都合四球投げている。一兩度にわたつてである。いずれも第二球目をホーマーされた。その度に、監督が泣き笑いで制するのへ、一刀齋は笑いかえしておいて、丹念にベースを踏んで廻つたという。パチパチ拍手が人氣ない後樂園のホームプレート側に興つた。特筆すべきは、回を追うに従つて拍手する選手達の手に力がこもつていたことである。善ナルカナ性、である。

三

一刀斎が「伊藤敏明」の名で、正式に巨人軍に入ったのはこの年四月廿八日と各紙のスポーツ欄は報じている。この日附には多少の不審が残るが、ここで管見を述べることは差控えておく。ただ一刀斎と契約を結ぶに當つて、今一度巨人側が彼の力倆を試みたことだけは確からしい。その時、この稀有な人物の採用風景を一般スポーツ記者に公開するか、極祕にするかで幹部の間に激しい意見の應答があつた。公開すべしと唱えたのは主として新聞(讀賣)關係の幹部である。かかる選手の採用の場を公けにし、且つ怖るべき打力を豫言することは球團にとつて大いなる宣傳になるだろう、というのである。これに對して、監督は、左様の宣傳は、若し彼が見込通りの打擊を見せてくれるなら、日を俟たずして、ファン自らによつてより効果的に齎《もたら》されるであろうと言い、一軍を指揮する我が立場に於ては、今の場合、たとえ一日たりとも彼の打力を敵球團にさとられぬ事がのぞましい、私は伊藤の一打に大ヤマを張る、一切はこの胸三寸に委せてほしいと力說した。この監督は、前年中日軍にペナントを奪われたのである。選手の間にも兎角の風評が絶えなかつた。若し再度ペナントレースに敗れをとらんか、彼は球團を追われねばならぬ——

結局、監督の方寸に俟つべきだと採用の一件は極祕にふされた。筆者が契約の公表日附に不審を挾むのはかかる事情のためである。がそれはさて措き、當日の練習場には讀賣本社重役以下、技術顧問三宅某、二軍監督新田某、コーチ谷口五郎など球團の主だつた者は殆んどが立會つた。主として好奇心からだつたと、此處では言つておく。

一刀齋は、この日は逌《さす》がに迷惑そうな容子に見えた。力倆を確かめた上でなければ、契約の一件などオクビにも球團側は口にしない。あの日、何氣なく行列に立ち混つて一刀齋は噂に聞く野球なるものを初めて觀るつもりであつた。料金を支拂つて入口を通るところを、その異體な容姿に目をとめた主催者側の一人から言葉をかけられ、コンクールの九人の中に加えられた。そうして望外の賞金を獲たのだが、あの一萬圓が、これ程のちのちまでの義務を約束していたとは知らなかつた、東京というところは、油斷のならぬものである、と一刀齋は思い知らされたつもりなのである。彼には二十年の歳月をかけて修業した劍の心得はあるが、十數間も間合の離れた向うから、手裏劍ならとも角、大きな球を投じて來るのを打捨てるぐらい造作もないのに、世人は瞠目する、そのわけが分らない。相手は、御丁寧にも、はじめからこの身に當らぬよう避けて抛つてくれるのである。然も奇妙に球の通る範圍はきまつておる。飛燕を狙い打つ方が、まだしも困難であろうかと、一刀齋は思うのである。

「伊藤さん、今日はね、打つても走らなくていいんですよ。」

念のため監督が注意すると、左樣でござるか、と彼は赤面した。知らなかつたらしい。それでこの日はあの頬笑ましい光景が見られなかつたのは残念であつた、と倉橋記者は己が日記に書いている。記事にしないという約束で彼は特に列席したのである。

大友、入谷、安原の三投手が夫々一球ずつを投げた。別所は何故か登板しなかつた。勝氣で剛腕の譽高いこの美丈夫は、投手が逆に試される結果となるのを豫測したのかも知れぬ。それなら天晴れというべきで、事實、大友以下の三投手は初球を投げただけで忽ちにサーキットを蒙り、ひき下らねばならなかつたのだ。試驗されているのは一刀齋でなく、まさしく投手の側であつた。傍觀者達は聲を嚥んでこの奇蹟の光景に茫然たましいを奪われた。一刀齋は、打球の行方を見まもるでなく、ホーマーすると、直ちにバットを引戻してぴたり八雙に身構えている。監督の命令で投手が降板しても彼の方は身動き一つしない。眞摯な、その態度に却つて古い神を信じるこの男の悲劇が窺えた、と云いきれる者は誰一人ない。青空の下で白い球を遣り取りする遊戯に結構生命をかける現代人の可笑しさを嗤える者も、同様にいないからである。

さて稍《やや》あつて、四人目の左腕投手が登板した。國松彰という二十一歳の青年投手である。彼の球は、めずらしく二球まで見送られた。三球目は右翼スタンドに飛んだ。

伊藤一刀齋敏明が毛筆で自署した契約書に、0（ゼロ）が幾つ並んでいたかは明らかでないが、聞くところによると、不世出の打者を迎えるにしては意外の少額だつたそうである。尤も、球團側にも理窟があつて、何でも、打擊の力倆はもう信じ難い程だが、守備はどうであろうか

と某重役が言い出し、一刀齋にこの旨を慫慂《しようよう》したところ、一刀齋は、

「我が流派にはそういう『籠手《こて》』を嵌める様な修業は、許されて居らんのです。」

そんな意味のことを、この時も古風な士《さむらい》言葉で言つて重役をまごつかせた。「籠手を嵌めぬ修業」という意味が、一刀流の由來を知らぬこの紳士に理解出來る筈はない。

「はあ。……そうですかネ、先生――」

彼はセンセエなる敬稱を添える事で辛うじて倉橋記者の二の舞は免れたのだが、幾らか、一刀齋の物言いに馴れている監督が改めて、辭を低うし、グローブをつけるように依頼した。そうして一刀齋を一壘手に仕立て、遊撃から某選手が球を投げつけたところ、一刀齋はひらりと體をかわして、涼しい顔をしていたという。

――幾度投げても、同じだつたのである。

「ボールを捕れんような男を、君、人並みの契約で使えるかね、え? プロですよ我々は――」

球團幹部の一人はそう云つて暗に少額であることを仄めかしたが、一刀齋を說得するにあたつて幹部は三日三晩、一刀齋をホテルに軟禁し、あらゆる甘言を弄したことは巧みに口を緘して語らなかつた。

――が、何にしても、かくて一刀齋は巨人軍の正選手となり、程なく、驚天動地の打率で日

本プロ野球を席捲するのである。

四

彼の出場は四月廿九日の巨人・阪神戰にはじまる。ダブル・ヘッダーである。第一試合に巨人は大友をマウンドに送り、阪神は新鋭西村を立てた。兼々《かねがね》巨人阪神戰に昔日の興趣はないと不評の聲が高い。阪神にすれば、巨人を破ることだけが左様な不評から自軍の人氣を挽回する捷徑だつたわけで、傳統の名譽にかけてもと常にないファイトをもやした。七回の表を終つて、二對零で阪神は先行していた。宿將藤村富美男なる打者に二ラン・ホーマーが出たのである。巨人は二安打の散發。それも二度乍ら綺麗にダブル・プレーを喫した。

七回の裏に至つて、はじめて巨人にチャンスらしいものが訪れた。一死後、二走者が壘に出、次打者は川上である。場内はようやくざわめきたつた。巨人のこの四番打者は巨人と身の盛衰をともにして來た、終身打率三割の記録を持つプロ野球きつての強打者である。

監督は青ざめて、打席へ入ろうとするその川上を呼び寄せた。

「哲よ。……默つて、三振してくれ。」

と言つた。

川上の顏色は變つた。監督は併殺を惧《おそ》れているのだ。新鋭西村の好調ぶりでは、殘る二インニングに再びかかるチャンスが訪れるか否かは心もとない。併殺でこの好機が潰えれば後は下位打線になる。

川上は一言も應えず、いさぎよく、バットを捨てた。監督は慌てた。それぐらいならいつそバントを命じていたからだ。併し巨人の四番打者がチャンスに犠打するようでは、もう、プロ野球ではない。觀衆は金を拂つて見に來ている。三振なら、諦めもして呉れるのだ。

「……哲。」

ダッグアウトへ引揚げようとする川上選手の肩に、監督は重い手をかけた。ここは一番我慢をしてくれ、と眼で言つた。うまくゆけば、阪神のベンチは敬遠策をとるかも知れぬ。それならもうけものだ。併し、こちらの肚を見抜かれて伊藤を萬一敬遠されては……監督はそれを怖れる。

川上は凝乎と相手の目を見返した。三十五歳のこの男には監督ほどのこまかい神經の閃《ひらめ》きはない。彼は打撃だけを考え、打撃に一生を賭けた。その故にこそ巨人の柱石なのであつた。

監督から目を逸らすと、ゆつくり彼はダッグアウトに引揚げる。其處で水を呑んだ。バットを握つて、グラウンドに再び姿を現わすと觀衆は割れんばかりの聲援をおくつた。

「川上。」

「川上。」

「イッチョーカマシテヤレエ……」

轟々たる喚聲に混つて（どうやらタイムはとけた様であります。ジャイアンツの四番打者川上センシュ、このチャンスに如何なる打棒の冴えを見せてくれますか、只今、愛用のバットをさげ悠々バッターボックスへ――）そんな放送を聞いているかも知れぬ家庭の愛兒のことがチラと川上の眼裏に浮んだ。

プレイは宣告された。一、二壘のベース上に坐り込んでいた走者は夫々《それぞれ》スタートの構えをおこす。西村投手は、先ず牽制球を一壘へ抛つた。一壘手藤村は歩いて投手板までこのボールを返しに行つた。そうして何か私語した。

投手は、ワインドアップを興した。初球は左打者の外角低目一ぱいをついた。ストライク。川上は微動もしない。二球目は喰い込むようにシュートして打者の胸もとを掠めた。――ボールである。第三球はコーナ一ぱいをつきホップする直球、川上の體がぐつと前に出たが、見送つた。

「ツウ・ストライク。」

球審は美聲を張り上げた。三壘側の観覧席に拍手がおこつた。

大抵の打者なら、ここで一旦バッターボックスを外す。川上は塑像のように立つている。阪神の捕手は次のサインを送るときチラと川上の顔色を窺つたが、この時、川上の目には涙がうるんでいたようだつたという。四球目はドロップの捨て球だつた。川上は力一杯、空振した。……溜息とも、罵聲ともつかぬどよめきが湧き起るなかに、

「五番ミナミムラにかわりまして、代打者、伊藤。……イトウ、……背番號六。」

場内アナウンスの柔らかな聲が響いた。

耳なれぬ、この代打者の起用に、場内が一瞬鳴りをしずめたのは當然であろう。觀衆の全ての目は、見知らぬ男の登場に注がれた。

一刀齋は眞新しいユニホームを着込んでいる。何となくスパイクの足許を氣にする様子で、それでも、バットを持つとスタスタとバッターボックスへ歩み寄つた。

一振、二振……バットに素振りをくれる、などということは一刀齋はしない。プレイの宣告をあつさり聞き流して、身構える。投手はチラと一壘手の方を見た。一壘手はとぼけて空を見上げた。巨人の監督は、コーチャーボックスで腕を組み、心持ち青ざめていた。川上は目を俯せた。

　西村投手は振りかぶつた。全觀衆が息をのむ。刹那の靜謐に白球は流星の如く左翼へ飛んだ。

五

このホーマーは、川上三振の後だけに一層印象的であつたと云われるが、さもあろうと思わ

れる。三萬の觀衆は啞然とし、ついで萬雷の拍手でこのヒーローを本壘に迎えたのである。巨人全選手がダッグアウトを躍り出たことは云う迄もない。その中にあつて、一刀齋の手を最も強く握り緊めたのが他ならぬ川上であつたことは筆者に嬉しい。彼の內心の感懷はうかがうべくもないが、盛者必衰の理《ことわり》を以てしても猶、この場面の美しさは浮立つのである。プロ選手の言行に兎角の批判を聞く昨今、昭和三十…年にかかる選手のいたことは記憶されておいてよい。

巨人・阪神の第二戦は、巨人の優勢裏に試合が運んだため、一刀齋は出場する必要がなかつた。併し、當日の試合を見た全ての新聞記者、野球評論家、觀衆は新しい代打者の名を深く記憶にとどめて球場を出た。

――二日後、對國鐵戰に二度目の出場をして、一刀齋は滿壘ホーマーを放つている。ついで名古屋に於ける對中日戰の最終回に、零對零の均衡を破つた。この時の敗戰投手は杉下茂で、我々の思い出にまだ新しいこの超人は、翌日の試合に再度リリーフとして登板したが、その初球は一瞬にして場外へ飛ばされていた。ようやく、世人は不世出な代打者の出現に瞠目しはじめたわけである。

或るスポーツ評論家は、なべて批評家とはそうしたものだが、「新人伊藤がおそるべき打力を祕めておることを、私はあの巨人・阪神戰――いや、去る四月の「素人腕自慢コンクール」以來既に見拔いていた」と廣言し、某スポーツライターは一刀齋を取上げた記事の中で（…年五月廿二日附)、彼が如何に稀有な記録を打ち建てつつあるかを、洋の東西を問わず凡そ名のある強打者の記録に照らして、力説している。五月廿二日といえば、一刀齋が彼二度目の滿壘ホーマー(通算連續八本壘打)を甲子園で放つた日で、この頃はもう熱狂的な人氣が彼に集まつていた。併し、實をいうと、觀衆が魅了されたのは記録や數字ではない。彼らは、如何なる投手の球であろうと忽ちホーマーされる、その一瞬の陶醉を求めて球場に押しかけたのである。「前人未踏の『十割』という驚異的打率が、果して誰(投手)によつてはばまれるか、その期待に驅られて何萬という觀衆が今日も球場に殺到した」と某紙は書いているが、笑止と云わねばならない。多分この記事を書いた男は、双葉山なる人氣角力が連勝記録をはばまれた時のことを覺えていたのだろう。併し、大衆は、双葉山の場合もそうだが、記録などを考えて觀に行つたのではなかつた。もつと澎湃とした、或るどう仕様もない感動にかられて出掛けていたのである。記録や數字は、(凡庸な批評家同樣)常に感動を追いかけるが、然もけつして追いつくことはない。

倉橋記者が、こういう過ちをおかしてくれなかつたのは仕合せだつた。おかげで、我々は若いジャーナリストが足と勞力で獲た資料によつて、一刀齋の生い立ちを知ることが出來るのである。

それに據ると、彼一刀齋敏明は、一刀流の始祖、伊藤景久第十七世の孫に當るという。一刀齋景久は周知の通り神子上《みこがみ》（小野）典膳に流派の奥儀を傳えると、天正十九年八月七日、劍を捨て飄然行方を絶つた。爾來景久の足跡を傳えた史書はない。昭和の打擊王が十七世だとすれば、大和國に隱棲したわけになる。「ぼくは一刀齋が育つたという奈良縣高市郡上畑の奥山へも尋ね行つてみたが、たしかに劍聖景久を祭つたらしい祠《ほこら》があるのを認めた。別に伊藤家代々の墓というのが、これも思いがけぬ巨杉のそびえ立つ暗い森の中にあつて、毎月廿二日には花を供えに來ます、と美しい夫人は教えてくれた」と倉橋記者は誌している。念のため蛇足を加えると、始祖景久から業を繼いだ小野典膳は、柳生流とともに將軍家兵法指南となつた。この典膳忠明を劍道史では一刀流正統二代と呼ぶが、三代忠也《ちゆうや》から二派に分れて（忠也派と小野派）小野派一刀流は九代目小野治郎右衞門業雄まで傳わつている。業雄は明治十六年頃、六十餘歳で東京に出て、山岡鐵太郎に組太刀を教えたことがあり、山岡鐵舟も亦、別派ながら小野派一刀流第十二代目に當る。一方、正統忠也派は、四代目で龜井兵助なる者に繼がれ、兵助は井藤平右衞門忠雄と改名した。井藤一刀流は昭和の十四世鈴木禮太郎まで續いている。われらの主人公は無論こういう諸派とは別個で、謂わば文字通りの正系だが、流祖景久が世を捨てた天正十九年は、凡そ、景久五十二三歲頃と推算される。その年で大和の山中に隱れ、女をめとつたか、或いは近住の娘との間に一子をもうけた後に山中に入つたのか、その點は分明でない。代々大和の伊藤家の當主は彌五郎と名乘つたというから、流祖の血を繼いだ子であることだけは、間違いなさそうだと記者は確言していた。（彌五郎は景久の俗名。）

ところで一刀齋が育つた上畑というところは、多武峯《とうのみね》からほぼ二里——十二戸あまりの部落で、雷が鳴るとドスンドスンと大地が振動するという。雷の方が足下で鳴るほどの山の上だからだそうである。十二戸の部落のために分教所が一、寺が一つある。寺の和尙は分教所（小學校）の先生も兼ねている。「ぼくらの一刀齋は、白髮をたくわえたこの淨土門の老師に現代敎育を受けたのだ。ぼくは老師にも會つたが、何？　ヤキュウの選手になりましたと？　とあきれていた。」一刀齋は老師に讀み書きを敎わるために、月に數度、半里の山徑をかよつて來た。彼の棲居は、上畑部落から更にそれほど奥まつていた。そして其處へはもう部落の樵夫さえ得通わなかつたという。面白いことに、分敎所での「體操」の學科だけは、老師にかわつて、少年一刀齋が號令をかけたそうだ。そんな時、部落の大人達も一列に列んで敎わつたという。だからこの部落から戰前に出た兵隊はズバ抜けて劍道がうまかつたそうである。

一刀齋が武藝修業しているところを見た者は、部落には一人もない。併し彼が一刀流免許の卷物二卷を有つていることは「美貌の夫人」が見て知つていたそうである。倉橋記者が執拗に追求しても、美しい人妻は、彼女が何處の生れか、どうして夫の一刀齋と結びついたか、二人の棲居が山奥のどの邊に在るか、そういう事は一切語つてくれなかつたが、「たえず神祕的な微笑を湛えながら、夫人は僕らが一番知りたいことを案外スラスラと答えてくれた。それによると――」一刀齋が武藝を修めたのは七歳頃からで、師匠は父の正明という人である。正明氏は一刀流正嫡第十六世に當り、一刀齋が二十歳の春、流派の奥儀を授けると眠るが如く逝つた、という。

一刀齋は、その後も始祖の祠の前で日夜修業を怠らず、遂に「陽炎《かげろう》」の祕太刀を會得《えとく》した。一刀流極意の神妙劍である。そこで、この祕太刀を當代隨一の達人と稱される合氣道・植芝盛平翁に試みようと東京へ出かけたのだが、プロ野球に入る仕儀となつた事情は、我々がよく知つている。

「……しかし、何ごとも修業なのでございましょうと、夫人は別に驚いてもいない様子で、むしろ、『陽炎』や『明車《めいしや》』を會得した人がボールを打つのは當り前のことですわと、笑つていた。ぼくは明日、山を下るが、植芝翁というのはどんな人物か、しらべるのが愉しみだ。」

植芝盛平翁は當時、東京都新宿區若松町一〇二番地に道場を構えていた。七十一歳の老人乍ら、高松宮殿下の上覽を仰いだ試合に、一流の使い手七人に同時に仕掛けさせて忽ちに打据えたことがある。力士の大の里が翁の胸へ諸手突きを喰れたところ、翁は立つた儘で、大の里は二間あまりハネ飛ばされていたともいう。

六

一刀齋は、巨人軍に入つてからも此の盛平翁との試合を忘れなかつた。むしろ、そのためにこそ上京したので、彼が巨人と契約したのも、實をいえば、滯京費が欲しかつたからである。というのは、上京したその日、若松町に道場の門を敲いたが、あいにく盛平翁は旅行中で、ふた月あまりは歸京しないと門人に云われた。大和の山中から出向いて來た彼に潤澤な旅費の蓄えがあるわけはない。仕方なく、球團幹部の言を容れて、「一年契約」で傭われたのである。だから、ペナントリーグの餘暇を見ては、それとなく道場を訪ねている。

併し、球團にとつて、いやプロ球界全てにとつて最早彼は至寶的存在だつた。あらゆる觀衆、凡そ野球を知る者のすべては、ただ彼を見るためだけに球場に殺到したのである。――むろん、プロ野球ゆえ如何なる球團も相手チームに勝たねばならぬし、ファンには夫々贔屓のチームがある。だが一刀齋に關してだけは例外である。

一度、こんなことがあつた。一刀齋が連續三十七ホーマーの超驚異記錄を打ちたてつつあつた頃のことである。某球團は、二死一、二壘のピンチに襲われて、そこで一刀齋の代打登場を迎えた。勝負すれば必ず打たれる。某球團の方は三對一で巨人を抑えている時である。球團の監督は當然のように投手に敬遠策を命じた。ところが、觀衆は怒つたのだ。全觀衆が怒濤のように喚聲と罵聲を發し、柵を乘り越え、ピッチャーマウンドに向つて殺到したのである。彼らは勝敗を樂しみに來たのではない、一刀齋が如何なるチャンスに登場してホーマーするか、それが見たくて來たからである。

又こんなこともある。某投手は、十何本かのホーマーを一刀齋に奪われた。投手もまた人だ。口惜しい。そこで彼は一刀齋が代打となつたとき、死球を喰わせてやろうと思つた。アバラの一本でも折つてやれ、という魂膽である。彼は投げた。あまりにその球は速く、あわや、と思われた瞬間ヒラリと一刀齋は身を躱した。ボールは延び上つた捕手の手もとを掠めて後方に轉々……おかげで、走者は悠々と本壘をつき、投手は滿場の物笑いとなつた。

——こういう挿話を拾つていては際限がない。一刀齋は日本プロ野球の試合常識を變えたし、あらゆる球團はフランチャイズ地に於ける巨人との試合によつて厖大な黒字を得たのである。このことは巨人の人氣に負うものでなく一刀齋のそれに據る、ということによつて、各球團均等にファンがついたことを意味する。プロ野球は榮え、全ての選手はこの恩惠に浴したのである。だから考えられるような一刀齋への他の選手の姑視はなかつた。むしろ彼らは一刀齋を愛し、畏敬し、つまり友達になることを希んだのである。その結果、異様な士言葉が昭和三十年代を風靡したのも理由なしとしない。例えばこうである——

「おす、どうでござる?」「調子でござるか? マアマアでござるわ。」等。

――筆者は、けつして現在のプロ野球を戯畫化するつもりはない。そういう意圖で草された文章を寧ろ憎悪するものである。筆者はただ、事實を述べている。一刀齋の最後の代打出場を述べる前に、次の逸話に觸れるのも、それゆえ、他意があるわけではなく、事實そうだつたからである。

逸話とは、こうだ。――

一刀齋が稀有のペースで本壘打を打ちつづけた頃、巨人選手の間に、「一刀齋は毎朝、教育勅語を奉讀する」という噂が立つた。小學兒童に「修身」を必修科目とするか否かで、兎角の議論が識者の間に交されていた折だから、小學生に絶大の人氣のある一刀齋のこの噂は、當然大きな社會問題をなげた。各紙の社會部記者は一齊に彼にインタービューしてこの噂の眞僞をただした。すると一刀齋はこういうことを言つた。

「――自分は、一刀流相傳の者として山岡鐵舟先生を尊敬している、だから、鐵舟先生が唱えられた『我が武士道』を拜唱して、日々修業の資としているだけで、別に含むところはない。強いて云えば、柳生流に勝つた欣びを味つている位のものです。」そんな意味のことを言つた。

殆んどの記者には、この意味が分らない。併し、後になつて理解すると由々しい問題が含まれている。それで俄然、「敗戰は一刀流の所爲か?」と騒ぎ出したというのが、逸話の内容なのである。

記者同様、意味の分らぬ人のために簡單に說明すれば——

教育勅語の文案の基底になつているのは山岡鐵舟の「武士道講話」で、甚だしいところになると、武士道講話が殆んどその儘使われている。例えば、

「謹んで惟《おもん》みるに、我が皇祖皇宗、國をしろし召され、その御德を樹て給うこと甚だ深遠である。……爾來、億兆心を一にして、世々其の美を濟《な》し、死すとも二心なる可からず。是れ我が國體の精華にして日本武士道の淵源また實に玆に存す。」

「日本武士道」を「教育」と書き直せば、その儘文意は「教育勅語」になる。巨人選手が聞き違えたのも當然だつたわけである。

ところで、大東亞戰爭に突入した日本人の、當時の精神的脊骨は「教育勅語」だつた。われわれは鐵舟の「武士道」を信奉してあの戰爭を行爲したわけになる。

「敗戰は一刀流の所爲か」という一見無謀な問いかけも、さして不自然でない事が分る。

尙、一刀齋が「柳生流に勝つた」と云つているのは、德川將軍家の兵法指南であつた當時、武藝の上では一刀流小野派の方が强かつたが、柳生流の政治性に敗れ、一刀流は三代にして將軍指南の役を免じられた。爾來一刀流は野に下つた。然るに明治維新となつて、柳生が兵法指南をした幕府は敗れ、小野派一刀流第十二代山岡鐵太郎は明治大帝の帷幄に參じた。二百年を經て眞價はあらわれたと、そういう歲月をかけた兵法者の勝敗を云つたのである。

七

さて、どうやら、一刀齋最後の出場を述べる段階に來た――

昭和三十…年度のペナントレースも終り、ついで日本選手權も巨人の獲得するところとなつた後、アメリカから大リーグ選拔軍が招聘されることになつた。監督はオンドル氏である。親日家として知られたこの監督には、我々は既に馴染があるが、今迄はついぞ試合らしい試合を持つたことはない。呆然とホーマーを浴び、盗壘され、大量得點のひらきをその儘、彼我實力の相違と知らされるばかりであつた。

が、今度はちがう。尠《すくな》くとも僅少の差の試合なら、勝てるかも知れないのである。我には一刀齋がある。

全國の野球ファンは曾て見せたことのない狂熱と期待でリーガー達の來日を待つた。云つてみれば、この時はじめてファンの胸中にはあの一瞬の陶醉と勝敗への關心が同時し得たのである。彼らは耳目を欹てて米人投手の球歴をしらべ、球質を諳《そら》んじた。そういう關心の深さのうちには、他でもない日本劍道への好奇心が新鮮化されて潜んでいたのかも知れぬ。が何にしても、日本のファンは一刀齋をまだ信じたし、自分の目で信じられる一瞬を待ちのぞんだのである。

ところが或るスポーツ評論家は、評論家とはそうしたものだが、ファンに對して親切な警告を發した。一刀齋の異常なあのスウィングは日本の投手にならまだ役立つたが、變化球の多い米人投手に對しては三振するであろう、と。するとこれに和して、曾てアメリカに遠征したことのある某選手は、こういうことを言つた。

——自分は元ワシントン・セネターズにいた投手の球を打つたことがある。彼は横手投げに如何にも輕く投げる。それでも、國鐵の金田投手が最上のフォームで全力投球した以上のスピードがあつた。リーグでは二流といわれた彼でそうなのだ、今度のような第一線投手が全力投球したら、如何な伊藤君も打てないのではないか。まして、來日するのは各チームきってのスラッガー揃いだ、伊藤君が打つとしても、それ迄に何本ホーマーされるだろう?

——ここでファンの心理描寫をする餘裕はない。警告は正しく的中したし、誤ってもいたからである。啻《ただ》、云つておかねばならないのは、全日本軍の監督（當然巨人のあの監督がなつた）は、いよいよ日米對抗親善試合が開催される前日、「勝てる見込のない時は伊藤を代打には出さない」と斷言したことである。

この言葉が日本軍投手を刺戟し、投手へのファンの異常な期待を齎したことは、容易に想像出來る。ファンはどんなことがあつても一刀齋の代打を見たいし、投手はそのような狀態に自軍を立たせるためには敵の打力を極力抑えねばならない。

投手達は、併し困難なこの事を成し遂げた。

……昭和三十…年十一月十二日である。難波球場に於ける對米第三試合に、八回表を過ぎて失點わずか一。その裏、一死後西澤は右前安打し、代打別當は四球で壘に歩いた。觀衆は總立ちになつた。殘るは一回。二點差なら、守れるのだ。

監督というものは、しばしば觀衆ほど賢明でない。併しけつしてファンほど輕率ではない。彼は次の九回表、米軍の打順が二番から始まるのを考えるのである。あの警告が頭にある。若し一刀齋が凡打に退けば何うなるか。うまくホーマーしてくれたあと、九回表で逆轉されたらどうなる? 一刀齋が出て敗れたことはなかつた。ファンはそれを日本の神話とし、夫々の偶像とした。今敗れんか、失われるものは一代打者の名聲だけではないだろう。——

監督は、この時一刀齋を代打に送つたのは、何らの動機や智慧によるものではなかつた、と後で述懐している。それが本心だつたろうと思われる。彼はその沈默があまり長すぎるので、「水さん」と誰かに呼ばれたとき、殆んど無意識に一刀齋を代打に名指した、というのである。

——が、とまれ一刀齋は打者となつた。背番號6のこの男は打席に立つた。鐵傘下が咆哮して、それから水を打つたように靜かになつた。空はくつきりと晴れている。米軍投手はヤンキースのエース、スペンサー・メンドルである。

タイムは解かれた。彼は輕いモーションで風のような速球を抛つた。一刀齋は空振りした。

メンドルは背が高い。二球目は打者の肩口から白刃のように外角を切つた。一刀斎は、空振りした。

眞蒼になつたのは監督だけではない。聲を失つて全観衆棒立ちになつている。メンドルはガムを嚙み嚙みピッチャーマウンドの左を踏んだ——その時、

「お待ち下されい。」

一刀斎は手をあげて、制した。その顔が心持ち青かつた。そして打席からダッグアウトへすたすた引返して行つた彼は、其處で朋輩選手にこう言つた。

「目隠しをしてほしい」とハッキリ彼は言つたのである。「お願いでござる。さ、目隠しをして下されい。」

朋輩選手は、呆《ほう》けたように一刀斎を見戍たが、言われる通りにした。

打席へ戻つた一刀斎を見た者は息をのんだ。彼は白い手拭で目を覆つている。そうして八雙に構えた。

「——彼ハ何ヲナサント欲シテイルノカ?」メンドル投手が訊いた。

「斟酌無用。スミヤカニ三振サセヨ。」オンドル監督はサインした。

投手は眞向から直球を投げた。ボールは観衆の敬虔な祈りに充ちた空を、はるかに左翼へ消えた。

三番鍛冶

あさましや剣の枝のたわむまで
こは何の身の成るにかあらん

――和泉式部

一

後伏見天皇が即位あそばされて、永仁から正安と改元された頃、都に名の知られた刀鍛冶に綾小路定家《あやのこうじさだいえ》という者があつた。父の代から、宮廷に事《つか》えて四條綾小路に住んでいたので、人々は、その姓を呼ばず、「綾小路の刀匠《たくみ》」と呼びならわした。

定家の父の春部《はるべ》定利は、「小鍛冶」の謡曲で後世に知られた三條宗近の三條派や、後鳥羽院の頃、廿四番鍛冶に國安、國友らの名工を出した粟田口派に加えて、新たに綾小路派を興した刀工で、同期に來國行《らいくにゆき》も有名な來派を興している。例の正宗は、まだ世に出ていない頃である。

定利には三人の子があつて、長男を、同じく定利、次に定則、季《すえ》が定家で、いずれも父の業を継いで名を成したから、定家のことを、刀工仲間では「綾小路の三番鍛冶《さんばんかじ》」とも呼んでいた。漠然と、「綾小路の刀匠」と呼ばれるより、三番鍛冶と稱されるのを氣難しい定家は喜んだ。既に兄ふたりは世に亡く、兄に較べると、自分の技倆が及ばないのを頑固に信じているからであつた。

――尤も、番鍛冶の呼稱に、優劣の意味が含まれていたわけではない。もともとこの呼稱は、正治の比《ころ》、後鳥羽院が諸國から聞えた刀工をお召しになり、夫々の月番を定めて、刀劍を鍛えさせられたのに倣《なら》つたものであつた。後鳥羽院と申せば、鎌倉時代に、古今を通じて比類ない鍛冶界の隆盛を見るに力のあつた、御一人者と云われている。院は、刀劍に御造詣深くあらせられたが、諸國に輩出した名工を御所にお召しになつて、折にふれては畏れながら御自ら燒刄を遊ばしたのである。その御作には、莖《なかご》に菊花の御紋を鏤らせられたので、世に「菊の御作」と申し上げるが、この御催しが如何に當時の鍛冶界を感奮興起させたかは、想像にあまりある。

一體、刀劍は、上代には支那より將來されたものであつた。それが平安時代の末にはもう、逆に支那に輸出されていることが藤原兼實の日記「玉葉」に見え、當時の、宋の文人・歐陽修の詩句にも、「寶刀近出㆓日本國㆒、越賈得㆑之滄海東、魚皮裝貼香木鞘、黃白間雜㆓鍮與㆒㆑銅、……佩服可㆔以攘㆓妖凶㆒」とあつて、大へん賞美されていることが分る。刀工が武家と興亡を倶にするのは當然だから、武家政治の鎌倉時代に名工の輩出したのも故なしとしないが、しかし、後鳥羽院の卽位あそばしたのは、平家滅亡の直後で、まだ、鎌倉幕府も確立していなかった。刀工は各地の武家や寺院に專屬している程度であつた。

院が刀工を召されたのは、もとより鍛冶御奬勵の思召に因る事であろうが、やがては北條を御討伐なさるべく、御味方の士氣を鼓舞せられんとの御意に發せられたろうことも容易に想像出來る。

「御所燒とて、君御手づから燒かせ給ひけり、公卿、殿上人、北面、南面の輩《やから》、御氣色よき程の者は皆給はりて帶びけり、筑後六郎左衞門尉《じよう》、都を出でける時、この度び佩《は》けとて給ひけり」

と「承久記」にも書かれている。

こういう御雄志が、遂に甲斐なく、院は隱岐に御遷りあそばした。

しかし、その御遷幸にも番鍛冶はお置きになつた。日夜、どのような御感懷で名工の鍛えた太刀を御覽になつたかは、推察申上げるべくもないが、啻《ただ》、この時の院の御幽思を目のあたりした隱岐番鍛冶の中には、爾來、遂に武門の求めで太刀を打たなかつた者もあつたという事である。

綾小路定家は、そんな一人――藤原景國(隱岐の三月・四月番鍛冶)に敎導を受けた。定家が三番鍛冶の名に固執したのも、だから、亡兄たちの存在を忘れないためとは別に、ひそかな、隠岐番への敬慕が潜んでいたのであつた。定利や定則は兎も角、この定家に武家の求めで鍛えた太刀の皆無なのもこういう事情のためである。人々は併しそれを、あく迄、定家の氣むずかしい人柄の所爲にして怪しまなかつた。

二

正安二年も暮れようとする閏《うるう》十二月のことである。見馴れぬ公卿が従者二人を従えて、綾小路家の門前に立つた。霙《みぞれ》まじりの寒い日で風が公卿の袖を飜《ひるがえ》しては背後の供の白張《しらはり》を、時々搏《う》つ。

都に名の知られた刀工でも、時の實權を握る武家の請《こい》に應じないのでは、暮し向きも不如意なのであろうか、築垣の崩れや、門のたたずまいに何となない落寞の樣子がある。公卿は、そんな有様を鳥渡《ちよつと》意外な面持で打眺めたが、軈て、思い立つたように門を這入つて、案内を乞うた。

若々しい、目の澄んだ青年鍛冶があらわれたので、公卿は言つた。

「わたくしは二條兼基卿の使いの者です。このたび、卿は、鷹司兼忠卿とかわつて、新たに關白に就任なされました。就いては、記念《かたみ》に是非、綾小路どの鍛えの太刀を、所望なされて居ります。」

青年鍛冶は喜色を見せて、

「それはお芽出度うございます。早速主《あるじ》に申し傳えます。暫く、お待ちをねがいます。」

そう言い殘して、奥に消えた。

しばらくすると、水干姿の、如何にも廉張《かどば》つた白髯の老人が現われ、

「儂《わし》が、定家でござる」と白い睫毛をしばたいた。

公卿は一揖をして、先程と同じ來意を繰返した。

老人は少時考えている。稍《やや》あつて、

「明年夏に及んで宜敷くば、鍛え申そう。」

と言つた。

太刀一ふりを作るにしては、少し、日數がかかりすぎる。公卿は、はじめは二つ返事で引受けるものと思つていたので、成程、聞きしにまさる奇骨の仁《ひと》じやと呆れた。——當時、綾小路派と並んで知られる來派の方は、國俊・通稱來孫太郎が出て、名工の譽《ほまれ》高く、今や旭日昇天の勢いに在る。それを、わざわざ綾小路派に用命なされるさえ名譽であろうに、一向、定家はうれしそうな様子もない。それどころか、若し來派の事など口にすれば、たちどころに、「孫太郎どのに頼みなされ」とでも云いかねまじい氣色である。

公卿は、いく分の苦笑を泛べて「今少し、早く鍛えられませぬか」と訊いた。

何うしても初夏までかかる。それ位の餘裕がのうては、お引受けは愜《かな》うまいぞと、定家は應えた。

「それでは、その様にお願いを致しましょう。いずれ、立戻つて、卿にも言上致しますが、なるべく早くお作り下さいますように。」

公卿はそう云い殘して、再び霙《みぞれ》の中を復《かえ》つていつた。めずらしく定家は式臺に突居《ついい》て、立去る人の姿をいつまでも見送つた。背ろにひざまずいて控えた内弟子二人は、互いに顔を見合つて頷き合うた。師が自ら使者を見送る時は、かならず仕事を引受ける習いなのを知つていたからである。また、この仕事をして貰わねば、新春の祝い物も整えられぬほど內帑《ないど》は逼塞《ひつそく》していたのである。

二日あまりして、二條關白家から改めて依頼の使者とともに、用金某《なにがし》と引出物の白絹《しらぎぬ》百匹が屆けられた。いずれ太刀完成の曉は、砂金、南鐐《なんりよう》など獻酬される筈である。南鐐とは美しい銀のことで、當時は朝室衰微して貨錢の鑄造も行われなかつたから、一般には外國錢が使用された。

久々に仕事が始まるというので、綾小路家は下々の奴婢《ぬひ》にいたるまでが活氣づき、竈《かまど》に立つ煙りにも木枯に消えぬ一條の絲が立昇るかと思われた。內弟子は私かに水垢離をして、身を淨め、いつでも師の刀匠《たくみ》の下知が下れば、「たたら」を作れるように用意をして待つた。太刀を製作するには、先ず玉鋼《たまはがね》と稱《よ》ばれる砂鐵を熔かしたものを作るが、これには掘立小屋を建て、砂鐵を熔かす泥窯《どろがま》を用意せねばならぬ。それを「たたら」を作るというのである。しかし依頼の使者が來て十日過ぎても、定家は一向に鍛冶場へ足を向ける様子がない。

そのうち、あわただしく師走も過ぎ、正安三年上春となつた。元日の節會《せちえ》についで二日の摩《ま》耶切始《やきりはじめ》、五日の木造始、縣召《あがためし》の除目《じもく》、蹈歌の節會と、宮中の御催《おんもよおし》とともに春めいて日は打過ぎたが、綾小路家の鍛冶場では、しきたりの鞴始《ふいごはじめ》と卯槌《うづち》の儀式が刀匠と弟子との間にひそかに行われただけで、町家に注連明《しめあ》きを見るようになつてもまだ、爐に火は入らなかつた。以前にも一旦は鍛えると約して、遂にそのまま空しく三月を過したことがある。漸く弟子達は不安の目で餝炭を崩し出した、餝炭とは鍛冶場の門松に炭を結えて餝つたもので、炭を住《すみ》の字によせ、永住して離れざる意を祝つたのである。

「お師匠さまは、わしが相鎚に御不滿なのではあるまいか。」

町に羽根突く女童《めわらべ》の姿も見かけなくなると、到頭、一人が相弟子に囁いた。

「いや、その裡きつとお打ちなされよう。近頃はお顔にも耀きが見える。」

そう言つて、殊更に打噎つたのは、いつぞや公卿の音ずれた折、應對に出た眸容の涼しい青年である。打凋《しお》れているのは何時も相鎚をつとめる定業という者で、これはもう三十を越している。

三

正月廿一日になつて、突如、後伏見天皇の御譲位が公けにされた。卽位あそばして纔《わずか》に三年に滿たない。皇位の繼承さえ幕府の嚮背によつて決せられる時代だつたのである。

しかし、關白はその儘二條兼基卿が繼いだから、踐祚の儀が了ると、改めて兼基卿から督促の使いが來た。こういう政道の常ならぬ時節ゆえ何時、この身が罷むことにならぬとも限らない。そうなれば、折角の記念の品が仇になるばかりでなく、却つて世の物笑いになるが必定だから、どうぞ、一日も早く鍛え上げて下さるように、と云うのである。

定家はそれに應えて、こう言つた。太刀を鍛えるには、他派は知らず、我が綾小路家では吉事を以て、仕事懸りの潮とするならわしがある。それで實は適當な折を待つて居つた所、此の度、先帝にはお心殘りでもあろうが、踐祚の儀を見たから、近く取り行われる新帝の御卽位式を倖いに、定家一生一代の太刀を鍛えようと思つている。

この言を聞いて、使者は大そう欣んで歸つた。弟子達が齊《ひと》しく愁眉をひらいたのは云う迄もない。

新帝後二條天皇の卽位式が取り行わせられたのは此年三月廿一日であつた、定家は約を守つた。卽ち卽位の日の決定した七日前より賀茂ノ神社に詣でて、水垢離を取り、社前に額ずいて、

「定家茲《ここ》に六十二歳、時至って人皇第九十四代、後二條の帝《みかど》の御宇に職の譽を蒙る事、是私の力にあらず、願わくば十方恆沙《ごうしや》の諸神、非力の定家に力を合わせてたび給え」と、幣帛を捧げて祈つた。そうして歸宅すると、一切の不淨を却《しりぞ》け、ひと間に籠って沈思した。その間、鍛冶場には新たに七重《ななえ》の注連《しめ》が張られ、祭壇に幣帛が獻ぜられて、もはや爐の火入を俟《ま》つばかりとなつた。

さて、いよいよ仕事の始まろうという前日のことである。夜になつて、定家は養女の千鳥という未通女《むすめ》を弟子の部屋に遣《や》して、話したいことがあるから奥へ直ぐ來るようにと命じて遣つた。明日からは、連日、五更に起出でて鍛冶場へ入らねばならぬ。それで早くも褥《しとね》を引被《ひきかつ》いでいた弟子達は何事かと定家の座敷に參じた。相鎚の定業と、眸の美しい定次と他二名である。

定家は言つた。

「いよいよ明朝より爐に火を入れるが、定家が一代の鍛え斂《おさ》めじや。就いては、お前方にもこれを機に申し述べる事があつて、集つて貰うたのじや。」

そう云つて、四人を一様に眺め渡し、こういう事を話し出した。――文永、弘安兩度の蒙古襲來によつて、邦國の太刀の斬味は大きく認識をされた。「一とせ異國のものの首を斬りけるに百人ばかりも斬るにこたへたり」と或る者は書きとどめた。そのため、當今ともすれば鋩子(切先)の延びをきそつた、一見いかにも仰々しく精氣を感じさせる態のものが、鍛冶界に流行している。然るに綾小路派では、古風を擁《まも》って、何よりも刀の姿肉置の頗る洗煉されたるを重んじ、刄の美しさと、品格を尙《たつと》ぶ、むろん斬味に於て彼に劣るものであってはならないが、徒らに武人を痛快がらせるが刀工の目途でない。能うなれば、心の猛々しき武人をも忽ちに清心に甦らしめる程の、それでいて妖邪を慴伏させる太刀が作られねばならぬ。――が、この事は言うに易く鍛えるに難い。そこで兼々苦心を凝らして居ったが、漸く一つの工夫に達したように思うので、この度の二條關白卿の求めに應じて是非ともそういう太刀を鍛えたいと考えて居る。そう定家は云ったのである。而して、若しこの意圖が失敗すれば、二度と再び鎚や砥石に手は出さぬ覺悟でいるから、その時は弟子夫々に工夫をして、どうか我が意圖に添う太刀を鍛えて貰いたい。というのであった。

四人の弟子はただ畏って聞いた。

少時《しばらく》すると、又、定家は言った。

「さればじゃ、これ迄と違うて、工夫の新たな鍛冶ゆえ、向《むこ》う鎚《づち》は手狎《てな》れた定業より初手の定次がよい。定業は銔《けら》を取り出す迄じゃ。あとは全て、定次一人が勤めてくれい。」

と云った。定業は綾小路門下の一番弟子、定次は弟弟子である。師の言を聞いて定業の面は青ざめ、忽ちに定次が瞼は紅潮に赧らんだ。

しかし、鶴の一聲である。師の話が了ると、兩人は他の朋輩とともに叩頭して、座を退った。

翌朝、遂に爐に火が入つた。ここで用いる最初の火は、清淨を祈つて、細い鐵棒を金床の上で鎚打ち、その摩擦から發火したものを火口に移すのである。

爐に火が入ると、木炭を一ぱいに詰めて、白い光を見る迄に熾んに燎《もや》した。その上へ砂鐵を振蒔く。半刻ばかりして更に砂鐵と木炭を加える。斯くすること三晝夜に及んで、次で爐を壞して熔けた塊を冷却させる。この塊が卽ち鉧である。定業は三晝夜のうち、殆んど眠らず現場にとどまつて此の操作に從事した。夜になると、火を暖める渠《かれ》が顏面に不動明王の如く炎《ほむら》を映《うつ》して火照つた。弟弟子三人が交替で蹈鞴《たたら》を踏んで爐に風を送る。定家は常時傍えに在つて注意を與えるが、夜は向い鎚の定次をつれて母屋に引揚げた。翌朝五更（午前四時）に起出で、三七、廿一回の水垢離を定次ともどもに浴びるのである。三晝夜を經て、冷却した鉧は二百數十貫の大きさになつている。それを大鎚で荒割にし、さらに小さく小割にして刀の材料に適する部分だけを擇り出す。かくして擇り出されたのが玉鋼である。

四

待ちに待つた仕事が始められたので、內心不滿の念の蔽えない定業を除いては、綾小路家の者は下婢や下人にいたるまでが和やかな笑みを湛え、用をするにも活氣に溢れる餘り却つて朋輩のたしなめを蒙る程だつたが、中でも、ひときわ活き活きと晴れやかなのは娘の千鳥であつた。

彼女は定家の養女と表向きはなつているが、元、朱雀大路に捨てられていた孤兒《みなしご》である。さる公達と曹司の間に產れた兒で、曹司は娠《みごも》つて後は宮仕えを辭して、ひそやかに深草の邊りに住んで脊君の折々の訪《おとな》いを待つ身となつたが、公達のこころの離れたのを知り、世をはかなんで縊れ死んだ。すると程なく、公達も忽焉と不解の死を遂げたので、さては怨靈の爲せる業かと人々は怪《あや》し》み怖れて、當歳の嬰兒を朱雀大路に捨てたのである。それを、通りあわせて定家が拾い戻り、爾來、養女として手許に置いた。弘安八年秋のことである。桑門の身なら兎も角、刀工がいらぬ佛心を起すものよと嗤う者があると、定家は、弘安八年が兄定利の急逝した年であることを擧げて、その兄の墓參の歸途に拾うのも何かの因緣であろうから、と應えるのを常とした。大抵の者はそれで口を噤んだが、中に、一人の刀工があつて、

「いいや。三番鍛冶が捨兒を拾うたは、あの子の父に、何ぞ疚《やま》しい點を持つて居るからじや。」

と言つた。

「疚しい點とは、何じや。」

と仲間が問うと、件の刀工は、

「それが分れば、奇特な佛ごころなんぞと言わせておくものかい。」

と苦々しげに言い捨てたという。併しそんな中傷も遂に中傷にとどまつて、何時か人々は捨

兒の事などを打ち忘れた。忘れられている間にも兒は健かに、且つ美しく成長をした。弘安八年に當歳の兒は、今は十七歳になるわけである。

千鳥の眉が綾小路家の誰にもまして晴れやかなのは、未通女《おとめ》の身にそなわるおのずからな精氣の故でもあろうが、矢張り理由がある。父の――千鳥は綾小路定家を悪びれることなく父と呼んでいる、白髯の老人を――その父の久々の仕事を先ず虚心に彼女は欣ぶ。ついで其の仕事が一生一代のものと聞いて、屹度見事な太刀をお打ちなされよう、さすれば京《みやこ》に一段と名も卓《あが》つて、暮し向きも追々に昔の榮華を取戻そう、と、世の常の婦の如く喜ぶ。定家に內室はなく、そういう主婦の座を千鳥が占めているからである。

次に彼女のこころを悅びに誘つているのは、定次のことである。これも未通女のおのずからな情と云えば足りようが、大へん、彼女は人を慕うことの勁い女であつた。云つてみれば、思い詰める質である。彼女は好んで「道成寺物語」を口にするので、一そう、昔の事を知る者は、「母の血はあらそえぬものじや」と私語して、千鳥の將來を「道成寺」の寡婦になぞらえ、末怖ろしい女にならねばよいが、などと囁き合つている。それでも、當の千鳥は委細かまわず、只管《ひたすら》、定次を思慕している。一日も早く定業どののように、向う鎚が打てるようになつて、この綾小路派の路を繼いで下さつたら、とひそかに思つている。それがこんど、父の一生一代の仕事の相鎚にえらばれてくれたのだから、悅びが大きいのも無理はない。

爐に火が入つた第一日目の夜であつたが、千鳥は父の定家とともに母屋に引揚げて來た定次をわざわざ臥所におとなつて、

「どうぞ、立派な太刀をお打ちになつて下さりませ。」

と勵ました。そうして意味もなく炭火を盛つて來た火桶を、定次の茵《しとね》の裾に置いた。夜中に、青年の臥所に遣つて來て、そういう事のスラスラと出來る千鳥は女なのである。羞恥が虧《か》けているというよりは、羞恥を超える戀情である。

「忝《かたじけの》う存じます。きつと、立派に向う鎚をつとめて御覽に入れましよう。」

定次は茵に起き直つて、日頃になく改まつた語調で言つた。假眠とは云つても、水垢離を取る時のほかは、折烏帽子に素襖小袴、即ち鍛冶場の儘の身扮《みなり》である。それが又、常とは別人のように頼もしく眺められる。千鳥は定次とふと眸が合つて、うれしそうに微笑んだ。定次も羞らいがちに笑つた。

安珍清姫の名で知られる「道成寺物語」が現今の體をととのえたのは江戸時代に入つてからで、千鳥が好んでそのあわれを口にした當時は、まだ、女主人公に清姫なる名は付けられて居らなかつた。然も「清姫」は處女でなく、寡婦であつた。この寡婦が處女にかえられるのは足利時代に入つてからである。即ち――

昔、二人の僧が熊野に詣でるために、牟婁郡の路邊の或る宅に宿を借りた。僧の一人は老い

て一人は若く美しかつた。その家の主人は寡婦であつたが、兩三の下女を以てねんごろにもてなした。ところが夜半になつてこの家の主の寡婦は若僧の臥しているところへ來て、衣を覆つて語るのに、自分の家では昔から他人を宿したことはないが、今夜二人を泊めたのは、初め見たときから交臥の志があつたからだと云う。僧は驚いて起き上り、意に従えないことをいろいろいうが、女はきき入れない。終夜僧を抱いて擾亂して戯れたが、僧は、ともかく熊野へ詣つて來る間はいけないと云つて、話の如くに約束して僅かに遁れ出た。勿論歸りにも待つている女の許へは立ち寄らない。女は往還に出て通行の僧にこれこれの衣をきた僧はと云つてきくと、すでに三日もまえに立ち去つた由がわかつた。女は瞋つて家に歸り、やがて五尋の大毒蛇となつて僧を追つかける。さきの僧は人からこの大蛇の走つていつた話をきき、それは女が蛇となつて自分を追いかけてきたものであろうとさとつたので、道成寺へ駈け込んで救いを求めた。寺では僧を大鐘の中へ入れ、堂門をとざして了つた。ところへ大蛇は追つて來て、堂の廻りを一兩度圍つていたが、忽ち尾を以て數百遍扉を叩くと、さすがの扉も破れて了つた。それから堂内に入り大鐘をとり巻いて尾で龍頭を兩三度叩いた。寺僧があちこちの窓から驚き眺めていると、毒蛇は兩眼から血涙を流し、頸をあげ舌を動かして本坊の方へ去つた。そこで鐘を見ると蛇毒のために燒かれて近よれない。水をかけて冷して見ると僧は悉く燒盡していて骸骨さえ殘つていなかつた。——「道成寺」の原形はあらかた此の様な物語である。

千鳥が定次への慕情のうちに、多分にこの寡婦の烈情をひそめていたろうことは、たやすく想像出來る。定次は二十一歳である。彼はもと松原通り六道珍篁寺《ちんこうじ》の小僧であつたが、千鳥が定家に拾われて五年あまり後ち、綾小路派に入門した。珍篁寺の住持が或る日定次に剣難の相を讀んで、日夜ほとけに仕える身にかかる難相があらわれるようでは、いつそ鍛冶界に入れるより術はあるまいと考えたからであつた。定次は己れの罪障の深さを住持より聞き知つて、心底、刀剣に一生を捧げる覺悟で入門した。それが精進の上に好結果を齎し、技倆は長足の進歩をなした。或る時、町角で珍篁寺の住持に會うと、住持はしげしげ定次の面體《めんてい》を瞶めたが、微かに呻いた。三年あまりで剣相は搔き消すように失せていたからである。定次は之を聞いて大いに隨喜し、且つ一そうの精勤を勵んだ。その賜物が、今や、入門二十數年に及ぶ定業を拔いて、晴れの相鎚を勤める身となつたのである。

千鳥にすれば、その定次とは互いに生い立ちも知つている。今度、父の希むような名刀が鍛え上れば、當然、向う鎚の功によつても定次に二代目綾小路定家の名が許されぬとも限らない。そうなれば、誰憚ることなく、定次の妻の座に坐れよう。そんな事も考えて、いよいよ心ははずむのである。

五

刀劍には常に二つの矛盾が要求される。良く切れることと、折れてはならぬ事である。然るに切れるためには硬さを、折れぬ爲には軟かさが必要であつて、一個の鋼材にこの二つの要求を滿たさせる事は元來不可能である。そこで用いられるのが、比較的に硬い皮金《かわがね》で軟かい心金《しんがね》を包む方法である。

先ず玉鋼を爍《わか》して鎚打つて、之を數十回繰返して皮金を作る。この頃から鍛冶場は定家の一切采配する所となる。爍したものを爐から取出して鎚を加える時、強く打ちすぎれば表面のみ癒着して内部が巣となり、空氣が籠る。皮金が上れば次は心金を打つ。次に熱した皮金と心金を重ねて硼砂を以て癒着させ、刄造りを行い、後ち鏟《せん》と稱する一種の鉋と鑢を用いて荒仕上をして、一應の鍛冶を終えるのであるが、この鍛錬中は定次一人が鍛冶場に在るのを許された。皮金と心金を折返し鍛える時、定家の鎚と、定次の向う鎚とが交錯して調律の爽やかなテンカンテンカンの音響が鍛冶場にひびいた。聞く者は、母屋の千鳥は勿論のこと、厨で餉《かれい》の支度に立働く婢も、庭の下僕も齊しく手を休めて、一瞬瞑目する。鍛冶場の外にいる弟子は無論である。刀工の家に住んで、その鎚音は何か一鎚々々、精神《こころ》に凛然とした芯を通されるような快感が伴うのである。

然るに茲に堪え難いのは定業であつた。兄弟子であり乍ら、定次に先んじられたのが面白くない。更に、新工夫の鍛冶に除外されたのが耐え難い。が、それは未だ忍べるとしても何よりも苦しいのは鍛えの鎚の握れぬ事である。新工夫は知らずとも良い。鍛えるものが一片の鐵屑でもよい。爽やかな鎚の響きを耳にして、身は徒手して過ごさねばならぬ焦躁感と苦痛は、いつそ身を鞭打たれたがまだしもであろうかと思える。刀工の生甲斐は、他の何ものでもない、ただ手ずから鎚を把つて物を打つ、その一瞬にこそあるのである。

一兩日はそれでも耐え得たが、三日、四日となると、もう定業には鍛冶場に這入れぬ事は地獄に投じられたよりも苦痛に於て甚だしかつた。定業の兩の眼《まなこ》は以前と別人の如く底光りを發して人を射た。彼には、晝間は母屋に移つて家事を手傳う妻がある。或る夜、夫婦の室《へや》に枕を並べて寝て居て、不意に定業は言い出した。

「お師匠さまもあんまりというものじや。十年が程も相鎚をつとめたこのわしに、鍜《けら》だけかい。」

定業が妻は、人の良い夫が不意に師匠への恨みごとを口にするのに愕いた。併し、連日五更に起出て夫を母屋へ送り出さねばならぬこの妻には、睡魔の方が強かつた。

「勿體ない事を申されますな。お師匠さまではないかいな。」言い了らぬ裡に早や寝息になつている。

だが定業は憑かれたように喋り出した。

「お師匠さまも口では綺麗ごとを並べておられるが、斬れ味ばかりに專念されて居た事もあるのじや。わしは知つて居るぞ。一番鍛冶どの、二番鍛冶どのにも刄文の美しさでは迚も及ばなんだ。匂出來《においでき》がとりわけそうじや。それで斬れ味に一心なされたのが、あの弘安八年の太刀じや。」

「……」

「おい、起きんかい、わしは今、決心がついたぞ。綾小路家とは、今日が最後じや。來派は孫太郎どのが名工と噂されて居る。此處だけで太刀が鍛えられるんでもあるまいぞ。どうじや、恐ろしい事を教えてやろうか。わしは今日が日まで、大切のお師匠さまじやと思うから、知らぬ顔で來たのじや。弘安八年に、さるお方の太刀を打つ時、お師匠さまは百刄《は》に勝る一刀を鍛えようと願望なされたことがある。ところがそれが、執念になつた。太刀は出來たがひと目見ても心のこおる邪劍じや。斬れ味に凝つて、拔き合わぬ前から殺氣を持つた太刀であつた。悲しい哉、その太刀を依賴なされたお方は、武家と違うて見る目がない。喜んでお佩きなされた。十日もせぬうち、太刀の祟りでお逝きなされた。それが千鳥さまの父上じや。世間は何も知らぬ、女の怨靈なんぞと申して、可哀そうに、捨兒が一人出來てしまつたわい。」

併し、女房はおだやかに睡りつづける。定業も翌朝はものの怪が落ちた如く、呆然《ぼんやり》して、此家を去ろうともしなかつた。

六

定家と定次の二人が鍛冶場に籠つて、早くも十數日が過ぎた。この間食事には面桶《めんつう》に入れた饘《こわがゆ》と、わらびの煮つけなど輕いものに、木の椀《まり》に入れた湯が二人前、弟子によつて運ばれた。折々は朱塗の飯椀に母子餅を入れ、白湯と一緒に圓高坏《まるたかつき》に載せて出すこともあつた。

仕事は燒刄土《やきばつち》を刀身に塗るあたり迄進んでいた。これは燒刄土と稱するものを鋼の篦《へら》でまず刀身一面に塗り、次に刄にする部分の土を落す。刄の部分だけに完全に燒を入れてそこを硬くする爲である。この燒刄土には、土を燒いてそれに松炭と砥石の粉末を混じ、乳鉢で水を加えてよく練つたものを用いるが、その按配に定家は新工夫をこらした。尤も土そのものの吟味が大切なのは、玉鋼の素《もと》の砂鐵に、有名な伯耆のそれが選ばれるのと同樣である。さて燒刄土の操作が了ると、いよいよ燒入にかかる。刀身を爐に入れて念入りに頃合に熱するのである。この頃合の火加減は刀工の多年の經驗から炎の色、赤められた刀身の色に感知されるという。雨戸を締め炎を睨視する定家の白髯には爐の赤味が燃え移つてゆくかと見えた。軈て、定家は頃よしと見て、刀身を爐から取上げ、用意の水槽にサッと入れた。この水は冷水でなく微溫湯である。この溫度と刀の熱度との微妙な關係にも定家の工夫が加味されている。且つ、ここに於て、あらかた太刀の出來の良し悪しが決定する。

こうして焼入れた刄には自然と反《そり》がついた。その反を適宜に矯《た》め、刄切の庇を豫防するため再び軽く焼戻した。これで殆んどは出來上つた、と見えた。見えた、というのは、あとは鍛冶《かじ》押《おし》——卽ち刀工自らが荒研ぎして、納得が行けば莖《なかご》を立て、鑢目《やすりめ》を入れて、銘を鐫《ほ》ればよいからである。

然るに、荒研ぎして後ち、さて出來上つたものを、定家はと見こう見していたが、つと立つて樫棒を取寄せ、刀身に一擊、試しの側擊《ひらうち》を加えた。刀は音もなく挫《お》れた。

七

當初、定家は今度の鍛えが失敗に了れば再び鎚は握らぬと言つている。刀身の折れた事を聞いて綾小路家の者一同は、一とき、暗然として呼吸をのんだ。定業とて例外でなかつた。この「人の善い」刀工は、刀が折れたのは、自分が仕事に不滿を抱いて、玉鋼を仕上げる上に知らず識らず不備を生じた所爲ではなかろうかと惧れたのである。

併し、當の定家は顔色一つ變えず、習朝、再び「たたら」を造れと弟子に命じた。「鍛冶押」あたりの蹉跌は、まだ蹉跌でも何でもない。刀工にとつて眞の蹉跌は最後の磨きを刀身にかけた時にある。其處にこそ、又、新たに工夫した事の成果も顯われるであろう、と云うものである。

弟子達はその師の面上に、曾てない烈しい氣魄と、「新工夫」にかけられた心願の深さを見て、自ずと頭が下つた。

かくて二度目の火が爐に入つた。

定業は矢張り下つ端の鉧作りであつた。併し前のことがあるので、今度は不滿を感ぜず、むしろ、砂鐵を熔かす上にも充分の吟味を重ね、最早これ以上の玉鋼は當代には希めまい、と我乍らに滿足のゆくものを作り上げる事が出來た。定業は大安心をして、それを師の鍛冶場に饋《おく》つた。ところが、「鍛冶押」も側擊も今度は無事に濟み、さて刄を拾う段階に差しかかつて、又、折れたのである。刀劍は鍛冶師が鍛錬を了つた後、通常なればそれを研師に廻す。併し特殊の意圖で鍛えた太刀には、刀工自らが磨きをかける。これには最初、荒い目の砥石でねたばを合わせ（刄を付け）、ついで伊豫砥で肉置を斑《むら》なく整える。次に伊豫砥より細かい名倉砥で研ぐ。この研ぎをその動作からして「縱に突く」と稱し、一突三寸ぐらいずつ刻んでゆくのである。次に名倉砥より更に細かく硬い細名倉《ほそなぐら》を用《つか》う。それが了ると更に一段と細かい內曇砥を用いるが、ここまでが「下地」である。

さて下地が出來れば「仕上げ」にかかる。卽ち艷砥を用いる。下地の時は地刄が殆んど一色で光澤がない。艷砥を用いれば漸く日本刀の光を發し、次の「拭い」と稱する工程に至つて燦然たるものとなる。拭いに使用するのは、數種の研磨劑を粉末にして調合したもので、これには研師各家の祕法があり、主なるものは鐵肌《かなはだ》、對馬砥、磁石等を燒いて微塵にしたものに椿油を少し混じて溶いて、それを吉野紙で濾したものである。これを地に點々と付け、絲綿で擦る。次に再び內曇砥の砥汁をつけながら刄文に從つて擦るが、この操作を「刄を拾う」という。二度目の太刀は、この工程に至つて、定家の手許より誤つて鏘然と地に墜ち、その時折れていたのである。と聞いて定業の顏色は變つた。

內弟子とは云つても定業とて世に出れば一ぱしの刀工である。前に折れた時、又今度の研ぎの模樣を定次を通して聞けば、一體師の定家がどの樣な太刀を作ろうとしているか、察しはつく。卽ち、地肌は小杢目で刄文は垂花丁子亂の小錵多く、匂深いものを打出そうというに違いない。匂深いとは、匂の色濃く刄先に烟るが如き樣をいう。——が、左樣な太刀なら、實は定業が相鎚をして、且つ研ぎを手傳つて、これ迄にも幾度か作られたことがある。むろん、ゆめ折れたりなぞはしなかつた。然るに今度は、二度も折れた。まして何十年も太刀を鍛えて來た刀工の手をすべり墜ちて太刀が折れたとは、恐らく未曾有の出來事であろう。とすると、師の定家が心願こめて鍛えようとする今度の太刀こそ、まさしく千古未曾有の一ふりであるに相違ない。そうとでも思わねば、折れる不思議が解せない。……そう定業は考えて、では未曾有の太刀とは如何なるものであろうかと、緊張した。

一方、千鳥は何うしていたかというと、彼女は、最初の太刀の折れたときに、眞ッ青になった。折れたのは「向う鎚」の定次が未熟であつたからだと思つたのである。この思いの絶望感から彼女の採つた手段は、稲荷明神に祈願をこめることであつた。卽ち、どうぞ父が今一度太刀を鍛えてくれまするように、その向う鎚は今度も定次となりますように、そうして、立派な一ふりが作られまするようにと祈つた。

この祈りの叶えられる爲にと、百ヵ日の日參を誓願した。四條綾小路から鳥羽伏見に在る稲荷明神まで、往反およそ五里の道程である。又、稲荷明神に祈つたのは、曾て三條小鍛冶がこの神の扶けを得て、名刀を打つた古事に倣つたのである。――が、それほどの定次への思慕が、實は神への名によつて巧みに執念化されてゆくことに、自身は氣づくべくもなかつた。

或る日の事、それは二度目の鍛錬が始められて（このあらたかな靈驗に千鳥はどんなに感謝したか知れなかつた）、もう、嫩葉の色も日増しに靑くなつてゆく五月のすえのことであつた。

何時になく、夕景に及んで千鳥は家を出、稲荷明神に詣でて歸る頃には、四圍はとつぷりと昏《く》れていた。その夜道を急ぎ足に藤之森あたりにさしかかると、ふと、夜目にもしるく、向うから遣つて來る被衣《かつぎ》姿の﨟たけた女がある。千鳥が訝んで様子を窺うと、女は近寄つて來て、歩み停り、

「このあたりは、藤之森でございましょうか。」

と問うた。千鳥はそうだと應えた。

「では稲荷明神は間もありませぬね。」

と更に女が言う。自分は、歸る身でさえこれ程不安にかられて道を急いでいるのに、これから詣ずる人もあるとは。そう思つたから、いくらか同情と親愛の情をおぼえて、

「はい。あともう十數町でございます。私も實はお參りしての歸りでございます。今頃からでは、足許もさぞ御不自由でございましように、御奇特な事でございますね。」

と言つた。

すると、女の方でも人なつかしげに顔を寄せて來て、さて言うのに、自分はもと、さる宮にお仕えした身で、憎からず思うお方に肌を許し、子までもうけたが、近頃、そのお方は疎ましい様子をお見せなさるので今一度思いを遂げたいと、こうして稲荷に參籠に參るところです——そう言つて、凄艶に打わらい、やがて女は足早やに去つたが、何となく心が殘つて見送つていると、忽ちに女の姿は大蛇に變じてしまつた。あつと叫んで千鳥はこの時目が覺めた。

翌朝、二度目の太刀が折れていたのである。

八

定家が、三度び定業に鉧を燒かせ、定次を向う鎚に太刀を鍛えはじめたのは、二條兼基卿と

の約束の日もそろそろ迫つた六月なかばのことである。二度目が折れて以來、ほぼ一月の空白を經ている。

定家はその間、爐の消えた鍛冶場に殘つて、一人、祭壇に面した。天照大神をはじめ歴代の人皇に奉仕して我が國古來の鍛冶の法を傳えると稱される天目一箇神に、何事かを祈つたのである。それから鍛冶場を出て、定業、定次を伴つて賀茂ノ神社に詣でた。それから更に、清水寺に參つて御堂を拜し、香を拈《ねん》じて祈つて、さて、こういう事を二人の弟子に言つた。

儂にも妖しい心を籠め、斬味《きれあじ》に專念して太刀を鍛えた時期がある。女性《にょしょう》の蠱惑に魂を奪われつつ打つた太刀もある。それらは悉く、その時々の我が心を刄文に寫してあやまたなかつた。鍛冶は恐ろしい。太刀は更に懼ろしい。併し、漸く五十のなかばを過ぎて、どうやら儂にも人並の太刀が鍛えられそうな昨今、せめて、過去の我が汚心を淨め、能うべくんば一切の世の迷い心を淨める太刀を打ちたいものと、兼々、念願して居たところ、倖い關白卿の乞いを受け、些か信ずるところもあつてお引受けした次第である。然るに、一兩度の蹉跌を見た。これまだ我が心の誠心に虧ける所がある故であろう歟《か》。そうではなくて、誠心という名の傲りの所爲であろう。されば、今一度というに非ず、虛心というに非ず、神みずから我が身を藉りてお打ち召される——左樣な心境で、太刀を鍛えてみようと念《おも》う。されば御身たちも、功名心のゆえでなく、世の迷い心を淨める爲にと、どうぞ私《わたくし》なき心で、今一度力をかして呉れい。そんな意味の事を言つた。

弟子二人は感動を面にあらわして無言に頷いた。この上蹉跌するようなことがあれば、もう二度と師の定家は太刀を打たぬ決心であろうとも察したのである。

仕事はこの翌日から始められた。三七、廿一回の水垢離を取ること、あらたに注連を七重に張り爾前に幣帛を捧げて祭壇に祈ること、悉く従前の通りである。鍜は五晝夜にして玉鋼となつたので、定家と相鎚の定次は鍛冶場に籠つた。これが正安三年六月廿四日であつた。

盛夏に白熱の爐で鋼《はがね》を爍《わか》す操作である。鍛冶場は蔀《しとみ》の格子の隙より僅かに風が通る以外、悉くの戸は閉込《たてこ》めてある。師弟の振下ろす二挺の鎚が時に、燦然と汗の玉を散らす。鎚音が歇めば、鍛冶場の靜謐に蟬の聲が響き透る。夜になると、それが釣瓶の軋みと飛沫《しぶき》の散る音に替る。徹宵、千鳥が水垢離を取るからである。

あの夢の日以來、氣味悪く思つて千鳥は稲荷明神への日參を止めた。かわりに、一日百巻の般若心經を誦し同じく百回の水垢離を取つた。井は鍛冶師のそれとは別だが、厨所の前で浴びるその音が、深夜の靜寂ゆえ、鍛冶場にまで聞えてくるのである。定次はそれを耳にして、一瞬紅潮する。無言で慾えている思慕のそのしおざいを聞く心がするからであろう。一方、定家は、そういう雜音さえ一切耳に入らぬ無我の境地で鎚を振つた。

鍛冶押をしたのは六月晦日であつた。何事もなかつた。定家はここで一度、巻藁の試切をして斬味を試して、鑪目を入れ「定家」と銘を切つた。次で「縦を突」き艶砥を用いた。何事もなかつた。いよいよ最後の磨きに入つて、師の手の動きに見入る定次の眼は酔うが如くに耀き出した。そうして、研磨の全部は遂に完了した。七月十八日黎明であつたという。

眺むれば刃は白く地は黒く潤い、その中に一段と白く浮立つ刄文あり、鎬地は沈んで黒に輝いている。鋼は金よりも美しい日本刀の一瞬が燦然と其處に集まつたのである。

定家は、わなわな慄える老いの手に、しつかり白刃を立て、朝明けに、刃區《はまち》から鋩子へ息もつかずに矘め上げ、ついで反をかえして、棟、鎬と睨下《ねめ》した。

この時さつと朝陽が蔀から差し入つた。

「……お師匠さま。」

定次は嘆聲を發して思わず上體を乖り出した。

白氣映り、刃は刀工の鬚より白く且つ冷たく冴え返つて、刀身に漂い立つ神氣は霧の烟る如く、折からの朝陽に、一條の虹を立てたのである。

「おお。……」

定家はがくりと肩を落し一聲した。その面貌には歡喜の色はなく絶望的な瞋氣があつた。

定家は叫んだ。

「かようなものではないわ、儂が願つたのは、かようなものではないわ。……これは妖氣じや。

妖氣の虹じゃ。定次、お身には分らぬか、何者かの、……何ものかの邪氣がこれに籠つて居る。」

そう言つて定家は尙も喰い入る如く刀身に見入つた。

水垢離を了えた千鳥が鍛冶場の傍を通り過ぎたのはこの時である。彼女は常のように、跫音《あしおと》を忍んで、鍛冶場の邪魔にならないように、通つた。

併しその影が大きく動いて蔀を横切つた。その時に、太刀の虹が消えた。烱《かつ》と兩眼を見開いて蔀の外を見詰めた定家は、「そうか、そうか。」二度うめくと、乾いた聲で千鳥を呼びよせたのである。

千鳥は、不浄な女の身だから、ついぞ其處へ立入つたことはない。それがゆるされたので、最初、不審げに蔀の格子越しに內らの父を見遣つたが、その父の顏は、泣いているとも笑つているともつかぬ奇妙な表情である。

千鳥は鍛冶場へ入つた。他でもない、太刀が出來上つたのだと直感して、そのうれしさの餘りであつた。定家はそんな千鳥をサッと坂本樣《よう》の拜み切りに斬り下した。

この太刀は、千鳥の血を吸つて後ちは、いかにしても、再び虹を立てなかつたという事である。約した日に、二條兼基卿から太刀受取りの使者が送られて來たが、定家は言を左右にして、渡さなかつた。太刀は後ちに稲荷山下の大八島龍神に奉納された。

定業、定次は、ともに綾小路派を継いで名をなしたが、何故かこの兩人以後、綾小路派を名乗る刀工は史に見ない。

清兵衛の最期

伊倉清兵衛が士分のお取立に預つたのは、慶長十九年貳月というから、清兵衛二十二歳、嫁のふみは十四歳で、未だ飯沼平右衛門の娘だつた頃である。

清兵衛の主人福島正則は酒豪で知られていたが、參覲して江戸に在る時も、「關東の酒は口に合わぬ」と口癖に言つて、いつも領地・備後の三原《みはら》酒を取寄せる習慣があつた。

或る年、例によつて、船で江戸へ酒を積み運ばせたところ、此の船が海上で難風に遭い、奈邊ともなく漂ううちに一つの島へ流れ着いた。——その時、運送の采配をしていたのが、清兵衛である。

清兵衛は取りあえず人夫を督促して、とある巖壁の松樹に纜《ともづな》を結びつけ、さて此處はどこであろうかと、巖の上で船を見下している島の者達に尋ねた。「八丈島じや。」と其の一人が應えた。

八丈と云えば流罪處だが、兎も角江戸には近いようなので、清兵衛は安堵した。いくらか風も斂《おさ》まつたようである。雨は、此の島へ漂着する少時前から上つている。時刻のところは不明であるが、どうせ一兩日はこの島で海の凪ぐのを待たねばなるまい、そう考えて、淸兵衞は船頭の一人を伴い、陸に揚つた。適當な設營地をさがすためであつた。

暫く行くと、四圍を見廻している淸兵衞のところへ、トボトボ岩蔭から歩み寄つた老人がある。物語に聞く俊寛というのは、恰度こんなであつたろうかと思われる程、うらぶれ果て、襤褸を纏つて、その足許も危うげな歩き様《ざま》である。

老人は淸兵衞の前に來ると、「この島に見掛けぬ者じゃが、その方、いずれより參つた。」と訊いた。身扮《みなり》に似ず威嚴のあるその口吻に、淸兵衞は驚いた。自分は福島左衞門太夫の船の者で、難風のため當島に流れ着いたと淸兵衞は答えた。

「さては、福島が內の者か。」

老人は事もなく言い捨てる。而して、船には何を積んで居るか、と問う。

淸兵衞は、主人の酒を積んで江戸へ向うところであると言つた。すると老人の眼が輝いたのである。

「酒ならば、少々我らに吳れぬか。わしは、宇喜多秀家がなれの果てじゃ。」と言う。久々に美酒を呑んで、今昔《こんじゃく》の憂さを慰めたいから、とショボショボ睫毛を瞬いて言う。

秀家と云えば、曾て豊臣秀吉の養子で權中納言に昇つた大身《たいしん》である。淸兵衞はいそいで姿勢を正すと、早速、土下坐をして、

「――御酒の事は承知致し申した。併し、これは主人の物で、私すべきではございませぬから、多くは差上げかねまする。一樽だけ進ぜましょう。やがてこれへ人夫に持たせて参ります故、その前に、先ず宿を示して頂きたい。」

老人は悦んで、「おお、では案内《あない》致そう。」と先に立つ。

清兵衛が附いて行くと、程なく、いぶせき掘立小屋に達した。あれがそうじゃ、と老人は突いて居つた杖を上げた。

其處は、岩影の樹間に藁を覆《かぶ》せたばかりの、ほんの假棲居である。昔を偲ぶとうたた感慨を催す。

清兵衛は早速船に立歸つて、酒一樽に魚少々を取添えて持たせた。そのあと再び小屋を音ずれ、「先程も申上げます通り、主人の物でございますから、多くは心に委せず、少分なれども之にて御勘べんを願いたい。」と言つた。朽葉の積み重なつた、敷物もないわら小屋に孤の新しい酒樽の置かれたのが一層あわれである。

それでも老人は涙にくれるばかり喜んで、

「ま、これにて相伴せい。」

と泣き笑いに座をすすめた。

役目柄そうもならぬので清兵衛は辭退したが、樽運びの人夫とともに其の場を去るとき、掘

立小屋の内で、

「……左衛門、お主は果報じやぞ。」

と呟くのが聞えた。悲痛な獨り言である。


宇喜多家の祖先は兒島高德で、秀家は天正十年、父・直家が卒してから、幼にして秀吉の子となり、美作國《みまさか》を授けられた。秀吉の天下平定後、從五位下侍從に任じて河内守を兼ね、このとき秀家と改めたのである。文祿元年の征明の役には元帥となつて渡韓し、明將李有聲を斃し、李如松の大軍を破つている。よほど嬉しかつたらしく、秀吉はこの捷報を得ると、早速に書を送つて秀家を褒賞した。この武功で、左近衞中將參議從三位から權中納言に昇進した。慶長五年、石田三成に擁せられ、謀主となつて德川家康打倒の軍を起したのが、關ガ原の役である。周知の如く石田方は大敗したが、この時秀家は、德川方の先鋒福島正則を、本陣近く肉迫して冒したことがある。このため正則は兵を勵まして殊戰し、正則に呼應した脇坂安治の裏切りによつて（これは秀家の軍勢の延びきつたところを側面から射擊したのである。）ようやく正則勢は勢いを取戻し、逆に秀家軍を敗走させた。この勝敗が、關ガ原の役を決定づけたと云つてもよかつた。「武功の第一は左衛門太夫じや。」と家康も戰後に感泣して福島左衛門太夫正則に清洲廿萬石から、安藝・備後の二國四十九萬八千石を與えている。序《つい》でに言うと、宇喜多秀家は、正則が廿萬石の頃、備前で五十七萬四千石の大名である。秀家を裏切つた脇坂は淡路洲本で、僅かに三萬三千石である。

秀家は戰いに敗れると、九州に遁れて、薩摩の島津氏に據つたが、島津義弘も實は關ガ原の役に敗れた一人である。併しその敗走ぶりが面白い。日本の戰國史の中でも最も勇敢なものの隨一と稱されている。

——一體、戰鬪に於ける退却は、攻擊より勇氣の要るものだという。島津義弘はこの關ガ原の前日、大垣城で、石田三成と己が子の豐久が口論したのを理由として、戰いが始まつても兵を動かさなかつた。德川勢が攻めてくれば防ぎはするが、積極的に戰おうとしない。三成から幾度か早馬の使者が驅けつけ、卽刻兵を動かされるようにと注進すると、

「人の指圖は受けぬわ。」と素知らぬ顏をして居つた。この時島津が本氣で戰つていれば勝敗は何うなつたか分らぬのである。前《さき》の脇坂や小早川秀秋の裏切りが喧傳されているが、島津義弘の戰わなかつた事は關ガ原の役で、どれだけ石田三成を不利にしたか知れない。

それはさて措き、漸く戰さが不利となつて石田勢が崩れ出す。これを見た義弘は、

「烏頭坂へ退却致せ。」

と命じた。ところが、烏頭坂へ行くのは退却ではなく、勝ち誇る敵の眞只中を突破する事である。後方へ退却出來ぬ事もないが、戰鬪をしなかつたから、せめて退却ぶりで面目を立てよ

うという薩摩隼人の意地でもあつたろう。義弘以下千餘人で、何萬とも知れぬ敵の中へ突撃した。

この時の退却法は、島津獨特の「すてがまり」と稱されるもので、進む兵を擁護するために道の左右に決死の兵が立つて、死ぬまで戰う。それを斃して追つかけると、又同じ方法で兵が展開する。そうして、主力はどんどん走つてしまう遣り方である。

徳川方の井伊や松平の手勢が、この義弘を擊とうとどんなにあせつたか知れなかつたが、討てなかつた。無事に戰場を遁れ出たとき、義弘の手の者は僅かに三人であつたという。

義弘は、大薙刀を提げて、主人の許に追い集つた八十數名を従え伊賀の上野へ出た。ここで、わざわざ使者を城へ遣わし、

「只今、島津義弘當城下を罷り通る。若し、討取る所存であらば一戰を仕ろう。」

と聲をかけた。その豪膽さに呆れて城の者は返す言葉がなかつた。亂暴といえばそれ迄だが、「すてがまり」の戰法では子の豊久も討死している。豫め、斯く全滅に瀕するのは覺悟の上で、敢て三成への意地を通したのであるから、如何にも薩摩人らしい退却ぶりである。上野を無事に大坂へ出ると、義弘は海路を九州へ趨つた。秀家が辿り着いたのはその迹である。

元來、福島正則もそうだが、島津、加藤清正、黒田長政など豊臣恩顧の諸將は悉く三成の小才を惡んで居つた。島津以外の武將が徳川勢に與したのは、その憎惡が島津より深かつただけ

である。義弘は本國へ歸ると、蟄居して、福島正則に就いて家康へ罪を陳謝した。家康は之を追撃する不利は知っている。陳謝を容れて本領を安堵したので、義弘は申譯に家督を子の家久に譲つた。慶長七年四月である。次で家久は翌八年八月、伏見城に赴いて宇喜多秀家の來り隱れている事を告げ、助命を乞うた。秀家は謀主であつたから采領安堵というわけにはゆかぬ。が、死一等を減じられ八丈島に流されたのである。秀家は清兵衞に酒樽を惠まれて後、猶四十年この島に生きのびて居つたという。歿したのは明暦六年十一月二十八日、八十三歳であつた。衰弱のため老人と見えたが、清兵衞が見《まみ》えた時は未だ四十の壯年だつたわけになる。それだけに、再び世に出る一縷の希望を抱いていたのであろうし、曾て嗜んだ備後の美酒に一しおの感慨をおぼえたのであろう。

さて清兵衞は、此の日ののち程なく順風を得て江戸に辿り着いた。酒は悉く臺所奉行に引渡すと、その足で目付役の許へ行き、一書を差出した。清兵衞は微賤の者であるから、直接言上する事が出來ない、それで書《ふみ》を書いた。書には、八丈島で宇喜多秀家に逢い、酒を所望された次第を述べたあとでこんな風に書かれてあつた。――

昔ならばいかで中納言様の某式《それがししき》へ斯る言《ことば》仰せらるべきと思ひ候へば、一入《しお》御痛はしく存じ候。さりながら、君の物を私に人に送るは有間敷き事に候。然は候へども所詮か丶る所へ參り合せ候も、某が運の盡きたる所と存じ、此上は濟まぬ事ながら一樽を進《まい》らせ、後江戸へ參りて此事つぶさに申上げ、ともかくも御仕置に任すべしと存じ、一樽を進じて候。右の通りに候へば、如何やうとも御法にお任せ被下度、委細言上仕候。

恐々謹言　　敬具

伊　倉　清　兵　衛

慶長十九年甲寅《きのえとら》二月廿二日

御　目　付　殿

目付役津田四郎兵衛は書狀を讀了つて顏を顰めた。平生物堅いので通つた正則ゆえ、只事では濟むまいと察したのである。直ちに清兵衛を呼寄せ、

「この書狀の趣きに、しかと相違ないか。」

と訊いた。一切相違ない旨を清兵衛が應えた。

津田四郎兵衛は、「然らば堅く閉じ籠つて罷り在るように。」と命じ、君前に出て右の模樣を申述べた。

つくづく聞きおわつた正則は、

「その者、如何致したか。」

と尋ねる。

「堅く押込め置きましてござりまする。」四郎兵衛が答えると、

「早々これへ引き連れて參れ。」と語氣荒く言つた。

さては手討になるかと四郎兵衞は哀れに思つたが、是非もない。座を立つて清兵衞を再び呼出し、

「殿の御氣色はただ事とも思えぬが、あの御短慮じや。此上は覺悟を致す様に。」

と申しつけた。清兵衞は畏つて、

「其の儀なれば當初より覺悟を致して居ります。お心を痛められては、却つて痛み入ります る。」と應え、それから、わるびれる様もなく、津田の後に従つて正則の前に出た。

清兵衞が平伏したのは庭前であつた。遙かに望み見て、正則は、

「近う參れ。」

と聲をかけた。すわ手討かと座に在る側近の小姓もひとしく面をそむける。清兵衞は覺悟の上だから、パッと腰の脇差を背後に投げ捨て、正則の側近くに進み上つて平伏した。

「その方、八丈にて秀家公に酒一樽遣つたと申すが、今一度仔細を明白に申してみい。」

と正則は言つた。

清兵衞は始中終《しじゆう》の事から、己が覺悟までを殘る所なく申しひらいた。

すると、正則はハラハラ涙を滾して、こう言つたのである。――「うい奴哉。主人の物なれば與え難しと斷われば濟むものを、左衞門は日頃吝嗇《りんしよく》もの故、使われる者まで吝嗇なりと蔑ま

れるのを恐れた上の所存であろう。」清兵衛には應《いら》える言もない。只々《ただただ》平伏していると、亦言つた。

「多くの中の一樽、減じたりとも何條《なんじょう》人のさとるべき。然るに其方、左様の僻《ひが》事をなさず、神妙に仔細を申しおつた。下郎には見上げたる仕様、過分であるぞ。」

そう言つて、厚く賞し、爾後士分に取立てると沙汰した。これが慶長十九年である。

福島家の江戸屋敷は芝愛宕下に在る。維新當時、伊豫松山・久松家の邸のあつた所である。清兵衛は士分の扱いを受けるようになつて、暫時江戸屋敷にとどまつた。中小姓君に加わつて五人扶持、二十石であつた。

清兵衛には國許廣島に兩親がいる。士分の取立を受けたことを早速飛脚で報らせたく思つたが、我慢をした。如何にも狂喜しているようで、はしたなく思われはせぬかと省みたのである。武士となつた上は何事も愼重であらねばならぬ、そうも考えた。そのかわり、酒樽を運んだ船が廣島へ歸るのを幸便に、右の次第を傳えて貰うように託《ことづ》けた。

ふた月あまり經つて、所用が出來、清兵衛は朋輩の湯川權右衞門なる者と國許へ歸ることになつた。清兵衛にすれば、故郷へ錦を飾るに似た晴れがましい懷いが心の何處かにある。併し、廣島に立歸つてみると、所用の役目は、今では朋輩であるに拘らず權右衞門一人が濟ませる。

権右衛門自身はその氣でなくとも、世間がその様に扱つて來るのである。係役人などは、初手から、清兵衛の士分であるのを認めず、権右衛門の従者程度に見立てている様子がある。清兵衛の顏色は變つた。

清兵衛は考えた。世間が自分を成上り者扱いすると見るのは僻目であるかも知れぬ。併し、心底から寔の武士であれば、よし何の様な扱いを受けようともかかる慘めさは味わぬに違いない。これは、名分のみ飾つて未だ自分に內容のともなわぬ證據であろう。卽ち、武士たるに足る武藝が未だ自分には備つて居らぬ。若し、武を練つて自ら恃むところあれば、たとえ如何ようの扱いを受けようとも微動もする事ではあるまい。

――そこで、役目を了えて一旦江戸表に戻ると、清兵衛は右の次第をつつまず上役に申述べ、叶うなれば國許詰にて御奉公が致したいと申し出た。江戸よりは、昔の身分を知られた國許で修業した方が、一そうの勵みにもなろうかと考えたのである。

正則はこの願いを聞いて、

「小賢しき事をぬかす。」

と吐き出す様に言つたが、當人は一生懸命であることが分つているから、「思うようにさせてやれい。」と赦した。清兵衛は廣島に戻つて新たに番衆に加わつた。

伊倉清兵衛が、それより大いに修業したのは鐵心流の兵法だつた。鐵心流というのは「備前備後の間に有り、元祿の比《コロ》迄在々に行れし由、今は甚だ稀にして絶えたる如し、是は大塚鐵心と云ふ者武藝を好み、後《ノチ》自流を立《タテ》たる也、劍術及び和《ヤハラ》をも傳へし也」と「撃劍叢談」（天保十四年刊）にある。この大塚鐵心は若い時劍術に自滿し、天下に周遊して名を顯わそうと之を曹洞宗のさる和尚に謀つたところ、徒らに恥を受けるばかりであろうから止せと和尚がとめた。鐵心は「さては我が藝を未熟と思われ候か、武藝は禪機とは事替るべし、たとえ今、我が名は知られずとも、一勝負して勝てば其人知る。又他の所に勝ち候えばその者に知られ、かくする事年を重ねれば天下に名を顯わすべし、當今、近國にて我に愜う者は恐らく有まじきものを。」と言う。和尚はカラカラと打笑つて、「左様に申すなら眼前のこの儂《わし》を先ず打つてみい、若し打勝てば武者修業も心のままじや。萬一、わしに後れを取らば卽座に坊主に致すがよいか。」と言つた。今度は鐵心が打笑い、「いかに道德おわすとも、など劍術の事に叶うべき、試みられんとならば其の意に任さん。」と答え、其處で試合に及んだ。

和尚は拂子《ほつす》、鐵心は戶張の竹で合對《あい》したが、鐵心は負けたのである。鐵心の切尖はコソとも屆かず、逆に、拂子でヒョイヒョイ面を撫でられる事が屢々《しばしば》であつた。さながら鐵心は醉えるが如く茫然とした。その間に、和尚に髮を剃り落されてしまつたので、此時より名を鐵心と改めたという。

「されど僧侶に交るべき身ならねば、之より大いに發奮して妙旨を獲、備中備後の間にて武藝を指南して一生を終りたりしとぞ、按ずるに、此事は禪理を尊ぶ者の妄說ならん歟。されど、鐵心流に預る一話柄なれば、其あらましをしるしぬ。」

と「撃劍叢談」に書かれている。清兵衞は三年餘り、連日右の鐵心の許に通つて修業をしたのである。

武藝の奥旨を究めようというのが目的でなく、清兵衞のは自分の內に安心を求めるのが念願だから、何うしても些末の技前より精神に重きをおいて修業をする。これが却つて劍理に適つて、短日の裡に著しく上達を遂げた。

或る日、師の鐵心が所用で近在の祇園町へ出掛け、道場を空けているところに、有髮の修驗者が他流試合に來たことがある。後になつて、この修驗者は故意に鐵心の不在を窺つて來た事が分つたが、曾て僧籍にあつた關係から、鐵心の道場へは亂破《らつぱ》や普化僧《ふけそう》の出入する事は、それ迄にも屢々あつた。

道場に留守を預つていたのは、師範代の芳賀順正という者である。順正は數奇な生涯を送り、後年鐵心齋と名乘つて吹上御殿で「一の祕太刀」を將軍の台覽に供した。この頃はまだ三十二歲の壯年である。

順正は、形通り修驗者を道場に入れると、先ず門弟二人と立合われたい、と修驗者に向つて言つた。そうして對手の一人に清兵衛をえらんだ。

修驗者は「本山派」で、山臥《やまぶし》の裝束――頭巾《ときん》、鈴繫（修行衣）、結袈裟、嚴多角念珠、脚半の裝束に身を固め、緣笈を負うて、右手に錫杖を突いている。六尺豐かの長身である。道場に通されると、門弟一同注視の中に悠然《ゆんで》として先ず左手の念珠を板の間に置き、その傍らに笈を降ろし、次で腰の小法螺と斧を抜取り、金剛杖のみ手に持つてやおら立上つて道場の中ほどへ歩み出た。

「我は京僧流の槍を使う者なれば、この杖にて御相手を仕る。」と大音に言つた。

芳賀順正は正面師範の席に、鹿島明神を祀つた祭壇を背にして、威儀正しく着座した。修驗者に先ず立向つたのは仁田治郎右衞門と云つて、清兵衛と同じく二十石で徒組《かちぐみ》の士《さむらい》である。背丈は常の者に較べて低いから、修驗者と對合《むき》うと容姿に於て早や數段の見劣りがする。兩人は相互に禮を交すと、抜合つてパッと左右にひらいた。

當時の試合は、豫め話し合いがなければ孰《いず》れかが「參つた」と叫ぶ迄續ける。審判などというものは無かつた。況して他流試合である。治郎右衞門には自ずから道場の名譽がかかつている事とて、蒼白の面に凄絕な氣魄が見える。青眼に構えて居つた。

修驗者は、これは異相の構えで、それが先ず一同の眼を奪つた。左手の金剛杖を常の太刀の如く前方へ突出し、右手は、胸のあたりに、二本の指を立てて印を結ぶが如く、口に呪文を唱えているのである。自ずから斜《しゃ》の身構えになる。そうして、杖の切尖で相手の木太刀を嬲《なぶ》りつつ自在に身を動かす。

治郎右衛門は當初その異様な構えに呑まれ、制する術がなかつた。猿臂《えんぴ》を延ばした金剛杖には巧みな間合がひそんでいる。治郎右衛門の顏面は蒼白となり、呼吸に險しさが加わつた。道場の一面には明取《あかり》りの武者窓がある。折から落日が朱《あか》く射込んでいる。横顏を映《てら》された治郎右衛門の口は、不意に裂帛の氣合を發した。木太刀と金剛杖は虚空で丁と搏合《うちあ》つた。戛然として木刀だけ道場の床に墮ちた。と、すかさず修驗者の印を結んで居つた指が、治郎右衛門の眼球を突き通した。「ああ」と身を鞠《まり》の如く屈して、顏を蔽つた治郎右衛門の手の隙間から、鮮血がほとばしる。

一同は茫然となつて、治郎右衛門を介添えに立つ者もない。

芳賀順正が修驗者に言つた。「お手前は、只今の兵法を京僧流と申されるか。」

「異な事を承る。」修驗者はトンと杖を床に突立て、皮肉の笑みを泛べてから應えた。「只今のが何流であろうと勝敗は瞭《あきら》かじや。それとも、當道場では京僧流でなければ勝てぬと申されるか。」

順正が應えずにいると、又言つた。「我らは存じよりの通り、山に伏し、深く三寶を尊びて鬼神をも使役致す。武略如きは神通自在じや。御不審とあらば今一度、替りの相手を差向けられい。」と云うのである。

この廣言《こうげん》に遽《にわか》に一同は氣色ばんだ。「静かに致せ。」順正は窘《たしな》めておいて、豫定の通り傍らの清兵衛を促した。

清兵衛は一度、深く呼吸を吸いこむと、治郎右衛門が門弟に抱えられて別所へ去るのを俟ち、徐ろに座を起つた。清兵衛も治郎右衛門同様、背は低い方である。身支度を整えて道場へ歩み出ると、一齊に水を打つた如く場内は謐る。

修驗者は前回と同じ身構えをした。右手を印に結ぶのも同様で、口には低く呪文を誦している。この構えは修驗道の役小角《えんのおづぬ》が悟つた「孔雀の呪術」から分派したものだという。指は、恰度じゃんけん拳の「ハサミ」にして、敵の兩眼を突くのである。清兵衛は下段に構えて相對した。

稍あつて。

戞然と清兵衛の太刀は撃ち落された。修驗者の指が眼窩を狙つて電光の如く飛んだ。一同は息を詰めた。——一瞬である。清兵衛は鼻の寸前で相手の手を、發止と手刀で止めたのである。「あつ」とうめいて其場にうずくまつたのは修驗者であつた。修驗者の右腕は、指のつけ根から肱まで二つに縦に裂けていたという。

この事があつて清兵衛の武名は、一躍揚《あが》つた。以前は兎角輕んずる嫌いのあつた上役や朋輩も、半は愕き、半は畏怖を以て清兵衛を扱うようになつた。昔を知る船人や世間一般の彼に対する態度が變つたのは無論である。中には、以前から唯の足輕で終る方とは思つて居らなんだ。そんな言を面と向つて言う者もある。

清兵衞は併し、別段嬉しそうな様子がない。從前の如く勤務し、非番になれば道場に通つて修業するのも從來と同様である。道場では、清兵衛より未熟の者が清兵衞を見ると忽ちに集つて來て稽古を願う。清兵衞はすると困惑に眉を曇らす。一つは仁田治郎右衞門が失明をして、剰《あまつさ》え上のお叱りを蒙り、城下を追放された事を考えたからである。元々、町道場に通つて修業するのは微賤の藩士ときまつているが、それでも、名もなき者に敗れて藩の名誉を傷つけたと云うのが、追放の理由であつた。

今一つ、清兵衞が困惑したのは他でもない、彼自身に於て未だ例の安心を得られなかつたのである。心に恃むに足る所が、未だ無い。世間に喋々されればされる程、益々清兵衞は怏々として樂しまなかつた。

すると、誰言うとなく、そんな清兵衞を、武士らしくもなく「婦女子に情を移して、悶々として居るのじゃ。矢張り、出は出じゃ。」と云う噂がひろまつた。かねがね清兵衞の武名の揚つたのを嫉む者の間からである。

之を聞いて清兵衞は呆然自失し、次で烈火の如く忿つた。多少の根據はある事である。清兵衛が酒樽を運送して居た頃、物奉行・飯沼平右衛門にふみという女があつて、飯沼は清兵衛にとつて上役人故、常々その邸に出向いて公私に亙る指圖を清兵衛は蒙つて居た。彼が士分のお取立に與つた時、廣島に立歸つたのを士分として快く迎えてくれたのも、實はこの飯沼平右衛門唯一人である。以來清兵衛は舊に倍して飯沼を大切の人と扱うようになつたが、役目柄、曾ての清兵衛の經驗を多として、飯沼の方でも折々用務の相談に清兵衛を招いた。漸く清兵衛の飯沼邸を訪う足が繁《しげ》くなつたのはこの爲である。併し娘のふみには、昔と違つて、見違えるばかり成人したその姿を兩三度垣間見ただけで、親しく詞を交したことはなかつたのである。

皮肉なことに、この噂が清兵衛を初めてふみに關心させた。次で、ふみに對して申譯ないと云う氣分を抱かせた。そこで、一日、意を決して平右衛門が屋敷を訪ずれ、清兵衛は言つた。

「某《それがし》如きのために御息女の御名前に瑕《きず》が附き申しては、甚だ心苦しゅう厶《ござ》る。就いては、如何様の手段《てだて》にても御息女の寃を晴らしたいと存ずる。何ぞ、良き方策をお示し下されい。」

平右衛門が當然の事のように言つた。「埒もない事じや。お手前は娘と祝言致されればよい。」

「それは。」云い詰つて、清兵衛の兩頰は乙女の如く赧らんだ。それでは却つて噂を眞《まこと》にしてしまうではないか、と云うのである。

「よいわい。」平右衛門は言い捨てた。「お手前の方で差構いないなら、當方に異存はないぞ。兼々娘の身のふり方を按じておつた處じや。この際、噂を世間に眞に受けさせるが、武士の意氣地でもあろう。」そう言つて、手を拍ち、早や次の間に妻と娘を呼びつける。

清兵衛の面は紅潮して、忽ち紙の如き白さに一變した。清兵衛はふみ女に申譯ないと考えて此處へ來た。どちらかと云えば清兵衛はふみに對して密に好意こそ抱け、不快の念は露ほども覺えなかつた。身分が違いすぎるので、ふみを妻に迎えよう等とは想像もしなかつたところである。それが、一時の行きがかりにもせよ、妻として迎えることも不可能でないと知つて、奇妙に、波立つ感情がある。清兵衛の生涯に初めての感情である。併し、それは、實はまだ下賤の根性だつたらしい。まことの武士は、感情の如何にかかわらず、かかる場合却つて意地を通す――そう平右衛門の言葉は教えている。

清兵衛は、如何とも爲《な》し難い生立の相違をまざまざ見た懐いで、次の間よりの妻女の挨拶にも顔を得上《え》げなかつた。

併し、默つて清兵衛には清兵衛なりの意地も頭を擡げて來た。兼てより、清兵衛に嫁を世話致そうと申し出てくれる者が折々ある。清兵衛はこの時二十五歳である。その度に、「些か思うところがござれば」と辭退して來た。内心の修行を追うに急で、妻など娶る氣になれなかつたからである。清兵衛の意地というのは、即ち、今後も斷じて縁談を肯《がえん》ずまい、という決意のかたちであらわれたのである。

清兵衛はふみとの話を斷わつた。

平右衛門は意外な拒絶に出會つて、失望と不快の色を露骨に見せた。

元和二年になつた。

福島藩に不穏の氣配が漂うようになつた。もともと、家康は正則に對して好感情は懐いていない。正則とて、關ガ原役に家康へ與したのは石田三成が憎かつたからである。恩顧の豊家には、渝《かわ》らぬ親愛と敬慕を持つている。それゆえ、大坂冬夏の陣に秀頼を護ろうとしたが、その機先を家康に制せられ、空しく江戸に封じられた。それでも、急遽國元の家老へ人を遣わし、「大坂にて戰さありなば萬に一も秀頼公の御運開かるべきとも思えず。我らは江戸にて留め置かれたる上は、いかに思うとも力及ばず。汝らは伜を守立て、急ぎ大坂城に駈入り秀頼公の御先途を見届くべし。む論斯くと世上に聞えなば、我らは御成敗にあい申すべきも、其段敢て厭わず」と戰いの用意を命じている。併し、廣島の家老達は「殿の秀頼公を思い給うは尤も至極の事なれども、我らとて殿を一筋に思うは同前の事なれば、何とて殿を見殺しにして大坂へ入城なるべき」と遂に其の事は止んだ。併し、城代家老の計らいを以て、大坂屋敷にある米二萬石を城中へ送りとどけたのは有名な話である。

そういう正則の、豊臣家に對する忠誠が家康に見抜かれぬ筈はない。秀頼を亡ぼすと同時に正則をも斃さんとの念は、家康が夢寐に忘れざるところである。あらゆる術策を弄しても福島家を絶つ事を家康は子の秀忠に遺言して死んだ。參覲の例に異つて正則のみ領國の廣島へ久しく歸れなかつたのも、幕府がその擧動を怖れたからである。

清兵衞は、微賤の士であるから、そうした藩と幕府との微妙な葛藤は詳細には知らない。恰度、先年の宇喜多秀家や島津に關する史實を知らなかつたのと同様である。併し、重臣達の憂慮の曇りは自然と下々にまで低迷する。事と次第に依つては、何時、戰いがあるかも知れぬ。

實は清兵衞は、鶴首してその日を待ちかねて居た。戰の原因は問う處でない。主君が軍を起せば、その馬前に死ぬのみである。而してその時こそ、疑いもなく武士の自恃が獲られるであろうと待ち望んでいる。

兎角するうち、元和四年二月になつた。突如、久々に正則が幕府の許しを得て、歸國するという報せが江戸から屆いた。番方である清兵衞は、主君歸國の街道筋に適宜の宿所を設營する勤めがある。そのため、この報せを受けると早々同役二人と廣島を發足した。

上役から清兵衞に定められた係りの宿場の一つは、備後の三原町である。此處では主君の正則は午餉の休息を取るだけで、宿泊しないことになつている。從つて準備の手筈も何かと簡單である。

さて用向きの概略《あらかた》を濟ませた夜、身分相應に投宿した町の旅籠屋で、清兵衞は奇妙な情景を目にした。——夜中に、酒の渴きを覺えて、水を求めに起上つた時である。

隣りの床を見ると、同役が鼾を立てて眠つて居る。枕許の水差しに一滴の水も無いのは、鼾の主が平らげてしまつたのである。武士は、心得のある者は決して鼾は立てぬものだが、とそう思つて清兵衛は却つて哀れに思い、起さぬように跫音《あしおと》を忍んで、廊下へ出た。薄暗く、勝手の分らぬ町家の旅籠ゆえ、奈邊に水があるのか明らかでない。耳を澄すと、筧の音より、部屋々々からの居汚い鼾聲のみ囂《かまびす》しい。仕様なく、凡その見當で鍵の手に廊下を曲ると、突當りの部屋に灯りが洩れて居つた。どうやら客用の座敷ではなさそうである。清兵衛は歩み寄つて障子の前に立つと、「コレ」と聲を掛けてみた。

應《いら》えがない。

そこで、障子を、薄目に開けたりせずサッと開け放つた。

寐ていたのは婢《はしため》である。二人並んでいる。一人は向うむきに肩まで蒲團を引擔《かつ》いでいる。手前の方の一人は、こちらを向き、枕を外して、口をあんぐり空けて熟睡している。どちらも娘である。多分晝間の勞働が過ぎるのであろう。清兵衛は起しかね、その儘に立去ろうとして、其處に釘附けになつた。

口をあけて睡つている方が、片膝を立てて、火燵の熱過ぎる所爲であろうが、一方の脚を疊の外に抛り出していた。赤い湯もじの股を開いたアラレもない恰好である。悪いことに、行燈が夜具の裾の方にあり、その明りで、女の陰の部分が露出して見える。よく見ると、火燵の熱《いきり》を受けるためか、其處から、ほのぼのと湯氣が立つていた。

清兵衛はそういう個所を目のあたりしたのは此時が初めてである。渇《かつ》して居つた口中に自ずと唾液が湧いて來る。ようやくにして、心を取直し、音のせぬように障子を閉めた。己が座敷に戻ると、寝に就いた清兵衛の口から、徹宵、寝苦しそうな溜息が洩れた。

役目を了えて他の朋輩達より一足先きに廣島に立歸つた清兵衛は、その足で、飯沼平右衛門宅を訪ねた。

「ふみ殿との祝言をお許し下されまいか。」と切出したのである。

平右衛門は前に斷わられた時以上に、先ず意外そうな顔をした。それから、不快の色を作ろうとしたが、うまくゆかなかつた。清兵衛が目の色を變え、必死に、畏つている樣子が可笑しかつたのである。それでこう言つた。「娘は品物ではムらぬ。たつて所望とあらば、お手前の方で勝手に、射止められたが宜《よろ》しかろう。」

清兵衛は狼狽した。「されば、如何ような手段を用いて奪い申せば、宜しゅう御座るか。」

「タワケた事を訊かれる。それは、お手前が方寸のうちじゃ。娘は、品物ではムらぬ。奪われたくば、當人の方から、靡き申そう。」

この言を得て、清兵衛は、爾後、何とかふみに言い寄ろうと努めたが、うまくゆかなかつた。

徒らに曾ての噂を眞實らしくするばかりである。

そのうち、五月に入つて愈々正則が歸國した。正則は士分に取立てた清兵衛の事など最早忘れている。幕府との雲行きが一見平穏と見えてその實、容易ならぬ狀態にある。正則自身に幕府へ反抗する氣は毛頭ないが、幕府の方で事あらばと窺い、いつそ事を仕向ける氣配さえ感じられている。——一方、世間は大坂の陣以來、秀頼を見殺したと正則への罵言に喧《かしま》しい。

そういう、ともすれば正則の心の苛立つところへ、或る日、側役が伊倉清兵衛なる者より縁談のお執成を願い出ている、と取次いで來た。

「伊倉とは、何者じや。」

正則は習慣になつている晝間の酒盃を、此時も手にして居つた。

「去る年、酒樽の一件にて士分にお取立を預りし者の由に御座ります。」

「何？」

正則は暫し上眼になつて想いおこしているようだつたが、やがてその額に、見る見る青筋が立つた。想い出したのだ。

「下郎の分際で增長致し居つたな。」と叫んだ。

取次の者はハッと、己が責のように頭を垂れる。正則は言つた。

「いかに下司とは申せ、かかる容易ならざるおり、余に嫁の世話をせいとは、よう申し居つた。

天晴れ慮外な奴じゃ。此の度は差赦す。以後、チト物事を辨えて頼むがよい、と左様に申しつけい。」そう言つて盃を口へ運んだが、此頃正則には酒亂の氣があつた。手が震えて膝前に酒が滾れた。正則の怒りはこれで又爆發した。盃を叩きつけて、「不屆き至極な奴。手討に致してくれる。これへ、引立てい。」と言い變えたのである。

これを制したのは家老の尾關石見だつた。當時、廣島城は大洪水で崩れた城郭を修復しているが、それに就いて、幕府の許可をまだ得ていない。この際、些少の事柄にも亂心の噂の立つような行爲があつてはならないから、どうぞお愼しみ下さるように、そう諫言したのである。そうして素早く取次に目くばせをした。

正則の前を退出した取次は稍あつて、單身引返して來て、こういう事を申述べた。——伊倉清兵衞なる者、僣越のお願いを申立てて御不興を蒙りしこと、重々不行屆きとお詫び申上げて居る。お手討とあらばそれも致し方のない事である。が、相叶うならこの際武士らしく切腹を仰せつけ下さるように、今生のお願いを申上げて居る——というのである。

尾關が「何卒切腹をお命じなされまするように。」と口を添えた。正則は、ぎろりと尾關を睨んで、顏をそむけた。

清兵衞は城を下ると、住居《すまい》へ立歸る前に飯沼平右衞門の屋敷へ廻つた。心なしか、常になくその足どりは輕げであつた。「ふみ殿と二人、暫時話しが致し度うござる。」と眞向から清兵衞は平右衞門に言つた。

……ふむ、これは良い婿どのになりそうじやぞ、と平右衞門は内心に呟いたが、今日城中でどういう事があつたかは、この日非番の平右衞門は知らぬ。相手を睨みつけて、「暫時であるな。」と駄目を押して、許したのである。

清兵衞とふみは一つ座敷に、對い合つた。清兵衞は床の間を背に、ふみは、距離を置いて部屋の端に坐つた。ふみはこの時十八になつていた。離れたところから眩しそうに清兵衞を見た。

清兵衞が言つた。

「某は只今、殿に切腹を仰せつかつて參つたところじや。武士にあるまじき願い事を申上げたのじや。もとより、先年士分のお取立を蒙つて以來、差上げ奉つて居る生命であれば、些かも惜しゆうはない。ただ、御身と晴れて祝言の叶わなかつたのが口惜しゆうござる。お笑い下され。清兵衞、よからぬ懷いを懸け申して參つた――。」

ふみは大きく眼を瞠つて清兵衞を見戍《みまも》つた。少時して、「……もう少し早く、それを伺いとうございました。でも、今でも、うれしく思いまする。」と言つた。

「忝い《かたじけな》……。」清兵衞は目をうるませて、立上つた。

この日夕景に、住居へ歸つて、清兵衞は切腹している。尾關石見の遣わした大木半兵衞が介錯した。切腹の前に、清兵衞は介錯人の役柄を尋ねた上で、「本日は御手を穢し、寔に痛み入りまする。御見掛の通り某輕輩にござれば、御介錯の上に自然と不調法もござりましよう乎。何卒死後の處宜しく御賴み申上げまする。」と會釋して、靜かに腹を寛ろげた。それから短刀の載つた三方を引寄せ、頭《こうべ》に推し戴いた。その推戴が長かつた。さては輕輩の事とて臆したるかと大木は蔑んだ。

切腹の後に檢めると、腹七寸許り物の見事に搔切つてあつた。尋常の武士には出來ぬ事である。惜しい者を死なせたと尾關は嘆じたが、正則が廣島の領土を沒收されたのは清兵衞の切腹の丁度一年目であつた。城の修復が理由である。

ふみは、清兵衞の死の原因を知つた翌日、亡き清兵衞の妻となつて、髮を落した。

小次郎參上

越前朝倉家の家臣富田《とだ》五郎右衛門は、永祿二年の春、眼を病んだので、家督を弟治部左衛門に譲つて、剃髮して勢源と號した。そうして翌年六月より美濃國岐阜に遊行した。

當時、美濃國主は齋藤山城守義龍である。義龍の父齋藤道三は、初め名門土岐賴藝《よりのり》に妾を進め、後ち土岐氏を滅して旣に娠《はら》める妾を奪うて己が寵とした。この妾に生れた子が、義龍である。從つて義龍は實は土岐氏の子である。

義龍は長ずるに及んでこの事を知り、弘治二年に自立して道三を弑したが、豪宕の質で、身長六尺五寸、坐して膝の高さ一尺二寸、膂力《りよりよく》衆に秀れて馬を擧げるに猫を扱う如くであつた。道三は苛酷の政を施いて凡そ罪ある者は生きながら之を焚き、或いは生裂いたが、義龍は能く人情を察して衆心を攬《と》つた。それで庶民は家業に安んじ、又國中には大いに兵法が流行した。

義龍の兵事の師は、「關東に於て隱れなき神道流の名人」と稱された梅津六兵衛である。或る日、六兵衛は門弟を招いて言つた。越前に名だたる富田勢源が當地に參つて居る由である。

富田は中條流の小太刀を使うと聞く。一度、出會つてみたいものだが、誰か勢源の宿所へ參つてこの旨を傳えてくれ。

そこで門弟が勢源の宿所を調べると瑞龍寺に居る事が分つた。齋藤の武威が盛んなので、朝倉家の連枝・朝倉成就坊が越前からこの瑞龍寺に詰めている。それを賴つて勢源は來ていたのである。

早速、梅津の弟子の高瀨三之丞、中村四郎五郎の兩人が瑞龍寺に出向いて、試合を申込んだ。するど應對に立つた僧が、

「富田勢源は不在である。」と答え、早くも奥へ入ろうとする。眼を赤く病んで、四十前後の僧である。

高瀨は訝しく思つて、「然らば何刻頃にお歸りであろうか。」と質した。

僧は振り向いたが、應じなかつた。この時一人の若い武士が、山門を遣《や》つて來て、件の僧に向つて「先生。」と呼びかけ、厚朴花の大輪に開き匂う一枝を獻じた。高瀨と中村は顏を見合つた。

二人に僧が言つた。

「富田勢源は只今、不在である。明日參られよ。但し中條流には曾て試合というものがござらぬ。御所望の儀は、何度參られても應じかねる。」

そう言つて、武士の手より厚朴花を受取るや忽ちに踵を轉じた。

如何にもそれが倉皇とした見苦しい様なので、

「待てい。」

中村四郎五郎が身を乘り出して式臺を踏まえ、大音に言つた。「なるほど、勢源どの不在とあらば止むを得ない。併し先頃より貴僧の態度を見るに、宛も富田勢源の如くである。されば、念のため申し聞かせる。我が師、梅津どのは關東に隱れなき兵法者である。先年、當國に參られてより吹原大書記、三橋貴傳の兩人は隨分の師匠であつたが、いずれも先生の太刀先に及ばなんだ。富田勢源とて、越前に於てこそ廣言も吐け。梅津先生には愜《かな》うまい。我らはこれより立戻つて勢源どの不在と申し傳えておく。名が惜しくば、匇々當地を立退かれたがよろしかろう。」と言つた。

併し言い了らぬ前に僧は早くも奥へ消えて居つた。それで中村四郎五郎は、衝立の達磨の繪を睨んで言つたが如き印象を與えた。

一方、高瀬は、先ほど僧に花を獻じた武士と對峙して居た。武士はまだ廿歳《はたち》前の背のすらりとした青年である。僧が誰であつたかと高瀬が問うと、

「富田先生じや。」

と應える。

「然らばお手前は門弟か。」中村が引退して來て、意氣込んで訊いた。

左右二人に詰寄られて、靑年は些かも動ずる氣色がない。「如何にも門弟じや。されば、これより師の許へ參る、其處をお通し下されい。」そう云つて、二人が間を通り拔けて玄關より奥に上つた。

梅津六兵衞のもとに復つて、兩人が右の次第を報ずるに、己が勇威を誇示するあまり勢源を殊更に輕んじ、且つ惡様《あしざま》に論斷したのは、事のなりゆきとしてやむを得ない。聞いた梅津は、滿足げに、「居留守を使つたは却々《なかなか》妙策じやが、明朝にでも當地を立去る所存であろう。」と笑い捨てた。

然るに四五日して、この時は高瀨三之丞が單獨で、それとなく瑞龍寺に富田勢源の有無を窺うと、未だ滯留の樣子である。庫裏に當つて、剩え《あまつさ》過日の武士の談笑する氣配がある。三之丞はこの日小者を從えていたから、己れは門前に匿れ、小者をして更に仔細に尋ねさせたところ、勢源はなお當分引揚げる樣子はなく、彼に師事する武士は、越前より從い來つた富田家の家來であることが分つた。

先日の揚言のてまえ、勢源逗留の事を虛心に師の梅津には告げ得ない。と云つて、つつみおおせるわけもないから高瀨はその足で、中村宅を訪問した。

四郎五郎は若年だけに意氣旺んである。「よいわ。飛んで火に入る夏の蟲とは勢源どのが事じや、おぬしは默つて居つたがよい。梅津どのへは、わしが言つて進ぜる。」

この言に三之丞も力を得て、それより打揃つて師の梅津を音ずれて有りの儘を語つた。

梅津方では、早速、別人を遣わして富田勢源に改めて試合を申込んだ。併し、勢源は何としても應じない。卑怯者、臆病ものと罵言を浴びせても、平氣である。强つて中條流との手合せが御所望なら、越前には名だたる士もござる故、彼地に出向かれたがよろしかろうと言を左右にして取り合わない。

そういう交渉が一兩度に及んで、或る日、この事は領主齋藤義龍の耳に入つた。

義龍は尙武の人である。越前に中條流の殷《さか》んなことは聞いている。梅津が敢て試合を申込むほどの者ならば、勢源も使い手であろう。是非そういう者の試合を見てみたいものである、と股肱の武藤淡路守、吉原伊豆守の二名を親しく瑞龍寺に遣わして、梅津との立合いを所望させた。これが永祿三年七月十八日であつたという。

中一日おいた二十日になつて、瑞龍寺から使いの者が武藤淡路守の邸へ來て、勢源の意を傳えて來た。大要はこうである。——梅津は領主お聲掛りの兵法者ゆえ、後々の禍いを慮《おもんぱか》つて今日まで立合わなかつたが、領主直々の御許容とあれば慥かにお相手を仕る。但し、いずれが勝を獲ても、一切遺恨無き事をお含みおき願いたい。

一應尤もの申し條なので、武藤は諾意を與え、追而、試合の日取りは梅津に諮つて當方よりお傳えに參る、と應じた。念のため使者の青年武士の名を質すと、富田家の家人で佐々木小次郎と名乘つた。

梅津六兵衞は大いに勇んだ。試合の場には檢分の者以外立會わぬのが、しきたりだから、義龍が親しく見るわけにもゆかぬが、「なに、試合の模樣は立返つて某《それがし》、直にお話し申そう。」昂然と梅津は嘯《うそぶ》いて片眉を上げた。

試合は七月二十三日辰ノ刻と定められた。場所は武藤淡路守の邸内《やしきうち》である。淡路守と偕に前《さき》に瑞龍寺へ出向いた吉原伊豆守が檢士である。

いよいよ試合の當日になると、梅津は早朝より、ゆがかりをして神に祈り、門弟十數人を從えて武藤宅へ赴いた。長さ三尺四寸餘りの木刀を八角に削り、之を錦の袋に入れて中村四郎五郎に持たせていた。

富田勢源は家人の佐々木小次郎と二三の供の者を召し連れて、矢張り定刻前に武藤宅へ往つた。この日の朝、勢源は常の日の如く小次郎に稽古をつけた。勢源自らは一尺五寸の小太刀を把り、小次郎に三尺餘の太刀を振わせたのである。勢源は小太刀を特技とする、小太刀の效をしらべるには、技倆の優れた相手に大なる太刀を使わせるのが便宜である。同程度の業前同士は長い太刀を把つた者が必ず勝つからだ。從つて、小太刀の修業の相手には常人より長い太刀を使わせる必要があつた。佐々木小次郎は常々、そんな師の打太刀を仰せつかつていたものである。――代々、富田家は越前國一乗谷に住して中條流の刀槍術を傳えた家柄であつたが、併し中條流に小太刀というものはない。小太刀を編んだのは富田勢源その人である。中條流は、應仁の比《ころ》鎌倉に中條兵庫助という者があつて、兵法を好み、日向國鵜戸の岩屋で遠山念阿彌慈音から妙旨を授けられてより、興つた。遠山慈音というのは元奥州相馬の人で、相馬四郎義光と云つた。佛道に歸して慈音と稱えたのである。敬して、人は念大和尚と呼んだともいうが、富田勢源はこの慈音より約二百年後に初めて一派の小太刀を工夫したわけである。

一方、神道流は、遠山念阿彌慈音とほぼ同時代に、下總香取の住人飯篠長《いいざさちよう》威齋《いさい》が香取神宮に參籠して奥旨を悟り、一派をひらいた。正しくは香取神刀流という。數代を經て、關東の名人と稱されたのが即ち梅津六兵衛である。勢源との試合前に六兵衛がゆがかりをして神に祈つたのを、後世、とかく蔑む風潮があるが、香取神刀流を踏む六兵衛としてはこれは先師に倣つた當然の擧措だつたわけである。

　さて試合の場に臨んで、梅津六兵衛は三尺四寸餘の八角削りの太刀、富田勢源は武藤邸の庭に在つた黑木の薪物より手頃に一尺餘の割木を取出し、手もとを鹿皮で巻いて、立合つた。試合は一瞬にして了《おわ》つた。梅津が頭は打ち割られ、鼻と耳から血を吹いて身體悉く朱に染まつて倒れたのである。検士吉原伊豆守が牀几を蹴つて驅け寄ると、

「義龍公に、申譯ない。」

梅津は云つて、己が鼻血を嚥込《のみこ》んで呼吸《いき》が絶えた。

遺骸は、其の場で弟子どもの手で擔ぎ出される。武藤淡路守は勢源の神技に舌を巻き、此の日は終日邸にとどめた。歸途を梅津の弟子達が襲うのを惧れたのであつた。

翌日、義龍より是非對面したいとの意嚮が傳えられて來た。勢源は斷わつた。午前《ひる》になると、朝からどんより曇つていた空は遽しく雨雲が趨《はし》つて、地軸を搖がす大雷雨となつた。折から主の武藤淡路守は義龍の館——稲葉山城（岐阜城）に上つて邸にいなかつたが、家人の愕くのを他所に、勢源は佐々木小次郎を伴い雷雨のさ中を瑞龍寺に驅け戻つた。後刻、小歇みの雨を突いて義龍公より下賜された鵝眼錢並《がんせんならび》に小袖一重《ひとかさね》を携え戻つた淡路守は、さても要愼深い兵法者かな、と嘆じたという事である。

併し、雷雨を利して梅津門下の待伏せを豫め避けた程の勢源も、一旦瑞龍寺に戻ると、別に門弟達の襲來を懼れて岐阜を立退く様子はなかつた。試合の模様は日を經ずしてパッと美濃一圓に擴がり、わざわざ瑞龍寺に出向いて來て勢源に誼《よしみ》を通じようとする隣州の兵法者もある。毎朝、小次郎を相手に稽古をすると聞き知つて、その模様を見るため薄明から山門前に立つ者もある。瑞龍寺は門前に蝟集するそんな武士達の應接に暇《いとま》がなかつた。彼ら兵法者がいずれも勢源に畏敬をこそ懐け、けつして試合を申込まなかつたのは、曾ての梅津六兵衛の强さを知つていたからであろう。

義龍公からはその後も辭を盡して、招聘の使者が來た。勢源は眼疾を理由に斷わりつづけた。そこで義龍公は勢源の舊主筋にあたる朝倉成就坊を動かした。勢源も遂に斷わり兼ねて、己が代りに家人の佐々木小次郎を稲葉山城に饋《おく》つた。この時、「小次郎なる者それがしの取立てし祕藏弟子なれば、渠《かれ》を以て勢源その者と看做され度。」という勢源の口上だつた。これは、萬一小次郎が試合をして敗れれば、負けたのは勢源だという意味であり、若し又、梅津の弔いを義龍公が希まれるなら、存分に小次郎を討たれよという意味にも採れる。

——佐々木小次郎なる者は越前國宇坂の庄、淨敎寺村の生れで、父の代からの富田家の家來である。兄に爲太郎という者があつて、故あつて主家の勘氣を蒙り、越前の國今立郡鯖江の誠照寺に入門した。誠照寺は上野山と號し、もと越前三門徒の一本山で、後ち淨土眞宗誠照寺派の本山となつた。親鸞が越前へ左遷の途次に數日滯留した殿舍より興つたとも傳える。その寺領は朝倉氏の寄附によつた。

小次郎は幼少より富田家の當主五郎右衞門勢源に仕え、律儀一徹の彼は兄の分も補おうと精勤した。傍《かたわ》ら主人に就いて刀槍術を修めた。既に十六歳の比、勢源の弟治部左衞門に打ち勝つて、勢源に従つて美濃國へ來た時は未だ十七歳である。

齋藤義龍は伺候した小次郎の意外に年少なのを見て、さきの勢源の口上を想い併せ、忽ちに一計を運《めぐら》した。もともと義龍は巨大の體軀のため外見愚鈍《ぐどん》の如く見え、內實は穎悟の太守である。梅津が武略は惜しいが、さりとて勢源が危惧した如くそれに戀々たる未練者ではない。勢源へ含むところは毛頭なかつた。

義龍は先ず、膳部方に命じて小次郎の前に山海の珍物を盡し、旨酒を用意させた。次いで大廣間に奥仕えの女中六十餘人を並べて、艶を競わしめて十七歳のこの兵法者を遇したのである。卽ち、義龍は終始、武藝に關する話題を口にしない擧に出たのである。

六十人の女中はいずれも美を凝らして着飾り、その中には義龍の側室も一人加わつて居つた。義龍の指圖で、女子衆は前後二組に訣れて、廣座敷の兩側に、互いに對合つて坐つた。すると早くも向うと眼交ぜをして、クスクス含み笑う者がいる。――手を膝に揃えて目を閉じて、自分の順番を待つ者もある。――人身の將棋なのである。義龍は、上段の間にどつかと坐つて、指圖して意の儘に居並んだ女中を動かすのである。義龍自らが王將であり、女中の某は飛車であり、某は角行であり、某は步《ふ》である。度々催されることとて、女中達は既に己れが何の駒であるかを了知していて、義龍の命があると、「步」の女中は疊一帖を前へ進む。すると向う側では、側室が矢張り指圖をして、女中の一人がこちらへ向つて、一歩進む。角行は義龍の命を享け、斜めに座敷を走つて敵陣の中に進んで、朋輩の女中を抱く。笑いのさざめきが邊りに擴がる。女中は裾を亂して其處に寢轉がつて一同轉をしたからだ。所謂「成る」である。すると隣りに居つた敵方の「銀」の女中の一人が、つと寄つてトンと肩を敲いた。そうして、

「見上げましたぞえ。」

と言つた。

見上げるとは貴女の役は終つたという意味である。

かくして、義龍と側室の間に勝負がすすめられた。義龍はこの日、遠山ずりの色よき衣に出頂頭布を頂いていたが、いつか衣の袖を上げて、中啓をひらいて胸もとを煽いだ。勝負に打興じて佐々木小次郎を忘れさつた態である。美しい側室も始終、口邊に微笑をたたえている。武臣も齊しく片側に並んで、いつそ無心に打眺めている。中にはこんなことを囁き合つている者もある。「あの飛車めは弱そうじやな。歩のお役目とて、我らに一役かなわぬものかの。」「控えさつしやい。拔け驅けは戰陣の法度じやぞ。」などと云つている。弱冠小次郎一人は身を固くして、却つて醉うが如く茫然とこの光景を眺め入つた。

義龍が日頃目をかけた兵法者に、梅津の他に一人、不思議の術を使つた者があつた。名を安

川田村丸と云つた。

安川は大和國高田に生れて、もと武田信玄の猿樂金春派《さるがくこんぱるは》の能の巧者であつた。一日、武田の家來竹村某が田村丸の舞う様を見て、武技に愜つて隙のないのに愕き、矢庭に、小柄《づか》を抛げつけた。田村丸は舞の所作を崩さずすいと身をかわして、舞いつづける。之を見て、更に竹村は脇差の小柄を摑んで投げたところ、同じく體をきめて避け、小柄は空しく彼方の柱に突刺さつた。舞い了つた田村丸に竹村が言つた。さてこそ一藝の名人は違うものよ、我が手のうちも及ばぬか。そう云つて賞美して、今一度と所望した。見ていて信玄も親しく言葉を添えて溷《すす》めた。

すると田村丸は、

「仕舞は人を慰めも致しましよう。されど、なぐさみものの舞は某、仕りませぬ。」と言つた。

それが如何にも傲つた態度で、信玄は「廣言者」と呼び捨て、佩刀を把つた。田村丸はあやうく遁れた。それより甲州を去り、町人の子供其他に謠、小鼓、仕舞等の指南を渡世にしたが、戰國の世に悠長な藝事をたしなむ者は限られて居る。貧に加えて藝はいよいよ墮ちるばかりである。遂に意を決して、舞扇を捨て、兵事に志した。

いつそ身の災いとなつた兵法を以て世に立とうと田村丸は決心したのである。廿一歳の時である。以來十年餘を閲《けみ》して、齋藤義龍が道三を弑した頃、世の常にない銘手と噂される力倆を美濃に表わしていた。

田村丸の技は、不可思議である。彼は相手の投げつけた手裏剣を、指で捻つて忽ちに投げ返す。その時、實は田村丸の指は一葉の銀杏の葉を撮《つま》んでいる。飛び來つた手裏剣は、この銀杏の葉に刺さつた時ひねられて再びもとへ飛び返るのである。田村丸は、
或る時、田村丸の術を邪劍と罵つた者があつた。

「然らば、邪劍の某に勝ち召さるか。」と云つた。

「おお、勝たいでか。」肩を聳かして言うや彼は發止と小柄を投じた。忽ちに虚空を摑んで、うち倒れたのはこの武藝者である。彼の胸には一枚の銀杏の葉が載り、彼自らの手裏剣が銀杏の葉を通して胸板を刺していたのである。

佐々木小次郎は、あの日以來おりおり稻葉山城に登つて義龍の機嫌を伺つている。その度に過分の饗應を受ける。下城に際しては師の勢源へ菓子折が託《ことづ》けられる。時服を賜る時もある。

或る日、下城して瑞龍寺へ歸りかけていると、向うから一人の侍が遣つて來た。如何にも身輕げに裝束して、謠を口ずさんでいた。行き交う時、侍はふと歩み停つて、

「お手前が佐々木小次郎どのか。」

と呼びかけた。

「そうじや。」

小次郎も立停つた。「何ぞ御用か。」

「おお、小次郎どのなら、用がある。」

そう言つて侍は數間をとび下つて、「わしは梅津どのと曾て昵懇の安川田村丸という者じや。春より京へ旅行して居つたに、梅津どのは、おぬしが師の勢源どのと試合つて相果てなされた。わしが居つたら、おめおめおぬしらに勝たせはせんじやつたろう。思えば梅津どのが不憫じや。」そう云つて、足下の小石を拾つてパッと投げた。

さして捷くもない石だつたので小次郎は勞なく身を躱した。

小石は城壁の石垣に衝つて乾いた音をたてた。家來ではない小次郎は不時の下城ゆえ、あたりに城を下る藩士の姿もない。

重ねて石を投げつける相手なら、躍り込んで斬り捨てようと小次郎は身構えた。その小次郎を、田村丸も窺つて身構えたと見えた。小次郎は、瑞龍寺の小者を一人從えて居つた。燕《つばくろ》が田村丸の背から翔び來て小次郎との空間で身を飜して再びサッと中空に飛び去つた。併し、遠く得翔ばず鉛の樣に重く墜落した。燕の背から白い腹へ手裏劍が貫いて居つた。

田村丸は滅多に自らの小柄を仕懸けない。未だ曾て、投げたものが失敗《しくじ》つた事がない。それ故田村丸は如何なる時も只一本の小柄をしか用意しない。田村丸にとつて、二本使わねばならぬ時は卽ち敗北である。

この場合は不幸な燕が小次郎を救つた。併し田村丸にとつて、それは、二本目を投げねばならぬ屈辱を拭う理由とならない。

「わしが負けじや。」

田村丸は無策の棒立ちに突立つて、小次郎へ叫んだ。

小次郎は燕の變死が何を意味したかを知つて面色《かおいろ》が變つて居つた。小次郎には未だ、鮮かな敵を稱讃する純な若さが殘つている。その感嘆のおもいで青ざめたのである。——そうして、

「いいや、お手前が勝ちじやぞ。」と叫びかけた。

佐々木小次郎と安川田村丸がこの時から誼を交したのは、至極自然ななりゆきであつたと云える。小次郎は瑞龍寺へ戻ると、つぶさに右の仔細を勢源に打明けた。勢源がさしたる感動を示さなかつたのは器量の大きさとも見え、些末の業前を仰山に賞嘆するなと、窘《たしな》められているとも思える。小次郎は意氣込んで語り出した己が口吻の持つて行き場に困つて思わず赤面をした。併し、何とはない不滿の色もその迹にあらわれた。

以前は無意味の事と思われていた稲葉山城への伺候に、心なしか小次郎が晴れやかな面持で出向くようになつたのは安川田村丸との一件があつてからである。惟うに「友情」の爲せる業であろう。この日迄小次郎は師との日夜以外に生活を有つておらぬ。師の勢源は既に不惑の壯年である。修業のみ嚴しい。日々話題を他に轉じて談笑する餘暇も、事柄とてもない。然るに安川田村丸とは他事も隔意なく話しあえそうである。尠《すく》くとも、師の勢源との間に味えぬ若い

共通の何物かが通じる。小次郎が面上には、律儀一方の彼には曾てあらわれた事のない青雲の志の如きものが映じはじめた。

その年の夏もすぎて、漸く秋めいた風の涼しく感じられる十月はじめの事である。

或る日、義龍が側近く小次郎を招いて、

「どうじや、當地に永くとどまつて、喜太郎に仕えてくれる氣はないか。」

と尋ねた。喜太郎は義龍の一子で、後ちに織田信長に滅ぼされた齋藤龍興の幼名である。

小次郎は鳥渡《ちよつと》思案をして、「師のお許しがなくば愜わぬ事で、それがしの一存にてはお答え致しかねます。」と言つた。

「したが、勢源どのはその方を余に饋《すす》めてくれたぞ。許すも許さぬもあるまい。現に、こうして予に伺候致させ居るではないか。」と義龍は言つた。

慥《たし》かにその通りである。今日も、久々に登城して參れと命じたのは勢源その人である。もと登城して、用向があるというわけのものではない。兵法にわたる話もそう繰返してある筈はない。云つてみれば、他國に滯まつた兵法者が、その國の太守に御機嫌伺いの登城である。それとて、月のうち二度もすれば多すぎる。——結局、小次郎の伺候は、仕官の前の足場ならしの觀がある。事實、度々の伺候で自ずと諸役人とも面識が通り、一度は梅津六兵衞の門に在つて勢源師弟を狙おうとした者も、今では、他の役向きの家臣などより、武藝の道につながるだけに却つて親密の度が加わつている。最もよい例が安川田村丸である。

そういう事を、悉く、勢源は察知しているであろう。小次郎の面體《めんてい》に曾てない覇氣の耀いているのも見知つているであろう。その上で伺候をすすめるなら、祕藏弟子の仕官をむしろ期待して居るとも云えそうである。

然るに、勢源は終《つい》ぞその事を口にのぼせた事がない。歸つて來た小次郎に、城中での首尾一つ聞こうともしない。小次郎が兎角の模様を報ずると興なさそうに聞き流す。むしろ、いくらかの關心を示すのは同坐している朝倉成就坊の方である。

そんな勢源が、併し、一たび稽古の太刀を取ると、見違える如く精氣を帶び氣魄に於て寧ろ若い小次郎を凌いだ。稽古の打太刀は次第に長大となつて、小次郎は物干竿めいた異様な長さを必要とした。そうせねば尋常には太刀打ち出來ないのである。そんな時、より長い太刀を必要とする小次郎に對する勢源の氣合は、何か異様な、物に憑かれた如き相貌を帶びて、妖氣が立つ。見事小次郎に打勝つと、醉うが如く勢源は狂喜して却つて小次郎の出來を褒めるのである。手をとらんばかりにして、劬りの言葉をかけて、褒める。

——小次郎は、そんな師を見ると師のはかり知れぬ强さを畏敬する前に、却つて肌寒い鬼氣を感じた。ついで邪道に自分が在る感じを懷いた。それほど迄にして小太刀に執してよいものであろうかと省みる。と同時に、師に滿たされぬ日頃の寂寥感が甦つて勃然と敵愾心が湧き起ってくる。斯様に長い太刀を使って己《おれ》は敗れるのか、と自嘲に似た憤りも湧く。自ずから、再び勢源と相對する小次郎の太刀先にはついぞない眞劍の氣が迸《ほとばし》り、もとより勢源は小太刀に憑かれて居る、兩名はいつしか師と弟子であることを忘れ、太刀の長短に意地と生甲斐の全魂を傾けて闘っている。

——そんな稽古が、漸く繁くなった頃日《けいじつ》である。

小次郎が何時までも應《いら》えないので、

「どうじや、勢源どのに異存はあるまいぞ、是非、思いたって、喜太郎の相手をして呉れい。」

と重ねて義龍が言った。小次郎は師に伺って、しかとした返答は後日の事に致しとうござる、と言って、この日は退出した。

その晩である。

夕べの勤行が本堂で行われていた。讀經の文句も、今では小次郎も聞き覚えに唱えられそうである。併し、勢源の前に畏って小次郎が面は青ざめている。——やがて、「それではお許しが叶いませぬか。」

と小次郎は弱々しく問うた。

「何度申せば分るのじや。」

勢源は苛立たしそうに言った。「義龍どのが如きは我らが主君と仰ぐに足る器ではないわ。」

小次郎が應えずにいるので、暫くして勢源は又言つた。

「わしは、その方を手放すが惜しゆうて申すのではない。中條流を名乗る者で、その方と尋常に立合える者、三人と指折つて五人とは數え得まい。わしは丹精こめた弟子を、美濃一國が如き太守に差出すのは、不足じやぞ。」

と云つた。

勢源は小次郎になかば背を向けて螺鈿の卓を前に坐つていた。卓上には打亂筥《うちみだりのはこ》と硯と泔坏《ゆするつき》がある。硯には、硯頭に置いて塵を遮る小さな衝立風の硯屏風が立ててある。勢源は無意識にその硯屏を、立てたり倒したりする。そうして不快の時の癖で、時々傍らに置いた唾壺を取り上げては喝と吐く。

小次郎は垂れていた頭をあげて、

「分りました。それがしの思いあがりでござる。」そう云つて、以後、かようの不遜の願いは申述べずいつまでも師の許にあつて御奉公を致したいと言つた。

「おお、そうかそうか……」燭臺の灯りがゆらいで大きく勢源の影が前に倒れた。

勢源は刀架の大和國則長二尺三寸九分拵付《こしらえつき》刀を把つて、無言で小次郎に與えた。

翌日から、富田勢源は京へ上る旅支度をはじめた。瑞龍寺の水が目にあうというのが理由の逗留だつたが。——旅支度に日數の要るわけがない。

いよいよ出立という前日に、小次郎は義龍に挨拶に出向いた。勢源が命じたのである。義龍は愕いて、且つ大いにおしんで、金地蒔繪の印籠を餞けにして、

「他年、當地へ參ることがあつたら、是非とも立寄つてくれい。」と言つた。

城をさがると、いくどか通つた道すじである。濠の水の色にも、樹のすがたにも感慨めいたものが湧く。小次郎は一度、立停つてゆるりと四圍を打眺めて、微かに否々《いないな》と頭をふつて、足早やに歩きはじめた。

その時、背後に安川田村丸が追いついていた。

「おぬし、此の地を立去るそうじやな。本當か。」と訊いた。

「本當じや。」小次郎は故意に明るく笑つた。

田村丸は言つた。「おぬし、若君お附きの役目、斷わつたそうじやな。」

「おお斷わつたぞ。お手前とて、仕官は致して居らぬではないか。」

「わしが事は放つておけ。」田村丸は凝乎と小次郎を見据えて、「お役目辭退したは、勢源どの吩《い》いつけか。」と訊いた。

「餘計な事じや。」

小次郎はゆつくりと歩き出した。「わしは富田家の家の者ゆえ、御主人の申されるのを肯かないで何とする。」

「それはそうであろう。」田村丸もあっさり首肯して、

「したが、お主は物干竿など振うて居るそうな、何のためじやい？」

「――」

「瑞龍寺の、あのあたりでお主の物干竿を知らぬ者とてないというぞ。――何のためじや。それを聞かせてくれい。わしは、納得のゆかぬ事あっては、夜も眠られん。」

「――」

「小太刀のためと云うなら肯《き》かんぞ。そんな長い太刀を、何うして一生腰に差すつもりじや。背中にでも背負うて歩くか。」

田村丸は笑いもしないで小次郎の面を見る。小次郎は眞直ぐ遠くを睨んで歩いている。小次郎の方が田村丸より背が高い。田村丸は併し機敏に歩を運ぶ。

「……背に負うとは、妙策じやな。」小次郎が言つた。尤も至極という顔である。

田村丸は複雑な嗤いようをして、「さあ納得させてくれい。おぬしとは知り合うて日は浅いが、刎頸《ふんけい》の交わりをしたとわしは思うて居る。背に太刀など負うて、試合の折に何とする。――第一、鞘が邪魔にならぬか。」

「止めてくれい。」

小次郎が煩さそうに遮つた。いつか瑞龍寺の白壁の見える邊りに來ていた。

「止めいというなら、もう云わぬ。」田村丸は其處でツト立停つた。小次郎も立停つた。田村丸は小次郎の眼を喰入る如く瞶め入つて、不意にこういう事を言つた。わしが技は小柄じや、勢源どのの小太刀とて、わしが小柄の短さには恆うまい。その小太刀のために弟子を片端にする心が肚に据えかねるのじや。よつて小柄の威力を示してやろう、さすればおぬしも、不様《ぶざま》な太刀など身につけずとも濟むであろう……そう云つて、「やつ」と叫んで、身を飜すと、忽ち其の場から驅け去つた。

翌日、富田勢源と佐々木小次郎は卯の下刻に瑞龍寺を發足《ほつそく》して、京に向つた。永祿三年十月七日である。江崎を過ぎ、佐波の立場に差しかかつた時、道の行手に安川田村丸が躍り出たのである。

小次郎は勢源を庇つて前に立ちはだかつた。

「おのれ、田村丸、先生に手出しは許さんぞ。」と叫んだ。

田村丸は叫んだ。「其處どけ。わしが相手は勢源どのじや。小太刀打ちとは片はら痛い。勢源どの、お手前がどれ程上手でも、それがしが小柄の短さには及ぶまい。出ませい。」と言つた。

勢源は小次郎を押し除けて、出たのである。勢源は貞守極無銘一尺三寸八分の小脇差のみ差している。落着いて、半歩、足をひらき半身に構えて、

「何者じゃ、名を名乘れ。」と言つた。

「大和國の住人、安川田村丸じゃ。」

田村丸は、兩股をひらき、身を前にかがめ、下より狙うように勢源をうかがつている。間合は充分ある。

咄嗟に、田村丸が道の礫を拾い投げたので、勢源は身をひらいた。すかさず二のつぶてが飛んで來た。この石は捷かつた。

「無禮者。」一喝して勢源は小脇差より小柄を拔取つた。

小次郎が「あつ」ととどめようとした時、飛燕の捷さで勢源は小柄を投げた。田村丸は棒立ちとなつて、片脚できりりと鮮かに二廻轉舞つた。と見る間に、勢源の方がよろめいて小次郎に身を凭せて、どつと倒れた。咽喉佛のあたりに銀杏の葉があつた。

小次郎は太刀を拔いて、

「田村丸。よくも……小次郎參る。」

叫びざま身を躍らせた。

田村丸の小柄に二度目は利かぬ。

「待て。わしは、お主を……お主を」

云いもあえず、惡鬼の如き小次郎の一刀を浴びて、血煙りをあげ「お主のためを思うたのじや……。」田村丸は道の砂利を掻き寄せながら、息絶えた。

P+D BOOKS ラインアップ

四十八歳の抵抗　石川達三　●中年の危機を描き流行語にもなった佳品

強力伝　新田次郎　●「強力伝」ほか4篇、新田次郎山岳小説傑作選

ア・ルース・ボーイ　佐伯一麦　●〝私小説の書き手〟佐伯一麦が描く青春小説

マリリン・モンロー・ノー・リターン　野坂昭如　●多面的な世界観に満ちたオリジナル短編集

時代屋の女房　村松友視　●骨董店を舞台に男女の静謐な愛の持続を描く

北の河　高井有一　●抑制された筆致で「死」を描く芥川賞受賞作

P+D BOOKS ラインアップ

子育てごっこ　三好京三　●未就学児の「子育て」に翻弄される教師夫婦

喪神・柳生連也斎　五味康祐　●剣豪小説の名手の芥川賞受賞作「喪神」ほか

宣告（上）　加賀乙彦　●死刑囚の実態に迫る現代の〝死の家の記録〟

宣告（中）　加賀乙彦　●死刑確定後独房で過ごす青年の魂の劇を描く

宣告（下）　加賀乙彦　●遂に〝その日〟を迎えた青年の精神の軌跡

フランドルの冬　加賀乙彦　●仏北部の精神病院で繰り広げられる心理劇

P+D BOOKS ラインアップ

時の扉(上)
辻 邦生
● 自己制裁の旅を続ける男が砂漠で見たものは

時の扉(下)
辻 邦生
● 愛のエゴイズムを問い続けた長篇完結へ

ばれてもともと
色川武大
● 色川武大からの〝最後の贈り物〟エッセイ集

エイヴォン記
庄野潤三
● 小さな孫娘が運んでくれるよろこびを綴る

鉛筆印のトレーナー
庄野潤三
● 庄野家の「山の上」での穏やかな日々を綴る

さくらんぼジャム
庄野潤三
● 小学生になったフーちゃん。三部作最終章

P+D BOOKS ラインアップ

海市　福永武彦　●親友の妻に溺れる画家の退廃と絶望を描く

風土　福永武彦　●芸術家の苦悩を描いた著者の処女長編作

夜の三部作　福永武彦　●人間の〝暗黒意識〟を主題に描く三部作

夢見る少年の昼と夜　福永武彦　●〝ロマネスクな短篇〟14作を収録

加田伶太郎 作品集　福永武彦　●福永武彦〝加田伶太郎名〟珠玉の探偵小説集

廃市　福永武彦　●退廃的な田舎町で過ごす青年のひと夏を描く

P+D BOOKS ラインアップ

残りの雪（上） 立原正秋 ●古都鎌倉に美しく燃え上がる宿命的な愛

残りの雪（下） 立原正秋 ●里子と坂西の愛欲の日々が終焉に近づく

剣ケ崎・白い罌粟 立原正秋 ●直木賞受賞作含む、立原正秋の代表的短編集

私生活 神吉拓郎 ●都会生活者の哀愁を切り取った傑作短篇集

サド復活 澁澤龍彥 ●サド的明晰性につらぬかれたエッセイ集

都心ノ病院ニテ幻覚ヲ見タルコト 澁澤龍彥 ●澁澤龍彥が最後に描いた〝偏愛の世界〟随筆集

P+D BOOKS ラインアップ

別れる理由1　小島信夫　●伝統的な小説手法を粉砕した大作の序章

別れる理由2　小島信夫　●永造の「姦通」の過去が赤裸々に描かれる

別れる理由3　小島信夫　●「夢くさいぞ」の一言から幻想の舞台劇へ

別れる理由4　小島信夫　●「夢くさい世界」で女に、虫に、馬になる永造

別れる理由5　小島信夫　●アキレスの名馬に変身した永造だったが…

別れる理由6　小島信夫　●最終巻は〝メタフィクション〟の世界へ

（お断り）

本書は1958年に新潮社より発刊された文庫『秘剣・柳生連也齋』を底本としております。あきらかに間違いと思われるものについては訂正いたしましたが、基本的には底本にしたがっております。また、一部の固有名詞や難読漢字には編集部で振り仮名を振っています。

本文中には女中、土民、杣人、白痴者、婢、下女、下僕、不具者、下男、下人、小者、家來、従者、召使い、部落、木樵、奴婢、人夫、微賤、下郎、下賤、下司、片端などの言葉や人種・身分・職業・身体等に関する表現で、現在からみれば、不当、不適切と思われる箇所がありますが、著者に差別的意図のないこと、時代背景と作品価値とを鑑み、著者が故人でもあるため、原文のままにしております。

差別や侮蔑の助長、温存を意図するものでないことをご理解ください。

五味康祐（ごみ やすすけ）
1921年（大正10年）12月20日―1980年（昭和55年）4月1日、享年58。大阪府出身。本名・五味欣一。1952年『喪神』で第28回芥川賞を受賞。代表作に『柳生武芸帳』『西方の音』など。

P+D BOOKS

ピー プラス ディー ブックス

P+Dとはペーパーバックとデジタルの略称です。
後世に受け継がれるべき名作でありながら、現在入手困難となっている作品を、
B6判ペーパーバック書籍と電子書籍で、同時かつ同価格にて発売・配信する、
小学館のまったく新しいスタイルのブックレーベルです。

喪神・柳生連也斎

2020年6月16日　初版第1刷発行
2023年11月7日　第2刷発行

著者　五味康祐
発行人　石川和男
発行所　株式会社　小学館
〒101-8001
東京都千代田区一ツ橋2-3-1
電話　編集　03-3230-9355
販売　03-5281-3555
印刷所　大日本印刷株式会社
製本所　大日本印刷株式会社
装丁　おおうちおさむ（ナノナノグラフィックス）

ISBN978-4-09-352394-3

P+D BOOKS